GAROTA SELVAGEM

SÉRIE IRMÃS DE ALMA: LIVRO 1

#1 *NEW YORK TIMES* BESTSELLING AUTHOR

AUDREY CARLAN

Garota Selvagem
Audrey Carlan
Copyright de Wild Child © Audrey Carlan, 2020.
Tradução: Andreia Barboza
Copidesque da tradução: Luizyana Poletto.

ISBN: 978-1-943340-23-1

Texto revisado segundo o novo Acordo Ortográfico da Língua Portuguesa.

O mais novo romance de Audrey Carlan, autora bestseller número um do The New York Times e da série *A Garota do Calendário*.

Minha vida mudou duas vezes em um único dia.

A primeira foi quando perdi meus pais. De mãos dadas, subi com minha irmã mais velha os degraus da Kerrighan House, um lar adotivo para meninas. Tivemos a sorte de sermos recebidas de braços abertos e de ser uma casa cheia de crianças como nós. Crianças que perderam tudo. Daquele dia em diante, fomos criadas como uma grande família. Nossos laços de irmandade foram fortalecidos por meio de experiências compartilhadas, dor, sacrifício e amor. Irmãs não por sangue, mas por escolha.

Irmãs de alma.

A segunda vez que minha vida mudou foi o pior dia da minha vida adulta. Meu namorado terminou comigo por mensagem. Meu chefe desprezível deu em cima de mim, me forçando a largar um emprego do qual eu precisava desesperadamente. E a cereja do bolo foi ser parada por um agente do FBI. Mal sabia que ele também salvaria minha vida naquela noite.

Desde o momento em que nos conhecemos, o agente Fontaine não ousava me perder de vista. E entre seus modos alfa, olhos castanhos gentis e heroísmo, me perdi para o homem que se escondia atrás de seu trabalho. Mas esse agente tinha uma regra: nunca se apaixonar por uma mulher que tivesse salvado.

Mas eu não era uma mulher qualquer. Eu era conhecida entre minhas irmãs por correr riscos e sonhar alto. Eu era a garota selvagem do grupo. Fomos criadas para apreciar cada dia como um presente e não deixar nada ficar em nosso caminho. Quanto mais eu conhecia o homem sério e pensativo do FBI, mais percebia que talvez fosse meu dever salvá-lo.

Para *Dorothy Bircher*.
Obrigada por compartilhar sua dor,
sua verdade e sua amizade.
A irmandade e este livro são mais fortes por isso.

GAROTA SELVAGEM

UM

Hoje foi o pior dia da minha vida. Bem, sem contar o dia em que perdi meus pais em um incêndio quando eu tinha seis anos. Não que eu me lembre daquela noite, nem da minha infância antes de chegar ao lar adotivo, há vinte e um anos.

Comecei a manhã derramando uma xícara de café escaldante no meu único uniforme limpo, o que significava que eu tinha que usar o que usei na noite anterior e ainda não tinha lavado. Me senti como se estivesse cheirando a hambúrguer gorduroso o dia inteiro.

Depois, meu namorado ioiô, se é que posso chamá-lo assim, terminou comigo durante a minha pausa para o almoço. Eu podia ouvir a voz de uma mulher rindo ao fundo. Sua última conquista. Imaginei que ele poderia estar me traindo, mas por algum motivo, esperava que houvesse mais em nosso relacionamento. Talvez fosse porque eu não estava interessada em algo sério. E com toda a honestidade, o sexo era incrível. Não havia queixas. Agora eu me perguntava se ele era tão bom da cama por dormir com todas as mulheres que davam em cima dele. Outra desvantagem era que eu veria Trey no trabalho amanhã à noite. E, claro, ele seria todo sorrisos e puxaria conversa, brincando comigo enquanto dava em cima das outras.

Tensionando o maxilar, olhei para a estrada aberta e escura e me lembrei do que meu chefe idiota me disse no restaurante onde eu trabalhava como garçonete, fazendo com que meu dia ruim se tornasse muito pior.

— Sabe, Simone, se você for uma boa garota e me der o que quero, posso garantir um aumento de cinquenta centavos em seu próximo pagamento. E haverá mais de onde esse veio.

Claro, isso depois de ter apertado minha bunda, enfiando a mão por baixo da saia ridícula do uniforme rosa claro que nos fizeram usar. Quando me virei e dei um tapa em seu rosto, ele alegou que ia dizer para o dono que eu o assediava sexualmente, quando era o oposto. Aquela aberração dava em cima de qualquer uma, deixando tanto as garçonetes quanto as clientes do sexo feminino desconfortáveis. Aquelas que coincidentemente nunca mais voltavam.

Depois que bati nele, tirei o avental, joguei-o em seu rosto e gritei:

— Eu me demito!

Pelo menos, isso foi bom.

Na hora.

Agora eu havia perdido mais um emprego. Era mal remunerada, mas precisava do dinheiro. Eu não poderia pagar pelas aulas de administração on-line que estava fazendo na faculdade comunitária se não tivesse dinheiro para as mensalidades. O dinheiro que eu ganhava como bartender era minha principal fonte de renda e cada centavo era destinado a pagar aluguel, contas e gasolina. Aos domingos, eu ajudava a florista, que era melhor amiga de Mama Kerri. Mas isso não permitia que eu me sustentasse. E morar nos arredores de Chicago, em um bairro seguro e com ótimo acesso à cidade, não era barato. Eu poderia arranjar uma colega de apartamento, mas já morava em uma caixa de sapatos de um quarto. Se fizesse isso, ia morar no meu próprio sofá. O trabalho de garçonete que acabei de largar me proporcionava o dinheiro que eu precisava para pagar as mensalidades e comida. Muitas vezes, o cozinheiro guardava pedidos errados ou extras para mim. Eu tinha três empregos e mal podia sustentar a vida miserável que construí, mas queria mais. Esperava mais. Trabalhava duro para conseguir mais.

Suspirei enquanto dirigia. Mais do que tudo, eu queria viver. Poder entrar em uma loja e comprar uma roupa sem me preocupar com a conta que deixaria de pagar. Talvez sair para jantar de vez em quando. Parar de sugar minha mãe adotiva e minhas irmãs por meio de comida e roupas de graça. Até hoje, eu ainda levava minhas roupas para a casa de Mama Kerri, para não precisar gastar na lavanderia.

— Sou péssima — resmunguei. Não que alguém pudesse me ouvir. O rádio do carro não funcionava, e eu não tinha dinheiro para consertá-lo ou comprar um CD player novo e sofisticado. Um dia, quando eu tivesse o diploma em administração de empresas e pudesse finalmente arranjar um bom emprego, compraria um carro novinho em folha. Um que não exigia dez Ave Maria e cinco Pai Nosso para ligar todas as manhãs.

Vendo um posto de gasolina à frente, acionei a seta e dirigi meu Honda Civic de quinze anos, de segunda mão e quatro portas, até uma bomba.

Vasculhando a bolsa, encontrei uma nota de vinte dólares amassada.

— Uau! — Fiz uma dancinha enquanto abria a carteira e pegava as duas notas de cinco que recebi de algumas pessoas legais que me deram mais gorjeta que o esperado esta noite. Trinta dólares em gasolina... AMÉM!

Sabendo que eu não tinha o suficiente na conta bancária para usar o cartão, corri para a loja, esperei minha vez na fila e gastei meus últimos trinta dólares em gasolina para o carro.

— Obrigada. — Acenei e fui para fora.

Enquanto abastecia, peguei o telefone e verifiquei as mensagens.

De: Sônia
Tenho um jantar na cidade no mês que vem. Quer ser minha acompanhante?

Eu me encolhi ao ler a mensagem novamente, pensando em uma maneira de recusar. Eu não queria ficar me enfeitando toda para ir a outro dos jantares políticos chatos da minha irmã. Sonia era minha única parente de sangue viva e também era senadora. Sim. Ela dirigia centenas de pessoas e um estado inteiro, e vinha fazendo isso nos últimos quatro anos. A senadora mais jovem que já existiu. Enquanto eu não conseguia nem manter um emprego em uma lanchonete que pagava um salário-mínimo.

Ignorando sua mensagem, conferi a próxima de Addison, que chamávamos de Addy, e era minha irmã adotiva.

De: Addison
Estarei na cidade neste fim de semana. Estou voltando de uma sessão de fotos com a Blessing. Ela quer sair também. Vamos festejar!

Isso sim parecia divertido. Ir aos clubes com duas de minhas irmãs adotivas era exatamente o que eu precisava para melhorar meu humor. Com dedos rápidos, respondi *com certeza!* e passei para a próxima mensagem.

Trey. Eca.

De: Trey
Oi, baby. Sinto muito por mais cedo. Ainda amigos?

Revirei os olhos e grunhi, ignorando essa mensagem também. Deus, eu odiava esse tipo de homem. Eles partiam seu coração, mas queriam continuar amigos? O que era isso? Tudo bem que não era como se eu estivesse chorando pelos cantos por causa do nosso rompimento. A coisa mais gentil a se fazer seria deixá-lo se safar dessa. Mas depois do dia que tive, eu não estava interessada em fazer gentilezas. Eu ia deixá-lo esperando um pouco mais, porque o idiota merecia.

Tomar essa decisão me fez sentir um pouco mais otimista sobre tudo. Mas só um pouco.

A bomba fez um som, indicando que havia finalizado. Tirei-a, peguei o recibo, fechei a tampa do tanque e entrei no carro. Quando me virei, vi o caixa acenando. Esquisito. Apertei os olhos e notei que ele estava fazendo um gesto de "venha aqui".

O que quer que fosse, eu não tinha tempo para lidar. Então acenei e sorri. Fechei a porta e saí com o carro. Eu precisava dormir, tomar tequila e comer a outra metade de um burrito do Chipotle que guardei ontem.

Humm. Eu já podia sentir o gosto da carne, do arroz e do recheio de feijão que logo chegaria à minha barriga. Um pouco de limão, talvez um pouco de creme azedo… paraíso. Meu estômago roncou, e eu pisei mais fundo no acelerador.

Eu estava a cerca de dez minutos de casa e a oito quilômetros do posto de gasolina que tinha acabado de sair quando, de repente, sirenes começaram a tocar. Olhei pelo espelho retrovisor e vi luzes vermelhas e azuis piscando. Infelizmente, o carro estava focado em mim e não tentando passar.

Mas que droga!

Qual seria a próxima?

Respirei fundo quando meus olhos se encheram de lágrimas. Eu não podia pagar uma multa por excesso de velocidade.

Por favor, Senhor, que ele me dê uma advertência verbal. Por favor, por favor, por favor. Se o Senhor fizer isso, irei àquele jantar estúpido com Sonia.

Com o máximo de cuidado possível, apertei o pisca-alerta e me desloquei para o lado da estrada. A área era um pouco assustadora e localizada na parte industrial da cidade.

Fazendo o meu melhor para manter a calma, empreguei a técnica de respiração que Mama Kerri me ensinou. Ao longo dos anos, nossa mãe adotiva nos ensinou ioga, as oito "irmãs" em um círculo de unidade, como ela chamava, respirando e de mãos dadas.

As lágrimas ainda caíam enquanto eu abaixava a janela e checava o retrovisor lateral.

Uma forma masculina foi recortada pela única luz vermelha

e azul piscando. O tipo que você vê em um carro de polícia sem identificação. O homem se aproximou lentamente. Ele estava com a arma na mão. Estava usando calças escuras e um casaco esportivo, mas isso era tudo que eu podia ver. Todo o meu foco estava na arma pendurada na lateral do corpo.

Eles deveriam ter armas para uma parada de trânsito de rotina? E por que ele não estava em uma viatura? Por que ele estava de roupa comum e não de uniforme?

Ah, meu Deus! Ele achava que eu era uma criminosa? Quero dizer, o carro estava no nome da Sonia, mas ela me deu quando comprou outro. Por alguns segundos, fiquei pensando se o carro estava no nome dela ou no meu. Não, estava no meu. Eu paguei a taxa de transferência este ano. Sim. Assenti para mim mesma quando o oficial se aproximou.

— Senhora, mãos no volante — ele exigiu com a voz baixa e muito profunda.

Coloquei as mãos trêmulas no volante e virei a cabeça para o lado.

— Desculpe, oficial. Quero dizer...

— Senhora, por favor, saia do veículo. — Sua voz era direta e não tolerava nenhum argumento.

— Hum, por quê? Eu nem sabia que estava em alta velocidade. Juro. Estou com muita coisa na cabeça e acabei de ser demitida do emprego... bem, tecnicamente, eu me demiti, porque meu chefe estava me assediando, ele agarrou minha bunda e...

— Senhora. Agora. Fora do veículo — seu pedido veio novamente.

— Mas? Por quê? E-eu... isso é normal? — Minha voz falhou.

— Tenho motivos para acreditar que você roubou este carro e está carregando coisas ilegais nele. Por favor, faça o que eu peço e saia do veículo. Mantenha as mãos sempre visíveis. Não pegue nada dentro do carro.

Meu coração batia tão forte que achei que poderia ter um ataque cardíaco.

Drogas. Carro roubado.

O que estava acontecendo?

— Oficial... — Olhei para o distintivo dourado preso ao cinto, mas não parecia o distintivo normal que um policial normal usava. As letras F-B-I brilhavam nos faróis de seu carro. — Realmente, isso é um erro. Eu sou a proprietária desse carro e não tenho drogas, nem nunca as usei. — Movi o braço direito em direção ao porta-luvas. — Posso mostrar o registro e...

— Fora. Do. Veículo — ele ordenou.

— Está bem, está bem. Hum, tenho que soltar o cinto de segurança.

— Faça isso. Em seguida, mãos para cima.

Fiz o que ele disse, tentando abrir a trava duas vezes antes de conseguir soltá-la. Como ele exigiu, levantei as mãos, alcancei o trinco e abri a porta. Ela chiou tão alto que eu estremeci com o som. Vinha fazendo isso há um ano inteiro e eu não sabia como fazer parar. Trey, meu namorado inútil, nem tentou consertar. Ele era péssimo.

Minhas mãos continuaram a tremer, e as lágrimas caíam pelo meu rosto enquanto eu estava com as mãos para cima.

— Feche a porta — ele exigiu.

Fiz o que ele pediu e semicerrei os olhos contra a luz.

— Agora me siga. Um pé na frente do outro — ele instruiu como se estivesse falando com uma criança.

— Você está me prendendo? — Um dilúvio de lágrimas caiu pelo meu rosto enquanto meu peito se contraía e meu estômago dava um nó.

— Senhora, apenas me siga. — Ele acenou com a mão que não carregava a arma enquanto andava para trás.

— Não entendo. Isso é loucura. Não fiz nada de errado. Juro! O carro é meu e não tenho drogas. Você pode conferir.

— E vou, quando você estiver sentada em segurança no meu carro.

— Ah, meu Deus! Você está me prendendo!

Foi quando eu perdi a cabeça.

Enfiei as mãos no cabelo, puxando as longas mechas douradas.

— Isto é inacreditável! O pior dia de toda a minha vida. E meus pais morreram em um incêndio! Ao mesmo tempo! E tive que ir para um orfanato com minha irmã. E hoje, meu Deus. Sônia! Minha irmã... *não, policial, você não pode* me prender. Você não entende o que isso vai fazer com a minha irmã. Ela é a...

— Senhora! Venha aqui agora! — O oficial retrucou com um estrondo super assustador me empurrando para a ação imediata.

Quando cheguei mais perto, ele agarrou meu pulso e me puxou para perto de seu corpo. Meu peito bateu contra o dele e coloquei as mãos em seus bíceps musculosos. Olhei para os olhos mais escuros que já vi. Como uma xícara de café preto, mas com pequenas manchas marrom-douradas no centro. Sua pele era escura, seu queixo quadrado, emoldurado por maçãs que pareciam ser esculpidas em mármore fino. Ele tinha cabelos castanhos escuros que eram mais compridos em cima e mais curtos nas laterais. Se eu tivesse que adivinhar, eu o colocaria na categoria de garanhão italiano ou deus grego.

Ele era lindo.

Uma de suas mãos se moveu para minha cintura e a apertou, aproximando a cabeça da orelha até que pudesse sentir sua respiração quente.

— Recebemos uma denúncia de que alguém se arrastou para a traseira de um Honda Civic vermelho de quatro portas de uma mulher loira em um posto de gasolina. As iniciais da placa são A2.

— O-o quê?

— Eu preciso checar seu carro. Rápido. Se não for você, outra mulher pode se machucar.

— Ah, meu Deus! Eu coloquei gasolina. — Segurei seus bíceps com tanta força que posso ter deixado marcas de unhas.

— Está tudo bem, você está segura agora — ele murmurou, e eu fechei os olhos, sentindo seu cheiro amadeirado e de linho fresco. Isso ajudou a me acalmar.

Até que nós dois ouvimos o som familiar de metal rangendo contra o silêncio da noite fria.

Eu me virei e vi um homem alto e magro parado ao lado do meu carro, com uma máscara de esqui cobrindo a maior parte de seu rosto, além de recortes ao redor dos olhos e da boca.

Antes que eu pudesse fazer ou dizer qualquer coisa, fui agarrada pela cintura e girada para trás do policial enquanto o cara de máscara levantava o braço, apontava uma arma e disparava dois tiros.

O oficial levou foi atingido enquanto eu gritava. Ele caiu em cima de mim quando mais dois tiros foram disparados. Um deve ter passado zunindo por ele, porque uma rajada de fogo fluorescente rasgou a lateral do meu bíceps.

Nós dois caímos.

Eu gritei de dor enquanto batia no asfalto, sentindo o quadril com o impacto. Assim que caímos no chão, olhei para cima e vi o criminoso bater a porta do lado do motorista e sair no meu carro, cantando pneus.

Me concentrando no policial, verifiquei seu pulso e senti uma batida constante.

Tudo bem, tudo bem, tudo bem. Você pode fazer isso, Simone. Senti as bochechas do policial e dei alguns tapinhas nelas.

— Acorde, acorde. Por favor. Ele se foi! Acorde.

Nada aconteceu. Eu me levantei e olhei ao redor. Não havia ninguém com quem falar e não podia deixá-lo caído na estrada para ser atropelado enquanto procurava ajuda.

Meu telefone estava na bolsa dentro do carro, que agora era um veículo de fuga para um bandido.

Coloquei o policial de lado e corri para o seu veículo. Vi algo que parecia um laptop e um painel de coisas eletrônicas que eu não tinha a menor ideia de como mexer. A nção ser por um item que parecia um walkie-talkie em um cordão. Peguei e apertei o botão.

— Me ajude. Me ajude, por favor. Meu nome é Simone

Wright-Kerrighan. O policial que me parou foi baleado. Envie ajuda, por favor! — Eu disse apressada e soltei o botão.

Instantaneamente, uma voz feminina ecoou pelo interior do carro.

— Senhora, você será atendida rapidamente. Estou enviando uma unidade e uma ambulância. Você está machucada?

Foi quando percebi que meu braço estava queimando e o sangue escorria pelo cotovelo. Eu o levantei para ver a extensão da ferida. Havia um grande corte da frente até a parte de trás do bíceps, como se eu tivesse sido arranhada ou cortada, mas não tinha um buraco. Ainda assim, parecia muito profundo e havia uma quantidade terrível de sangue.

Gemi, apertei o botão e falei.

— Hum, acho que também levei um tiro no braço, mas estou bem. Ele está respirando e senti seu pulso, mas ele está inconsciente. Eu não sei o que fazer!

— Você está indo muito bem. Uma unidade está a dois minutos da sua localização.

— Por favor, rápido. O bandido roubou meu carro e fugiu. — As lágrimas caíam novamente, e meu nariz escorreu como uma torneira. Eu o limpei com a saia do uniforme.

— Apenas diga ao policial que chegar o que aconteceu, e nós cuidaremos disso. — A voz da mulher me fez sentir calma.

Larguei o walkie-talkie quando vi a perna do homem se mover pela janela do carro.

— Não se mova! — gritei e corri para o lado dele. Engoli um xingamento quando caí de joelhos no asfalto e coloquei as mãos em suas bochechas. — Você está bem. A ajuda está a caminho. Eu liguei para eles.

Ele abriu e fechou os olhos várias vezes, como se estivesse acordando de um longo sono.

— Onde você foi baleado? — Olhei para seu peito, mas não vi sangue.

— Colete — ele murmurou com os dentes cerrados.

Fiz uma careta e então percebi que ele estava se referindo a um daqueles coletes à prova de balas. Devia estar usando um por baixo da roupa.

— Oba! — falei, mas me arrependi no mesmo instante.

Seus olhos se apertaram como se estivesse com muita dor.

Ao longe, eu podia ouvir sirenes se aproximando.

— Eles estão quase aqui, fique quieto.

— Onde ele está? — Ele tossiu e estremeceu.

— O bandido? Ele fugiu no meu carro. Estamos seguros agora. — Segurei sua bochecha e rezei para que ele abrisse os olhos e os mantivesse abertos.

Minha oração foi atendida um momento depois, quando ele abriu seus lindos olhos castanhos.

— Nome?

— Não sei quem ele era! Juro!

Ele fechou os olhos por um momento e então me deu um pequeno, embora dolorido, sorriso.

— Seu nome, linda?

Respirei fundo. Deus, eu sou tão idiota.

— Simone. Meu nome é Simone.

— Simone. Bonito. Agente Fontaine — ele murmurou.

— Hum, obrigada — eu disse, e o policial pareceu ter perdido a batalha com a capacidade de manter os olhos abertos ou ficar consciente enquanto desmaiava novamente.

Os paramédicos e policiais correram até nós. Fiquei perto o suficiente para vê-los cortar sua camisa. Não uma, não duas, mas três balas douradas estavam cravadas no colete que cobria seu peito largo.

Eles fizeram alguns procedimentos, colocaram uma máscara de respiração nele e depois o apoiaram e o colocaram em uma maca.

— Posso ir com ele? — perguntei, precisando vê-lo são e salvo depois que ele se jogou na frente de um louco com uma arma e salvou minha vida.

— Querida, você precisa de cuidados também. Sim, você pode vir na ambulância e eu vou te enfaixar. — Uma mulher baixa usando óculos inspecionou meu braço. — Gaze! — Ela estendeu a mão e seu parceiro colocou um rolo de bandagens brancas nela. Ela envolveu meu braço ensanguentado. — Foi só de raspão. Ainda assim, você precisará de pontos. Mas você teve sorte.

Não. Eu não tive sorte. Essa é a última coisa que já tive em toda a minha vida.

— O agente Fontaine vai ficar bem? — Me lembrei do nome que ele deu e percebi que ele disse agente e não policial.

— Saberemos mais quando o levarmos ao hospital. Ele parece estar bem. O colete fez seu trabalho, mas não sabemos que tipo de lesões internas podem ter ocorrido.

Mordi o lábio inferior e a segui até a ambulância.

— Senhorita, precisamos de seu depoimento — outro policial corpulento segurando um bloco de notas falou.

— Ah, meu Deus! Sim, vocês têm que ir atrás do cara que fez isso. Ele roubou meu carro. Meu nome é Simone Wright-Kerrighan e dirijo um Honda Civic vermelho. Tenho certeza de que você encontrará os detalhes no sistema. — Terminei dando a ele o número da minha carteira de motorista.

— Nós nos encontraremos no hospital para ouvir o resto dos detalhes sobre o que aconteceu aqui. Se cuide primeiro. As informações sobre o seu carro serão muito úteis. Obrigado.

Assenti e o policial me trancou na ambulância com meu salvador.

Em instantes, saímos voando pela estrada. O paramédico havia removido o colete do agente e estava apalpando seu abdômen e peito musculosos.

Eu me certifiquei de estar perto o suficiente para poder segurar a mão do homem enquanto fechava os olhos e rezava para que ele ficasse bem e que os outros policiais encontrassem o criminoso que fez isso.

Quando terminei, abri os olhos e o vi olhando diretamente para meu rosto.

— Sinto muito — sussurrei e pressionei as costas de sua mão na minha bochecha, precisando senti-lo. — Obrigada por salvar minha vida — ofeguei, mal contendo as emoções dentro de mim.

Ele não disse nada, apenas apertou minha mão e fechou os olhos com um sorriso suave em seus lindos lábios.

DOIS

Respirei fundo e apertei os dedos enquanto davam outro ponto em meu braço. Soltei o ar quando a enfermeira parou.

— Você está indo muito bem — ela disse à medida que voltava a fechar a ferida. Felizmente, ela me anestesiou, mas eu ainda podia sentir o aperto, a queimação e a dor.

— Onde está a minha irmã? — Ouvi o tom frio da Sonia do lado de fora da cortina onde eu estava sendo.

— Minha filha, Simone Kerrighan. Por favor… — Ouvi a voz emocionada, experiente e cadenciada de Mama Kerri.

— Aqui, pessoal! — gritei.

A cortina azul foi puxada e lá estavam minha irmã e minha mãe adotiva. Sonia colocou as mãos sobre a boca e seus olhos azul se encheram de lágrimas. Com o cabelo loiro platinado, lábios pintados de vermelho e aqueles olhos, ela parecia um anjo. Um anjo super sério de terno que estava tentando esconder sua devastação.

— Ah, meu Deus, o que aconteceu com a minha garota? — Mama Kerri contornou a cama e segurou minhas bochechas.

— Mama, eu estou bem, de verdade. Eu… — Mordi o lábio inferior tentando decidir o que dizer a elas, não querendo preocupá-las desnecessariamente.

— Eu quero respostas. Agora. — Minha irmã já havia se virado para o médico que se aproximava, com os braços cruzados.

Sua equipe de executivos estava a uma distância razoável. O médico era baixo, asiático e mantinha os lábios em uma linha fina e plana. Ele não parecia impressionado com as exigências da minha irmã e a ignorou por completo. Eu precisava aprender com aquele homem.

— Srta. Wright-Kerrighan. — Ele olhou para o dispositivo eletrônico que estava segurando, usando meu nome completo. — Ferimento de bala no braço, quadril machucado, arranhões e escoriações nas mãos e joelhos. — Ele virou uma página.

— Tiro! — Minha irmã ofegou, levando a mão ao peito e interrompendo o médico.

— Estou bem, SoSo, foi só um arranhão... — Tentei acalmá-la.

— Só um arranhão? Como? O que aconteceu? — Minha irmã, que normalmente era calma, questionou, com o lábio inferior tremendo enquanto uma lágrima caía. Ela a afastou tão rápido quanto apareceu para que ninguém a visse desmoronar.

Seu choro me fez chorar, e eu estava indo muito bem.

O médico avaliou o trabalho que a enfermeira estava fazendo.

— Está ótimo. Depois que dermos os pontos, você vai tomar antibióticos para evitar uma infecção. A enfermeira vai repassar o procedimento de limpeza e curativo. Você vai precisar ir ao médico em algumas semanas, embora os pontos devam cair nos próximos dez dias. Deixe-os limpos e secos pelas próximas quarenta e oito horas, mas você pode tomar banho normalmente após esse período. Alguma pergunta?

— Sim. O agente com quem eu vim. Ele está bem?

— Não posso dizer. Você não é da família, mas alguns policiais gostariam de falar com você. Pedi que esperassem até que fosse suturada.

— Obrigada, doutor. — Fiz careta e pensei no agente Fontaine quando o médico nos deixou. O homem salvou minha vida. Eu nem sabia seu primeiro nome, e ele levou três tiros no peito para me manter segura. Ele poderia ter morrido. Graças a

Deus ele estava usando aquele colete e o criminoso fugiu. Não que eu estivesse feliz por ele ter levado meu carro, mas a alternativa teria sido pior.

— Querida, o que aconteceu? — Mama Kerri apertou minha mão enquanto minha irmã veio para o outro lado da cama e segurou meu ombro, me confortando tanto quanto a si mesma. Sonia costumava ser fria, mas não quando se tratava de mim. Eu era sua vulnerabilidade. O elo mais fraco em sua armadura. E era por isso que eu odiava decepcioná-la mais do que qualquer coisa.

Engoli em seco e percebi que a melhor política era sempre ser honesta.

Durante a meia hora seguinte, expliquei o que aconteceu – do meu chefe babaca, passando pelo posto de gasolina e a experiência estranha do caixa tentando me chamar. Naquele momento, desejei ter feito uma escolha diferente. Falei sobre o policial me mandando parar, de ter visto sua arma e de como senti medo de estar sendo presa sem motivo, então tudo pareceu ficar em silêncio na sala enquanto eu detalhava o que aconteceu quando o bandido saiu do carro. Era como se eu estivesse revivendo tudo.

O rangido do metal da porta me fez estremecer.

Sentir a respiração do agente tão quente e reconfortante contra minha bochecha enviou uma onda de calor pelo meu corpo.

Seu cheiro flutuando ao nosso redor como um cobertor.

Vendo a luz do carro brilhando na arma preta. Estremeci.

Aqueles dois buracos cortados no tecido na área dos olhos e da boca, parecendo um predador em cima de mim. Eu me encolhi na cama do hospital por instinto.

O estrondo da arma quando ela disparou. Empurrei e gritei.

Quando acordei, piscando para afastar a experiência e recontá-la, Mama Kerri estava sentada na cama. A enfermeira tinha acabado e eu estava nos únicos braços maternos de que me lembrava. Ela passou a mão pelo meu cabelo e costas várias vezes enquanto eu chorava, com o rosto pressionado em seu peito. O cheiro de flores recém-colhidas encheu meu nariz como sempre fazia quando Mama Kerri me abraçava. Tremi à medida que ela falava baixinho.

— Você está bem, minha garota. Está tudo bem. Você está aqui comigo e com a Sonia. Estamos com você, minha linda. Eu sempre estou com você.

E ela estava mesmo.

A partir do momento em que Sonia e eu chegamos à sua porta de mãos dadas, Mama Kerri cuidou de nós. Como uma bela deusa terrena. Cabelo loiro avermelhado longo e encaracolado. Lábios rosa claro. A pele clara. Olhos que pareciam mudar de azul para avelã dependendo do dia ou da emoção que ela sentia. No entanto, nada daquela beleza poderia superar o som de sua voz. Ela ressoava de uma forma e cadência que trazia uma sensação de paz e serenidade que não poderia ser igualada. Nunca.

— Mama — solucei e me agarrei a ela, soltando tudo. O medo. A desesperança da situação e até a preocupação com o prognóstico do meu salvador.

— Está tudo bem. Mama está aqui. — Ela deu um tapinha nas minhas costas e sussurrou na minha têmpora. — Você está bem. Você. Está. Bem. — Suas palavras falharam quando ela me segurou mais forte. — Sinto muito que você teve que passar por isso. Parece assustador. Mas não se preocupe. Estou com você. Eu e a Sonia estamos com você, querida.

Funguei em meio às lágrimas e respirei fundo várias vezes, permitindo que ela me confortasse até eu me controlar.

— Senadora Wright, por favor, sinto muito. Peço desculpas por interromper, mas acabamos de saber que a história já vazou para a imprensa. Eles viram você entrando no hospital e alguém confirmou que era sua irmã que havia sido baleada.

Sonia suspirou enquanto eu respirava fundo tentando não chorar mais.

— Desculpe, SoSo. Eu não…

— Não foi culpa sua. Este foi um ato aleatório de violência e precisamos ser gratos por você não ter se machucado.

— Na verdade, sobre isso... — O homem bonito arrastou os pés e fez uma careta. — Os noticiários estão relatando que foi o Estrangulador do Banco de Trás.

— O quê?! — Sonia gritou e seu rosto ficou pálido.

— Não... — Eu praticamente me engasguei com a palavra.

O jovem assistente, acho que seu nome era Logan, firmou sua postura e ergueu o peito enquanto olhava para o telefone.

— Ele entrou no carro dela em um posto de gasolina. Se escondeu na parte de trás. — Ele estava lendo algo como se tivesse ouvido minha história diretamente. — A única mulher que escapou afirmou que ele era alto, magro, branco e usava roupa preta, incluindo uma máscara de esqui.

Minha mão tremia quando a levei à boca. Exatamente a mesma coisa que aconteceu esta noite.

— Ele matou oito mulheres dessa maneira. Uma escapou e desapareceu do mapa, e agora... sua irmã. — Ele umedeceu os lábios e pareceu se recompor, o que se eu estivesse em um estado mental melhor, teria parabenizado. Lidar com Sonia irritada não era uma tarefa fácil, e ele estava fazendo o seu melhor. — Nós vamos precisar resolver isso... — Ele franziu a testa.

— Agora eu preciso me concentrar na minha irmã. Você precisa ligar para o Quinn...

— Quem é Quinn? — Ele escreveu o nome no bloco de notas, e eu suspirei. Ele deve ser novo. Sonia tendia a ser durona e trocava de assistente como trocava de roupas. Quinn era o braço direito da minha irmã, seu melhor amigo, que também era gay e se vestia de uma forma fabulosa. Eu sentia inveja de sua habilidade em todas as coisas. Ele até era capaz de lidar com ela, algo que ninguém conseguiu, nem mesmo Mama Kerri. No entanto, eu também sabia que ele tinha acabado de voltar de férias muito necessárias de duas semanas. Daí a razão pela qual o novato Logan não o conhecia.

— Chefe de relações públicas — ela grunhiu. — Ele acabou de voltar das Bahamas. Explique o que aconteceu, sem poupar detalhes. Lidarei com a imprensa depois de garantir a segurança e o bem-estar da minha irmã. — Ela acenou, dispensando o pobre rapaz. — Obrigada. — Ela acrescentou, como se tivesse percebido o quanto foi malvada. — Pode ir.

Ele assentiu e saiu correndo como um cachorrinho perdido. Em seguida, dois policiais uniformizados tomaram seu lugar.

— Srta. Wright?

— Wright-Kerrighan. — Segurei a mão da minha mãe adotiva com mais força. Quando as meninas adotivas atingiram a maioridade, mudamos nossos sobrenomes, adicionando o dela. Como um presente por tudo o que ela fez ao longo dos anos em que nos criou. Eu mantive o Wright, porque parecia errado me livrar de todos os vestígios de nossos pais biológicos. E como foi assim que Sonia fez, eu acompanhei. As outras irmãs adotivas também. Mas Sonia usava Wright-Kerrighan apenas em particular. Por motivos profissionais, ela escolheu ficar com Wright.

— Podemos falar com você sobre o que aconteceu? —um homem de calça azul-marinho e um paletó velho esporte bege perguntou.

— Elas podem ficar? — Balancei a cabeça para minha irmã e minha mãe.

— Ah, olá, senadora Wright. Lamento vê-la novamente nestas circunstâncias. — Ele tinha um distintivo dourado preso ao cinto gasto.

— Capitão Mandle, obrigada por ter vindo. — Sonia apertou os lábios como se não estivesse realmente feliz em vê-lo.

— Capitão? — Fiz uma careta. Quantos crimes aconteciam em que o Capitão visitava uma das vítimas no hospital?

— Este caso é delicado, o FBI está envolvido. E você é... você é uma testemunha viva.

E isso explicava tudo. Eu estava viva em vez de ser a garota morta número nove. Incrível. Este dia foi ficando cada vez melhor.

— O Estrangulador do Banco de Trás. — Engoli o nó que se formou na minha garganta.

— Receio que sim. Vou precisar fazer perguntas. Para muitas delas, você pode não ter as respostas, mas faça o seu melhor, sim?

Assenti.

— Pode deixar.

Espiando pelo corredor, notei alguns policiais parados diante de uma porta.

Uma cutucada por trás me fez arrastar os pés para o espaço aberto antes que conseguisse me recompor.

— Sônia, caramba! Eu estava indo de modo furtivo! — sussurrei a repreendendo.

— Por quê? — Ela me segurou pelo cotovelo e andamos lado a lado em direção aos homens.

Assim que nos aproximamos, vários policiais uniformizados se viraram. Um cara branco super alto com longos cabelos loiros escuros cortado em camadas levantou a mão, com palma virada para fora. Ele estava usando um terno preto.

— Esta é uma área restrita do hospital. Apenas pessoal médico autorizado — ele começou, mas minha irmã foi direto para a batalha.

— Olá, agente. — Ela olhou para ele de cima a baixo.
Ele sorriu.

— Agente Russel.

— Agente Russel. Sou a senadora Sonia Wright, e a minha irmã foi atacada esta noite. Seu colega, o agente Fontaine, salvou a vida dela. Gostaríamos de saber como ele está, e minha irmã gostaria de agradecer, se ele estiver em condições de receber visita.

A minha irmã era demais. Segurei sua mão, entrelaçando nossos dedos, compartilhando meus agradecimentos em silêncio.

O rosto do homem suavizou.

— Você é a Simone?

— Sim. Ele está bem?

O homem loiro sorriu, e isso iluminou seu rosto. Embora o homem que salvou minha vida fosse muito mais atraente. Eu sempre fui atraída por homens altos, morenos e bonitos.

— Ele está bem. Algumas costelas fraturadas, está sentindo dores e tem hematomas graves, mas o colete o protegeu. Ele estará de volta ao trabalho em breve. E como você está?

Segurei o braço enfaixado.

— Vinte e dois pontos, inchaços e hematomas.

— A mão? — Ele olhou para a mão que estava enfaixada e sendo segurada por minha irmã.

— Arranhada por bater no asfalto. Estarei como nova em alguns dias. Hum, você acha que eu poderia vê-lo?

Ele nos deu um sorriso de lado.

— Acho que ele gostaria muito disso. Ele tem perguntado sobre você. Vamos. — Ele nos conduziu pelo grupo de homens reunidos e abriu a porta.

Entrei e meu cavaleiro reluzente, usando uma camisola de hospital, virou a cabeça e deu um sorriso enorme.

Meu coração parou.

Todo o som desapareceu.

Não havia nada além de nós dois naquele momento.

Sem máquinas. Nada de hospital. Nem pessoas circulando.

Só nós.

Corri até ele e o abracei. Ele me segurou e pressionou o queixo no meu pescoço.

— Obrigada. Obrigada por salvar minha vida. Jamais poderei retribuir esse presente. — Funguei contra seu corpo quente e *vivo*.

— Ei, ei, nós dois estamos bem. Deu tudo certo. — Ele segurou a parte de trás do meu pescoço e beijou minha têmpora. — Deu tudo certo.

Por alguns momentos, ficamos abraçados.

Eventualmente, alguém limpou a garganta.

Funguei contra seu pescoço, o cheiro amadeirado e fresco de linho ainda mais forte, mas agora misturado com algo inerentemente rico e masculino. Me recompondo, eu me inclinei para trás e enxuguei as lágrimas.

— Ah, olá. Uau. Senadora Wright? — agente Fontaine disse, claramente chocado ao ver a presença da minha irmã.

Ela sorriu e seu rosto inteiro suavizou com a visão do meu salvador.

— Obrigada por salvar a vida da minha irmã, agente Fontaine. Estou em débito com você. Se houver algo que eu ou minha equipe possamos fazer para ajudar o FBI ou a você no futuro, estou à sua disposição.

— Uau. Certo. Obrigado por isso. — Ele balançou a cabeça como se estivesse tentando limpá-la antes de se concentrar em mim.

Segurei sua mão e tomei a liberdade de me sentar ao lado de sua cama, não querendo perder nada do que meu herói vivo tinha a dizer. E, honestamente, a vista não era ruim. Mesmo machucado e tomando analgésicos, o homem era o mais lindo do planeta.

— Você sabe quando terá alta?

Ele sorriu de leve, e eu observei seus lábios perfeitamente formados se erguerem e voltarem ao lugar.

Um sonho.

O homem era incrivelmente bonito, e se eu não tivesse tanta adrenalina correndo pelo meu corpo depois de tudo que passamos, eu teria caído a seus pés.

— A propósito, meu nome é Jonah. Jonah Fontaine.

— Jonah. — Repeti o nome para ver como soava e descobri que gostei. Um pequeno arrepio de esperança percorreu meu corpo já sensibilizado.

Eu tremi, e ele semicerrou os olhos.

— Você precisa ir para casa. Mas não a sua. Já que o criminoso fugiu com seu veículo, suponho que sua bolsa, telefone e endereço também estavam no carro, certo?

Minha irmã estendeu o braço e apertou meu ombro. Olhei para ela.

— Você não vai para casa. Nem deveria estar naquela caixinha. Você vai morar comigo — Sonia declarou de forma categórica, indo direto para o modo irmã mais velha. Eu odiava esse modo e encontrei o botão de desligar quando fiz vinte e um anos, mas ela sempre tentava ligá-lo de volta.

Balancei a cabeça.

— De jeito nenhum. Vou voltar para a minha casa.

— Não vai mesmo. Eu te proíbo. — Minha irmã mais velha superprotetora vibrou quando um rubor tomou conta de suas bochechas e peito, mostrando a raiva crescente.

— Eu sou uma mulher adulta. Não vou para casa esta noite. Concordo que é muito perigoso.

Seus ombros caíram e um suspiro de alívio escapou de seus lábios perfeitamente pintados de vermelho.

Olhei de volta para Jonah.

— Mas tenho certeza de que o agente Fontaine e sua equipe poderão me dizer quando é seguro retornar. Vou precisar ir até lá amanhã para pegar algumas coisas, pelo menos, para a próxima semana, dependendo do que eles disserem. Vou ficar com a Mama Kerri em nosso antigo quarto até que tudo isso seja resolvido. Sem bagunça, sem confusão.

— Caramba, você é uma mulher muito forte, Simone. — Jonah passou o polegar por cima da minha mão, e eu senti a carícia chegar direto ao meu coração.

— Obrigada. — Eu sorri. Nunca fui considerada forte. Resistente, sim. Forte, não. Na maioria das vezes, as pessoas me viam como a boazinha. A irmã sempre disposta a ajudar com os desejos ou sonhos de qualquer um, mas nunca tendo os seus próprios. Eu era considerada confiável, mas não responsável. Atrasada, mas sempre presente. Trabalhadora, mas nunca focada. Eu era boa em muitas coisas, mas mestre em nenhuma. Infelizmente, era tudo verdade. Mas ouvir esse homem dizer que aou forte me deu uma enorme sensação de orgulho.

— Simone, você pode ficar comigo. O quarto de hóspedes

pode ser convertido para ser seu. Você sabe que eu adoraria ter você em casa. E raramente estou lá…

Me levantei e abracei minha irmã. Os homens me consideravam voluptuosa e curvilínea. Minha irmã era a elegância em movimento. Uma constituição atlética que ela se esforçava para manter. Dizia que malhar clareava sua mente. Eu me mantinha em forma passando muito tempo de pé, servindo bebidas e carregando bandejas, embora gostasse de comer e beber muito mais do que ela. Daí as curvas.

— Você sabe que eu te amo mais do que a mim mesma…

— E eu a você, é por isso que acho que você deveria ficar comigo, no meu apartamento vigiado e seguro. — Ela tentou novamente.

— Não é uma má ideia, Simone. Há um *serial killer* à solta. E não há como ficar mais protegido do que com um político, a menos que você seja o presidente ou uma celebridade — Jonah acrescentou.

Balancei a cabeça.

— Sinto muito. Eu ficaria mais confortável na Kerrighan House. Tem bastante espaço lá. Mama vai cuidar de mim. Você sabe como é. Quando algo ruim acontece…

— Você só quer ir para casa — Sonia disse a frase que significava tanto para nós duas. Sempre fomos o porto seguro uma da outra, mas era um pouco diferente para mim. Eu tinha apenas seis anos quando chegamos à Kerrighan House. Ela tinha doze. Era a única casa que eu realmente me lembrava ou conhecia. Para ela, eu estava em casa. Não que ela não amasse nossa mãe adotiva.

— Além disso, se eu não fosse para lá, você sabe que a Mama acabaria indo para seu apartamento.

Sonia sorriu, quebrando a tensão que havia se formado no quarto.

— Isso é verdade. Você não vai se ver livre dela por um tempo.

Dei de ombros.

— Por que eu ia querer isso? — Minha mãe adotiva era a

pessoa mais legal de todas. Todos que a conheciam concordavam. Ela era uma daquelas pessoas que se adorava estar por perto.

Sônia assentiu.

— Está bem então. Vou falar com a equipe sobre colocar alguns policiais fazendo rondas pela casa durante as patrulhas. Eu me sentiria mais segura sabendo que estão de olho em você e em Mama Kerri.

— Claro — eu cedi. A mulher não se conformaria se eu não lhe desse algo.

Sônia assentiu.

— Vou resolver isso. — Ela se virou e foi embora.

Quando me concentrei novamente em Jonah, ele estava abrindo e fechando os olhos como se estivesse lutando para ficar acordado.

— Vou te levar para sua casa amanhã à tarde. Não quero que vocês estejam sozinhas.

— Você já fez o suficiente...

Ele franziu os lábios e ajustou sua posição com um estremecimento.

— Me prometa que vai dar a ele suas informações e esperar pela nossa ligação?

Acariciei sua mão.

— Prometo. É o mínimo que posso fazer. Qual é o seu cookie favorito?

Ele franziu a testa e balançou a cabeça. O sono tentando dominá-lo.

— Gotas de chocolate. Por quê?

— Porque eu vou fazer para você e para os outros oficiais que nos ajudaram.

Jonah sorriu.

— Simone, você é demais.

— Como assim?

Ele fechou os olhos.

— Eu não sei, mas vai ser divertido descobrir.

E isso foi tudo o que ele disse antes de virar a cabeça para o lado e cair no sono.

Me inclinei para beijar sua testa, mas no último momento, desviei e coloquei meus lábios nos dele, roubando um pequeno beijo do homem que salvou minha vida. Um homem que eu queria conhecer melhor. Em todos os sentidos que contavam.

— Estou ansiosa por isso — sussurrei e segurei sua bochecha, absorvendo suas feições bonitas uma última vez antes de soltá-lo e sair do quarto.

Mal podia esperar até amanhã, quando o veria novamente.

Que se danassem as circunstâncias.

Conhecer esse homem, sobreviver ao que poderia ter sido uma tragédia horrível, mudou tudo.

Era hora de viver para mim.

Trabalhar em direção ao que eu queria, e agarrar tudo que eu tinha dentro de mim.

E a primeira coisa que eu queria...

Era conhecer meu salvador, o agente do FBI, Jonah Fontaine.

TRÊS

O sono desapareceu quando senti um peso no estômago e calor em ambos os lados.

O que é isso?

Abrindo os olhos, fiquei cara a cara com a culpada número um. Seus cachos castanhos estavam por toda parte, em ondas bagunçadas. Suas sobrancelhas perfeitamente formadas, mesmo em repouso, lhe conferiam um ar de bela adormecida. Só que essa princesa era latina, pequena e corajosa. Minha irmã, Liliana, dormia profundamente, seu rosto apoiado no meu ombro ferido, mas sem machucar. Ela me abraçava pela cintura. Mas havia outro braço esguio que não era meu. A pele branca, as unhas perfeitamente pintadas de roxo e a tatuagem de uma cruz na lateral da mão se destacava.

Seu cabelo ruivo contrastava com os lençóis brancos. Charlotte. Mais conhecida como "Charlie", minha irmã adotiva bissexual, uma *namorada em série*, um espírito livre.

Fiquei ali deitada por vários minutos entre as duas mulheres que eu adorava como se fossem do meu sangue.

Éramos em oito. Irmãs adotivas. Bem, eu e Sonia éramos parentes de sangue e as outras seis vieram de todas as diferentes esferas da vida. Mas uma coisa permanecia a mesma: crescemos juntas na casa de Aurora Kerrighan. E sempre fomos muito unidas.

Eu, Sônia, Addison, Blessing, Liliana, Charlotte, Genesis, Tabita e por último, mas não menos importante, Mama Kerri. Ela acolheu todas nós, e desde que eu tinha oito anos, a casa estava cheia de mulheres. A partir de então, éramos uma família por escolha. Comemorávamos aniversários, feriados, formaturas, empregos e tudo mais, como qualquer outra família.

Nossas vidas não eram normais, mas fizemos funcionar e era repleta de amor e irmandade.

Não gostaria que fosse diferente.

Levantei os braços e abracei as duas. O movimento as acordou e elas se mexeram. Liliana abriu um sorriso enorme, seu olhar escuro brilhando.

— *Dios mio*, você nos deixou preocupadas, *hermana*. — Ela se inclinou para frente e beijou meu ombro enfaixado, e podia ser minha imaginação, mas achei que aliviou a ardência.

Magia de irmã.

Charlie levantou minha mão enfaixada e levou-a ao rosto, pressionando de leve.

— A Mama Kerri disse que você levou um tiro. — Sua voz falhou, e seus olhos se encheram de lágrimas.

— Quando vocês chegaram? — Minha voz estava rouca, e tentei pigarrear para tirar a sensação de que estava com a garganta cheia de algodão. Os remédios para dor me derrubaram. Droga. Eu me sentia letárgica, para não mencionar as dores e o latejar no ombro, quadril e mão.

— Nós viemos correndo — Liliana explicou. — Você estava dormindo quando chegamos aqui. Não queríamos te acordar.

Eu as puxei para perto, fechei os olhos e respirei fundo, permitindo que a presença delas me preenchesse e me desse o conforto que eu precisava.

— Você está bem? — Charlie perguntou.

— Como eu poderia não estar? Acordei quente e confortável com duas das melhores irmãs do mundo inteiro. — Sorri e suspirei.

— Vejo três garotinhas aninhadas na cama — a voz cadenciada de Mama veio da entrada do quarto.

Nós três olhamos para onde ela, encostada no batente da porta, usando o roupão roxo macio e com seus longos cachos loiros avermelhados em volta dos ombros. Ela estava com um óculos de leitura multicoloridos, um livro debaixo do braço e uma caneca amarela na mão.

Ela era o sol. A lua. A portadora de tudo de bom na vida.

— Bom dia, Mama. — Eu sorri.

— Meninas, vejo que vocês não conseguiram ficar longe, mesmo que eu tenha dito para não acordá-la. Ela precisava dormir depois da noite que teve — ela retrucou, mas sorriu mesmo assim.

— Nós não a incomodamos, apenas a abraçamos e apagamos, como nos velhos tempos — Charlie afirmou.

— Vamos lá, minhas meninas, vamos tomar um pouco de chá e biscoitos. Nada como um doce pela manhã para apagar uma noite ruim, não é?

Sorri e olhei para Liliana e para Charlie. Nós três começamos a rir como as adolescentes que já fomos. Toda vez que tínhamos uma noite ruim, acordávamos com chá e biscoitos em vez de ovos ou mingau de aveia, que normalmente estava no cardápio. Mama Kerri tinha a firme convicção de que doce poderia resolver qualquer dor, pelo menos, por um tempo.

Parecia funcionar à medida que crescemos. Definitivamente, não faria mal agora.

Ela estalou a língua e saiu.

As meninas me ajudaram a sair da cama.

Charlie sibilou quando viu o hematoma no quadril. Estava horrível. Preto, roxo e do tamanho de um prato de salada.

Liliana e Charlie o estudaram.

— Dói? — Liliana perguntou, com os olhos cheios de pesar e preocupação.

Balancei a cabeça.

— Não se eu não tocar nele. — Sorri, e ela balançou a cabeça como se estivesse acostumada com o fato de que eu não dava importância a certas coisas e fazia pouco caso de uma situação ruim. Era parte da minha personalidade brilhante. Embora eu admita que o dia de ontem ganhou o prêmio de pior da vida. Eu estava mais do que pronta para recomeçar e deixar de lado tudo o que aconteceu.

— Vamos, garotas. Lembrem-se, cada novo dia é um presente.

Sonia sempre me dizia isso, especialmente nos primeiros dois anos em que moramos aqui.

— *Seja grata por cada novo dia. É realmente um presente.* — Ela dizia quando eu resmungava sobre ter que ir para a escola ou acordar cedo em um fim de semana para ir para o trabalho de meio período durante a adolescência.

Peguei seu velho roupão, que estava pendurado na parte de trás da porta, me sentindo instantaneamente confortada por algo que foi usado por minha irmã mais velha. Conhecendo-a, sabia que chegaria a qualquer momento.

Fizemos nossa rotina de banheiro, com a porta aberta, uma fazendo xixi, outra escovando os dentes e a outra lavando o rosto antes de se trocar. Quando se morava em uma casa com oito mulheres, você aprendia a dividir o espaço. Isso não mudou, embora estivéssemos chegando aos trinta.

Uma por uma desceu as escadas para a cozinha, onde Sonia já estava sentada à mesa, com o telefone grudado no ouvido. No segundo em que ela nos notou descendo as escadas, gritou no aparelho:

— Tenho que ir. A Simone está acordada. Sim, eu vou dizer a ela… hum hum. Vou contar para a Mama também. Pode deixar. — Ela desligou e olhou fixamente para mim. — Era a Genesis. Está assustadíssima. Ela e a Rory estarão aqui esta noite. As duas não vieram hoje para que Mama pudesse se concentrar em você.

Genesis era a segunda mais velha, com trinta e um anos, trabalhava como assistente social no centro de Chicago e era mãe solo de Rory, cujo nome completo era Aurora. em homenagem a Mama Kerri.

— Ah, ela não precisava fazer isso. Mas eu adoraria ver a minha sobrinha. — Fiz uma careta e estremeci quando me sentei na cadeira acolchoada da grande mesa da cozinha.

Mama estava ao lado da pia. Havia plantas penduradas em volta da janela, ervas em pequenos vasos a uma distância perfeita de corte, embora não chegasse nem perto do enorme jardim no quintal.

— Foi o que eu disse. Mas a Gen nunca me ouve. Usa esse diploma em psicologia e comportamento social para determinar que não devemos ter mais com o que lidar, quando a nossa Rory não é *algo* com que lidamos, mas desfrutamos ao máximo. Você pode dizer a ela que eu disse isso também. — Seu tom era de indignação. Ela serviu leite em algumas xícaras de chá, colocou açúcar em outras, e as duas coisas na minha, porque eu amava a maioria das coisas na vida. Se o sabor fosse bom por si só, provavelmente era bom com tudo misturado também.

— Como está o braço? — Sonia perguntou, percorrendo meu braço e mão enfaixados com os olhos azuis, como se pudesse ver através dos curativos e determinar se eles estavam se curando direito.

— Bem. Quero dizer... — Inclinei a cabeça da esquerda para a direita. — Queima um pouco e os pontos repuxam, mas poderia ter sido muito pior.

— Sim, muito pior mesmo. Simone, a Mama nos disse que os policiais acham que foi o Estrangulador do Banco de Trás.

Charlie caiu no banco à minha frente.

Eu estava prestes a responder, mas um estrondo ecoou no ar saltos altos bateram no chão de madeira e entraram na cozinha.

Ficamos em silêncio, esperando o acidente de trem aparecer.

— Chegamos! Chegamos! — Addy gritou quando entrou tropeçando na cozinha, com Blessing logo atrás. Liliana estendeu a mão para ajudar a amortecer a queda, mas no último minuto, Blessing agarrou o jeans de Addy e a puxou para si.

— Garota, você quase matou a duende! — Blessing a advertiu, e eu soltei uma risada.

Liliana semicerrou os olhos e praticamente bateu o pé.

— Eu não sou duende! Tenho um metro e meio de altura! Dá um tempo. Nem todo mundo pode ser gigante como vocês duas!

— O que vocês estão fazendo aqui? A última notícia que tive era de que viriam neste fim de semana e nós íamos sair! Você não estava na França ontem? — Meu tom não escondeu o choque.

— Pegamos o primeiro voo. — Blessing soltou Addy e se sentou ao meu lado, me puxando para um abraço forte. — Família em primeiro lugar, e minha irmã foi baleada e quase morta por um maníaco. Não pense que eu não ia sair correndo de Paris para me certificar pessoalmente que você está bem. — Ela apertou os lábios rosados e cheios e me encarou.

— Blessing — ofeguei e olhei para Addison. — Addie. Vocês deixaram um ensaio... deve ter custado muito dinheiro, e...

Addy balançou a cabeça.

— Nada é mais importante do que nossas irmãs. Além disso, corremos com o ensaio, e a Blessing tirou ideias de moda do nada e o cliente ficou animado. Deu tudo certo.

Addison era modelo *plus size* de alta costura. Ela tinha longos cabelos escuros, com mechas cor de caramelo natural e avermelhadas, seios enormes, um corpo tamanho quarenta e quatro, com quadris em forma de ampulheta dado por Deus, olhos verdes que brilhavam como esmeraldas e lábios perfeitos e exuberantes. Seu corpo ficava incrível em qualquer coisa e deixavam os designers mais inclusivos loucos. Ela também era a *it girl número um em lingerie*.

Blessing era exatamente o oposto: um metro e setenta de altura, a pele escura e brilhante como uma rocha de rio. Ela jurava que era culpa de todo óleo de coco que usava. Ela tinha um cabelo crespo invejável e versátil. Ela ficava bem tanto com um coque abacaxi, quanto com ele solto e volumoso ao redor de seu rosto deslumbrante e olhos pretos como carvão. Ela tinha lindos lábios carnudos e rosados, quase tão volumosos quanto os meus. Mas era seu sorriso que curava o mundo. Grande, brilhante e genuíno.

Addy me abraçou, encostando a cabeça na minha bochecha e inspirando. Eu podia sentir a umidade contra a minha pele.

Segurei sua nuca e a mantive por perto.

— Ei, não comece a chorar, ou vou fazer o mesmo. E então, todo mundo vai estar em lágrimas..

Ela deu uma risadinha e me deu um beijo antes de se levantar, enxugar os olhos e ir até nossa mãe.

— Ah, minhas meninas. Todas juntas. Só falta a Tabby e a Genesis para minha vida ficar perfeita.— Ela estendeu os braços para Blessing e Addy.

— Alguém teve notícias da Tabby? — perguntei enquanto Mama nos entregava xícaras de chá.

Ela suspirou vi seus ombros caírem.

— Infelizmente, não. Liguei e deixei mensagens.

— Eu também — Charlie disse.

— *Si*, eu também — Liliana acrescentou.

— Minha assistente tentou ligar uma vez por dia na esperança de que em algum momento ela atendesse. A última vez que soube dela, estava com um homem que disse ao meu assistente para parar de ligar

— Enviei mensagens semanais e não soube de nada em dois meses. Alguém já foi até lá? — Blessing perguntou.

Charlie assentiu.

— Sim, a Gen vai pelo menos uma vez por semana, já que seu apartamento é perto do trabalho dela, mas sem sucesso.

— Tentei encontrá-la nos bares que ela frequentou no passado e nada. Desde aquela briga com o cara que roubou da Mama Kerri, ela está incomunicável. Meu palpite é que ela está se sentindo muito envergonhada e não está aceitando bem. Vou tentar a casa dela de novo. — Bebi meu chá e suspirei.

— Os namorados perdedores da Tabby são a menor das nossas preocupações. Ela deveria estar aqui. Deixei uma mensagem ontem à noite, dizendo que a Simone foi baleada e quase se tornou uma vítima do Estrangulador do Banco de Trás, e ela não respondeu. Mas afinal o que é que se passa? — Charlie perguntou em um grunhido, fazendo seu rabo de cavalo vermelho balançar.

Sonia passou a mão pelas minhas costas.

— Ela tem razão. A família de ficar unida, e ela está nos evitando, especialmente quando mais precisamos dela. Devemos encontrá-la, nos sentar e conversar. Ajudá-la a resolver o que quer que esteja acontecendo. Resolver os problemas, afastar os perdedores e ajudá-la a se reerguer. Estou realmente preocupada.

— Ela sempre foi um pouco diferente — Mama comentou enquanto colocava um pano de prato sobre o ombro. — A Tabby nunca foi capaz de lidar com seus demônios do jeito que vocês faziam. Sempre foi uma luta, mas ela é parte da nossa família e estaremos aqui para apoiá-la, não importa o custo. Foi assim que criei minhas filhas e espero que vocês recebam sua irmã de braços abertos. — Uma sobrancelha loira se arqueou enquanto ela olhava para todas nós.

Um coro de "Sim, Mama" ecoou pela cozinha.

— O que os policiais disseram? Eles realmente acham que foi o Estrangulador do Banco de Trás? — Addy perguntou.

Balancei a cabeça e depois dei de ombros.

— Eu deveria entrar em contato com o agente Fontaine mais tarde. Ele deve saber algo mais. É o agente que salvou minha vida. Graças a Deus ele estava usando um colete... — Meus olhos ficaram vidrados quando me lembrei dos quatro tiros ecoando na noite escura.

Estremeci algumas vezes quando a memória me atingiu.

Sonia se aproximou de mim e passou os braços ao meu redor. Eu me inclinei contra seu calor, abalada pela memória.

— Está tudo bem. Você está segura — ela sussurrou.

Estremeci por um momento e então mordi o lábio inferior, tentando desesperadamente evitar as lágrimas que queriam cair.

— Eu sou mais forte que isso... — sussurrei, e ela assentiu com a cabeça no meu ombro.

— Sim. Uma das pessoas mais fortes que conheço — ela concordou.

Todas as minhas irmãs vieram até mim, Blessing e Addy ao meu lado, Charlie e Liliana inclinadas. Sônia atrás de mim. Todas me tocando e me carregando com amor e apoio.

— Amo vocês. Muito. Não sei o que faria se não existissem. — Engoli a emoção e funguei.

— Que bom que você nunca vai ter que descobrir — Charlie esfregou a mão na minha coxa. — Certo, garotas?

— Isso aí!

— Irmãs para sempre!

— *Hermanas!*

— Família — Sonia disse no meu ouvido antes de me dar um beijo. — Eu te amo.

— Cara, eu sou a mulher mais sortuda do mundo. — Eu tinha a maior parte da família ao meu redor e estava sã e salva. Veria Genesis esta noite, junto com Rory. E esperava ver Tabby em breve, se aquela teimosa pudesse repensar suas atitudes e falar com uma de nós.

— Certo... vou precisar tomar banho e assar uns cookies para passar o dia de hoje. Os agentes virão aqui mais tarde, e vou para minha casa pegar algumas roupas. Mama, tudo bem se eu ficar aqui?

— Garota, não seja boba. Essa casa é sua. Você sempre tem um lugar para ficar. Todas vocês, e a família que construírem no futuro. Agora, quem quer cookies ou bolo? Fiz um de chocolate alemão ontem e de açúcar e canela também.

Sorri e balancei as sobrancelhas para Charlie.

— Os de açúcar e canela são meus! — Pulei ao mesmo tempo que ela.

— De jeito nenhum! Você está machucada. Posso ganhar de você com facilidade. Nada me impede de pegar esses cookies primeiro! — Ela correu em direção ao pote como se fosse uma explosão de vermelho.

— Cacete! Não é justo!

— Olha a boca — Mama advertiu. Uma coisa que ela não tolerava era palavrões. Ela acreditava que desde o momento em que se tem a capacidade de escolher as palavras, a pessoa devia fazê-lo com sabedoria para não ofender os outros.

Isso deixava algumas das garotas loucas. Já eu adorava que ela tivesse pequenas peculiaridades. Tornava-a mais humana e menos deusa. Ela já era adorada por cada uma de nós por nos salvar. Suas peculiaridades a tornavam adorável. Eu amava tudo nelas. Eram minha família. Tudo que eu tinha no mundo.

— Ah-há! — Charlie ergueu o primeiro cookie como se fosse uma barra de ouro que encontrou em sua busca por um tesouro poderoso.

— Tudo bem! — falei.

— Fiz o suficiente para todas vocês. Certamente não é meu primeiro dia sendo mãe, é? Ela nos encarou com seus olhos azul-esverdeados e uma contração de seus lábios revelando a diversão.

— Não, Mama. — Fiz beicinho.

— Não. Mas eu peguei o melhor — Charlie retrucou, dando uma grande mordida e depois gemendo.

Olhei para ela.

— Você comeria o melhor depois que sua irmã foi baleada e quase estrangulada? Que rude!

— Jesus! — Blessing falou. — Essas duas.

— Blessing, é melhor que seja uma oração! — Mama falou.

Ela arregalou os olhos e fez um sinal como se estivesse fechando a boca e jogando uma chave imaginária por cima do ombro.

— Tudo bem. Você pode comer metade do melhor cookie do mundo — Charlie disse.

Abri um sorriso enorme e estendi a mão.

— Obrigada, Charlieeeee.

Ela revirou os olhos e colocou meio cookie na minha mão como se fosse o último. Ainda assim, o fato de ela dividir comigo era o que importava. A vida toda, brincávamos assim. Mas sempre compartilhávamos. A não ser quando se tratava de homens. Isso era uma coisa que nenhuma de nós jamais faria. Era uma traição entre irmãs. Se uma de nós se interessasse por um cara, qualquer outra nunca namoraria com ele. Sem chance.

A irmandade era muito mais importante do que qualquer homem.

Talvez fosse por isso que estávamos solteiras… humm. Algo para refletir posteriormente, com certeza.

Falando em encontros, o celular de Mama, que estava carregando na cozinha, tocou.

Mastiguei o cookie mais rápido e olhei para o aparelho, esperando que fosse o agente Fontaine. Dei o número da minha mãe, porque o meu estava no carro, que estava nas mãos de um assassino. Estremeci com o pensamento.

Quando vi um número desconhecido, minhas bochechas aqueceram e meu coração começou a bater forte. Ajeitei o cabelo como uma boba e limpei a garganta.

— Ah, não. Ela não pode ter arrumado o cabelo por causa de um telefonema. E quem, por favor, está ligando para a minha irmã? — Blessing me abraçou por trás e olhou para o telefone de Mama. — Número desconhecido. Aaah, eu adoro um mistério.

Eu a empurrei, e ela gargalhou, se afastando.

— Alô, aqui é Simone.

— Oi, Simone? Aqui é o Jonah… é, o agente Fontaine.

— Sim. — Abri um sorriso enorme. Não pude evitar. Só ouvir sua voz provocou um nó no meu estômago. — Oi. Como você está?

— De licença. E você? — Sua voz era mais profunda do que eu me lembrava, ou talvez fosse apenas a minha imaginação.

— Bem. Dolorida. Mas a maioria das minhas irmãs está

aqui, e estamos na casa da minha mãe tomando chá com biscoitos, então… estou bem.

Ele riu, e eu suspirei.

Olhei para trás e todas as mulheres no cômodo, além de Mama, estavam olhando para mim, nem mesmo fingindo que não estavam ouvindo.

Franzi o nariz, arregalei os olhos e acenei para elas.

— Olha, eu vou para casa tomar um banho e me trocar, me encontrar com minha equipe e garantir uma atualização do vice-diretor assistente. Depois vou te buscar para levá-la até sua casa.

— Honestamente, você já fez muito. Não precisa fazer isso…

Por que eu estava tentando dispensá-lo quando essa era a última coisa que eu queria?

— Simone, eu disse que vou mantê-la segura, e estou comprometido com isso. Você está em perigo. Não importa o quanto seja forte ou quantos membros da sua família estão com você. A situação ainda é terrível. Um bandido tem suas informações de contato, identidade, celular e carro. Essa é uma conexão muito mais próxima do que eu gostaria que alguém tivesse com uma mulher solteira tão doce quanto você.

— Você acha que eu sou doce?

Ah, meu Deus! Ele acha que eu sou doce!

Ele riu e senti um rubor cobrir minhas bochechas e descer pelo meu pescoço e peito.

— Você saiu do seu carro com um uniforme rosa minúsculo que te fazia parecer algodão doce. Você é gentil. Forte. E estava mais preocupada em não colocar sua irmã em apuros por causa da possibilidade de receber uma multa ou ser presa do que consigo mesma. Você cuidou de mim. Chamou ajuda. Sim, eu acho que você é doce.

— Hum… obrigada.

— Sem problemas. Por favor, envie uma mensagem de texto para este telefone com o endereço de onde você está…

— Posso pedir para alguém me levar, se estiver fora do seu caminho — ofereci, mas não queria que ele aceitasse.

— Viu? Doce. E não, eu prefiro acompanhá-la. Queremos que qualquer um que esteja de olho no lugar saiba que você está sob a custódia do FBI.

Cobri a boca com a mão enquanto ofegava.

— Não se preocupe. Vou te proteger. Prometi te manter em segurança. Fiz isso ontem à noite, certo?

— Sim. — Soltei a única palavra como se fosse um sussurro.

— E sou um homem de palavra. Quando você estiver comigo, estará segura, Simone.

Engoli a emoção repentina que deixou minha garganta seca.

— Vou te mandar o endereço por mensagem.

— Doce pra cacete. Caramba — ele deixou escapar.

— O quê?

— Nada. Te vejo à tarde, está bem?

— Certo, Jonah. Obrigada mais uma vez.

— Por nada. Até lá — ele disse e desligou. Sem adeus ou despedida. Apenas *até lá*.

Apertei o botão e me virei para vários rostos sorridentes.

— Nem comecem… — avisei.

— Ah não, nós queremos saber tudo! Jonah? Você está chamando o agente pelo nome? — Blessing notou logo de cara.

— Claro que estou, porque é o nome dele — falei.

— E está corada como se estivesse feliz em falar com ele. Muuuuuuito feliz — Charlie adicionou. — Conheço esse olhar, garota. Eu me sinto assim toda vez que visito uma das sessões de fotos da Addy e vejo todas aquelas mulheres nuas ou seminuas. A quem estou enganando? Até os homens.

— Você dá em cima de tudo que se move — rebati.

— É verdade, mas isso não muda o fato de que você gosta desse cara! O agente do FBI que te salvou — ela provocou.

— Acho romântico. Como um conto de fadas. — Liliana colocou as mãos no queixo, com os olhos sonhadores.

— Mama! Faça com que elas parem — pedi.

— E estragar toda a diversão? Quero ouvir sobre esse tal de Jonah. Saí do hospital antes de vocês. A Sonia me disse que você conversou com o agente do FBI que salvou sua vida, mas não disse que você gostou dele. Disse? — Ela se inclinou sobre o balcão e apoiou o rosto na mão.

— Vocês são impossíveis! — resmunguei.

— Não, nós somos suas irmãs. Você gosta de um cara e queremos saber mais! Tipo, o que aconteceu com aquele namorado inútil, o Trey?

— Ah, o Trey. — Fiz um som de engasgo. — Ele terminou comigo ontem. Me deixem contar o início do meu dia para que todas estejam por dentro...

— E então você vai nos contar sobre o agente Jonah Fontaine? — Liliana questionou com um tom animado, como se achasse que a vida é incrível.

Respirei bem fundo.

— E então vou contar sobre um agente do FBI gostosão.

QUATRO

Quando abri a porta, fui cumprimentada não apenas por Jonah, mas também pelo agente loiro do hospital.

— Oi, Simone, este é o meu parceiro, o agente Ryan Russell.

Eu sorri.

— Prazer em vê-lo novamente. Nós nos encontramos ontem à noite. — Olhei para Jonah e seu olhar sombrio e sonhador estava focado no meu rosto, como se estivesse catalogando todas as minhas reações. Minhas bochechas traidoras esquentaram.

O agente estendeu a mão, e eu a apertei, tentando me concentrar no que estava fazendo, não no meu salvador.

Logo atrás de mim, Mama colocou a mão no meu ombro e espiou pela porta.

— Olá, cavalheiros. Entrem. Posso lhes oferecer um café ou chá? — Ela segurou a porta totalmente aberta.

— Ah, sim… Deus. Eu deveria ter oferecido. Vocês dois gostariam de entrar? — Fiz um gesto com o polegar atrás de mim.

O agente Russell sorriu, e Jonah mordeu o lábio inferior. Ah, o que eu não daria para provar aquele lábio.

— Muito obrigado, senhora. Infelizmente, precisamos levar a Simone para casa. O agente Russell está trabalhando agora. — Ele gesticulou para seu parceiro, que estava em um terno escuro, muito parecido com o que ele usava na noite passada enquanto

Jonah estava delicioso em uma camisa térmica de manga comprida verde e justa. Seu jeans escuro já tinha visto dias melhores.

O agente Russell colocou a mão sobre o coração.

— É uma oferta maravilhosa. Que tal em uma outra oportunidade? — Seus olhos claros viajaram de mim para Jonah e depois de volta para Mama. — Tenho a sensação de que nos veremos mais vezes — ele afirmou.

Tenho certeza de que meus olhos se arregalaram e minhas bochechas pegaram fogo.

— Hum, só vou pegar meu suéter. — Eu me virei, corri para o cabideiro e tirei um cardigã cinza comprido que deixei aqui na última vez que visitei. Era macio, confortável e tinha um capuz. Era como se eu estivesse usando um cobertor o dia todo. Eu amava.

Os homens me levaram para um SUV preto, e eu entrei na parte de trás. Remexi as mãos enquanto verificava meus arredores.

— Tecnicamente, esta não é a primeira vez que estou em uma situação com a polícia — compartilhei desnecessariamente e tentei consertar. — Quero dizer, não por nada sério. Na verdade, nem foi minha culpa. Foi ideia da minha irmã adotiva, a Tabby. — Nenhum dos homens disse nada e o silêncio no espaço parecia sufocante, então continuei. — Nós estávamos pregando uma peça em um de nossos professores e as coisas saíram do controle... — Cerrei os dentes e me repreendi mentalmente, por compartilhar uma história embaraçosa. Eu fazia isso o tempo todo. Compartilhava demais. Falava demais. Dava conselhos demais.

— Como assim? — Jonah perguntou, me salvando da vergonha.

— Nós... colocamos uma mangueira na porta da frente da casa e papel higiênico nas árvores e arbustos. Ele deu uma nota ruim a uma das minhas irmãs, a Genesis, em ciências porque ela se recusou a participar da dissecação de um porco. Ela é uma verdadeira amante de seres humanos e animais. Ela é assistente social. Isso iria para seu registro permanente, e ela precisava de notas perfeitas para conseguir uma bolsa de estudos, então elaboramos um plano de vingança. A Mama Kerri já havia feito um acordo com o professor, embora não soubéssemos disso na época. Juro! — Fiz o sinal da cruz.

O agente Russell riu.

— Irmão, você conseguiu uma esperta — ele murmurou, e eu não tinha certeza se era um elogio ou não. Eu não poderia dizer pelo seu tom.

Droga. Eu estava parecendo uma completa idiota.

— Eu sempre faço isso. Falo muito. Me ignorem. — Acenei com a mão e olhei pela janela.

Jonah se virou, a janela entre nós aberta para que eu pudesse ver seu rosto bonito. — De jeito nenhum. Não pare agora. A história estava ficando boa. — Ele sorriu. — O que aconteceu depois do papel higiênico e da mangueira de água?

Engoli em seco e mordi o lábio inferior. Seu olhar permaneceu na minha boca, e eu assisti com extrema fascinação enquanto ele umedecia os lábios. Meu corpo começou a aquecer e o espaço entre minhas coxas latejava. Parecia que longos minutos se passaram entre nós enquanto nos encarávamos em vez de apenas vinte segundos.

— Hum, bem, eu não sabia que a Tabby tinha ligado a mangueira, então quando ele acordou no dia seguinte, a casa estava inundada. Provocou danos muito sérios no piso.

— Não acredito! — ele exclamou.

— A polícia foi chamada. Ele tinha circuito de segurança e o vídeo nos pegou enquanto Tabby segurava a mangueira e eu a cobria com um arbusto. Os oficiais foram até a escola e nos tiraram das aulas. Eu fiquei tão assustada…

— O que aconteceu depois?

— Mama Kerri conversou com eles. Explicamos que éramos crianças adotivas tentando encontrar nosso caminho e tudo mais. Ele retirou as acusações, mas tivemos que pagar pelos danos e pedir desculpas pessoalmente. Passamos o verão inteiro limpando gramados, casas, cuidando de crianças… o que fosse necessário para pagar o estrago. Todas as nossas irmãs ajudaram. Foi incrível. Todo mundo passou o verão pagando o que Tabby e eu fizemos. Uma por todas e todas por uma. — Dei de ombros.

— Uau, isso é demais… — A voz de Jonah era baixa e tinha uma nota de elogio.

— O papel higiênico?

Ele balançou a cabeça.

— Não, o fato de que suas irmãs e mãe se esforçaram para ajudar vocês a saírem de uma situação difícil. É como eu e o Ryan. — Ele deu um soquinho de brincadeira no ombro de seu parceiro. — Somos irmãos por opção. Vocês são irmãs pelas circunstâncias, mas o amor é uma escolha. Coisas poderosas.

Sorri com um sentimento de orgulho por ele entender a conexão que eu tinha com aquelas mulheres.

— Eu também acho. Obrigada.

Nos encaramos novamente, perdidos no momento até que o agente Russell anunciou:

— Chegamos.

Baixei a cabeça para olhar para o meu colo e tentei ao máximo conter o sorriso ultrajante que se estendia em meu rosto.

Em pouco tempo, a porta traseira do SUV se abriu e nós saímos.

No segundo em que chegamos ao meu prédio, soube que algo estava errado. Minha janela estava aberta, com a cortina branca balançando ao vento.

— Aquela janela não deveria estar aberta. — Agarrei o antebraço de Jonah e parei no meio do caminho, com medo de mover um único músculo.

Ele ergueu o queixo em direção ao meu apartamento, que ficava no segundo andar.

— Esse é o seu apartamento?

Assenti.

— Certo, fique aqui. Nós vamos entrar primeiro.

Fiquei ao lado de uma grande árvore, escondendo a maior

parte do meu corpo, e observei enquanto os dois homens subiam a escada até meu apartamento, com armas em punho.

Quando eles chegaram à porta, nem precisaram de uma chave. O oficial Russell apenas empurrou a porta e entrou com a arma apontada. Jonah estava logo atrás dele.

Por favor, não deixe que tenha alguém lá. Por favor, não deixe que tenha alguém lá. Por favor, não deixe que tenha alguém lá.

Rezei várias vezes, meu coração batia tão alto que eu podia ouvi-lo. Todos os sons do lado de fora desapareceram. Não havia mais carros. Nada de vizinhos. Não havia pássaros cantando. Apenas o som da minha própria respiração. Meu coração batia tão alto quanto um tambor.

Até que Jonah apareceu na porta da frente, o rosto inexpressivo e a mandíbula tensionada.

Sem pensar, eu apenas corri. Subi as escadas dois degraus por vez e bati em seu corpo quando atingi o topo, envolvendo meus braços ao redor dele. Ele deu um passo para trás e grunhiu, mas me segurou, me trazendo para perto, com a mão na minha nuca e outra na minha cintura. Oscilei contra ele e esperei até que meus nervos relaxassem.

— Está tudo bem. Você está bem. — Ele esfregou a parte de trás do meu pescoço.

Quando pude sentir minha frequência cardíaca voltando ao normal e meu corpo parando de tremer, me afastei. Nervosa, empurrei uma longa mecha de cabelo, colocando-a atrás da orelha enquanto olhava para o chão.

— Me desculpe, eu só... surtei por um minuto.

Ele agarrou minha mão e a apertou.

— Isso é normal. Embora eu deva lhe dizer, as coisas não estão boas lá. Você não pode entrar.

— O quê? — falei e empurrei a porta com tanta força que bateu na parede oposta. Passei por ele antes que pudesse me parar.

E foi quando eu senti o cheiro.

Sangue.

Olhei ao redor enquanto Jonah tentava me puxar de volta.

Minha casa foi completamente saqueada. As almofadas do sofá estavam rasgadas, como se Freddy Krueger e Edward Mãos de Tesoura tivessem vindo aqui e as coisas tivessem ficado muito loucas. A TV estava quebrada, algo foi jogado nela. Havia restos de planta, vidro e outros detritos no chão.

A mesa de centro estava caída de lado, um abajur quebrado no chão. As gavetas da escrivaninha estavam abertas, papéis espalhados por toda parte. Quando me dirigi para o meu quarto, o cheiro picante e acobreado que permeava o ar ficou mais espesso, minha boca começou a salivar com um gosto azedo e meu estômago se apertou com força.

O agente Russell apareceu na porta e ergueu as mãos, como fez ontem à noite no hospital, tentando bloquear meu caminho com seu corpo grande.

Desviei dele e entrei, mas não estava preparada para o que vi.

Na minha cama havia uma mulher, com os olhos abertos e injetados de sangue. Seu pescoço estava roxo e torcido em um ângulo estranho. Seu cabelo castanho estava emaranhado, misturado com sangue. Listras vermelhas desciam por suas costas como se alguém tivesse tentado escrever alguma coisa. Minha faca parecia ter sido deixada na cama, o sangue escorrendo pela borda prateada e pelo cabo de madeira.

Cobri a boca quando notei que a mulher estava completamente nua e pior, eu sabia quem ela era.

Recuei na ponta dos pés.

— Ah, meu Deus, não! — Respirei fundo, mas só conseguia sentir cheiro de morte.

Meu estômago revirou, os cookies e o chá que comi esta manhã girando violentamente em meu estômago. Me virei, empurrei os dois agentes e corri para o banheiro, caindo de joelhos e vomitando no vaso sanitário. Coloquei tudo para fora até que não houvesse mais nada.

Os olhos da mulher morta enchiam minha visão toda vez que eu fechava os olhos, me fazendo arfar de novo.

De repente, senti um pano molhado e frio na minha nuca e na testa, alguém segurando meu cabelo.

Então *ele* estava lá.

Em toda parte.

Em tudo ao meu redor.

Pairando sobre mim.

— Sinto muito que você tenha visto isso. — Suas palavras eram baixas e reconfortantes.

Me levantei um pouco, e ele ficou comigo, me abraçando e fazendo o que podia para me confortar.

— Chamei a equipe. O capitão da polícia também está a caminho — o agente Russell avisou, talvez do corredor, mas não virei a cabeça para olhar.

Peguei o pano que Jonah segurava na minha testa e limpei a boca, então dei a descarga, sentindo o nó em meu estômago se soltar enquanto eu inspirava e expirava em respirações calculadas.

Jonah me ajudou a ficar de pé, e eu fui até a pia, enxaguando a boca antes de colocar uma grande quantidade de pasta na escova de dente e começar a escová-la. Eu não conseguia parar de sentir o gosto de sangue. Era insano e não fazia nenhum sentido, mas era tudo o que eu podia sentir.

Jonah esfregou minhas costas quando terminei, enxaguei o rosto e lavei as mãos antes de apoiá-las na pia e me segurar.

O agente Russell me levou para a sala de estar, e eu me sentei, tentando entender o que tinha acabado de presenciar.

— Eu a conheço.

— Quem? — ele perguntou.

— A mulher — eu disse enquanto traçava os padrões e nós na mesa de madeira da cozinha com a ponta do dedo. Sem parar.

— Quem é ela? — Ele se agachou ao meu lado e colocou a mão no meu joelho. Eu me encolhi. Ele tirou a mão como se tivesse sido queimado. — Sinto muito.

Balancei a cabeça, mas não disse nada por um tempo.

Então meu salvador estava de volta. Apoiou a mão no meu ombro e seu calor me envolveu. Suspirei e inclinei a cabeça em direção a ele, querendo estar mais perto.

— Eu a conhecia. — Minha voz falhou. — É a síndica do condomínio. Katrina. Não me lembro do sobrenome, mas faço o pagamento do aluguel para ela e a vejo na piscina. Ela planta flores na primavera, e parece que sempre usamos a academia do condomínio no mesmo horário, pelo menos, uma vez por semana. Ela é muito legal. Super bonita. E todo mundo gosta dela! Por que ela está morta na minha cama?

As emoções rugiram através de mim tão rápido que meu corpo tremeu enquanto eu me enrolava no suéter, puxando os joelhos para cima e me balançando para frente e para trás.

— Quem faria isso com uma pessoa tão legal? Ela nunca fez mal a ninguém! E se você atrasava o aluguel um dia ou dois, ela nem cobrava a taxa! Todo mundo a amava! — Continuei a balançar o corpo enquanto Jonah empurrou uma cadeira ao meu lado e passou os braços em volta do meu corpo.

— Sinto muito pela sua amiga. Não saberemos o que aconteceu até que a equipe investigue, mas não é coincidência que ela tenha sido morta aqui, na mesma noite em que o Estrangulador do Banco de Trás fugiu com seu carro, sua bolsa e informações de contato.

— Ah, meu Deus! Minha mãe! Minhas irmãs! — falei e me levantei tão rápido que a cadeira caiu. Me movi para ir embora, sem saber o que fazer, ou para onde ir. Eu nem estava com meu carro. Enfiei as mãos no cabelo e olhei para a destruição. — Minha vida inteira está bagunçada e alguém que conheço está morta! Não sei o que fazer! — Soltei um soluço e as lágrimas escorreram.

Jonah me puxou para seus braços novamente.

— Você vai respirar fundo para se acalmar. Vamos repassar tudo o que você sabe sobre a noite passada e o que sabe sobre a vítima. O agente Russell e eu temos rastreado o Estrangulador do

Banco de Trás por todo o estado. Nós vamos encontrá-lo. E então o FBI e o sistema de justiça criminal vão com tudo para cima dele. O que significa que ele vai pagar com prisão perpétua.

Assenti enquanto os pensamentos do que aconteceu na noite passada se misturaram com tudo que eu tinha acabado de ver.

— Não, ele vai se safar. Mesmo com tudo o que fez com aquelas mulheres. Ele vai se safar! — gritei e chorei ao mesmo tempo.

Jonah segurou minhas bochechas, seu olhar escuro me prendendo ao aqui e agora.

— Eu juro para você, Simone, nós vamos pegar este homem. Ele vai pagar pelo que fez com aquelas mulheres, com você e com sua amiga. Eu não vou parar de procurá-lo até que ele seja encontrado.

— Ele vai me encontrar e fazer i-i-isso comigo. — Meus dentes começaram a bater.

Seu rosto se transformou em pedra, e ele grunhiu.

— Nenhum homem vai te tocar. — Ele enxugou minhas lágrimas com os polegares. — Essa é uma promessa que vou cumprir, doce menina.

Olhei em seus olhos e observei as manchas marrons e douradas cintilarem. Ele era um bom homem. Honesto. Um herói. Alguém que sabia que podia confiar.

Com toda a minha força de vontade, sussurrei:

— Eu acredito em você.

E eu acreditava. Enquanto meu salvador estivesse por perto, eu sabia que estaria segura.

Mas o que aconteceria quando estivesse sozinha?

Eu estava sentado à mesa da cozinha com uma mulher morta no meu quarto por mais de uma hora. Contei ao capitão Mandle e aos outros oficiais tudo que sabia sobre Katrina e a última vez que estive em casa. Ontem, antes do turno do jantar. Então fui parada pelo agente Fontaine. Ele já sabia tudo o que havia acontecido naquela cena, mas juntos, Jonah e eu relatamos o que vivenciamos, detalhando qualquer coisa que pudéssemos nos lembrar.

O capitão da polícia saiu para discutir a informação com os outros enquanto Jonah obteve aprovação para pegar algumas das minhas roupas, e o agente Russell entrou em contato com o diretor. Tudo foi colocado do lado de fora do apartamento, pronto para ser levado comigo.

Não me atrevi a voltar para o quarto, mas de vez em quando, ouvia um zumbido como se algo estivesse carregando e, em seguida, um clique do que presumi ser uma daquelas câmeras grandes com flashes gigantes que você vê na televisão.

Eu nunca mais voltaria a este apartamento. Nunca. Chamaria alguns amigos ou contrataria alguém para salvar o que pudessem. Ou talvez eu começasse de novo. Eu não me importava. De jeito nenhum eu seria capaz de esquecer corpo ensanguentado de Katrina na minha cama.

Enquanto eu bebia o café morno, o capitão entrou, veio em minha direção e parou a poucos metros de mim. Ele colocou as mãos nos bolsos e balançou para frente e para trás como se estivesse pensando.

Até que ele falou. E foi direto ao ponto.

— A vítima é Katrina Dushay, síndica do Valley Oak Apartments. Trabalhou aqui por seis anos. Depois de conversar com o namorado, acreditamos que Katrina saiu de seu apartamento ontem à meia-noite, porque recebeu reclamações de barulho de alguns vizinhos. Nós os entrevistamos e tudo o que eles puderam nos dizer é que ouviram vidros se quebrando e batidas fortes vindo do seu apartamento, como se alguém estivesse destruindo o lugar. Por volta da meia-noite e meia, os vizinhos disseram que os ruídos pararam. Essa foi a última vez que alguém ouviu ou viu alguma coisa. O namorado adormeceu e não sabia que ela estava desaparecida quando chegamos. Ele está entrando em contato com os pais dela.

Katrina foi morta em meu apartamento entre meia-noite e meia-noite e meia. Trinta minutos e uma jovem vibrante e bonita foi tirada deste mundo. E ninguém fez nada.

— Como algo assim pôde acontecer? Havia tanto sangue… — Minhas mãos tremiam, então larguei a caneca. — Ela deve ter gritado.

— Olha, srta. Wright-Kerrighan, não posso entrar em detalhes, mas direi que o assassino deixou uma mensagem. — O capitão Mandle franziu a testa e esfregou a nuca.

— Uma mensagem? — Estendi a mão, e Jonah a segurou por baixo da mesa.

A sua presença foi a única coisa que me impediu de desmaiar.

— Esconde-esconde — o capitão disse.

Fiz uma careta.

— Não entendi.

Ele fechou os olhos.

— Eu realmente não queria compartilhar isso, mas ele escreveu as palavras nas costas dela usando uma faca que encontrou na sua cozinha. Matou-a na sua cama. Acreditamos que ele desenvolveu suas atividades como o Estrangulador do Banco de Trás. Ela foi estrangulada, mas a violência adicional é inédita. Ele escreveu essas palavras por um motivo, e acho que é uma mensagem para nós, ou talvez para você. Precisamos proceder com extrema cautela. Este homem tem seu telefone, identidade, seu carro e sabe onde você mora. — Ele levantou as mãos. — Preciso que você veja se tem algo faltando.

Pisquei, como se ele estivesse me pedindo para procurar um diamante perdido. Isso era como achar uma agulha em um palheiro, sem mencionar que minha cabeça estava tão longe que eu não tinha noção da realidade e muito menos era capaz de ver qualquer coisa naquela bagunça.

— Eu, eu, n-não sei. Tem tanta…

Jonah apertou minha mão.

— Vamos fazer isso juntos. Apenas tente, está bem?

Assenti, e ele me ajudou a ficar de pé. Meu braço estava latejando, e eu precisava de um analgésico, mas tinha que acabar com isso e voltar para a segurança e o conforto da casa de minha mãe. Enterrar minha cabeça debaixo de uma pilha de cobertores e fazer tudo isso desaparecer.

Jonah segurou minha mão e me levou até o centro da sala.

— Comece com o sofá, as mesas e qualquer coisa que não esteja no chão.

Examinei o espaço, olhando para o castiçal, porta-copos, revistas, todos espalhados no chão. Balancei a cabeça.

— Estante. — Ele me levou para a estante. Todos os livros estavam no chão. Usei meu pé para movê-los. Não havia nada além de livros e CDs.

— Parece que tudo está aí, mas não tenho certeza.

Ele assentiu.

— Certo, bom. Agora a área da TV.

Percebi a TV quebrada, a planta destroçada e sujeira, algumas bugigangas, e quando eu estava prestes a passar para o próximo espaço, me agachei e comecei a empurrar desesperadamente alguns itens.

Não estava aqui. Examinei o resto da sala, meu olhar saltando de um ponto a outro.

— Não está aqui.

— O quê?

— Uma foto. Uma foto minha com minhas irmãs e nossa mãe adotiva. Tiramos na frente da casa há alguns anos. Foi um presente para o Dia das Mães, mas a Liliana fez uma cópia para todas nós. Sumiu.

— Droga — Jonah resmungou e foi até o agente Russell e o capitão Mandle. Eles disseram algumas palavras em voz baixa e o capitão acenou com a cabeça antes de Jonah voltar para mim.

— Vamos, vamos voltar para a casa da sua mãe. Agora. Precisamos entrar em contato com todas as suas irmãs. Você sabe os números delas de cor?

Balancei a cabeça, então corri até a gaveta da cozinha onde deixava meu celular antigo e carregador. Eu tinha acabado de comprar um novo.

— Vamos resolver isso no caminho. Entre em contato com sua mãe. Certifique-se de que todas as suas irmãs nos encontrem na casa dela às cinco.

— Elas virão para o jantar. Por que você quer vê-las?

— Se nosso assassino pegasse um livro, uma joia ou algo de pouca utilidade, eu não ficaria tão preocupado. Ele pegou uma foto sua e de sua família.

— Isso significa que ele vai atrás delas?

Ele inspirou com tanta força que suas narinas dilataram.

— Não sei, mas não estou disposto a arriscar.

CINCO

No segundo em que Mama Kerri abriu a porta para nos cumprimentar, voei em direção a ela, batendo no meio de seu peito. As lágrimas escorreram quando os braços de minha mãe me envolveram.

— Querida menina, o que a assustou? — Ela me abraçou, mas eu não respondi, apenas me encolhi em seu peito como a garotinha que eu era quando apareci de mãos dadas com minha irmã mais velha depois que nossos pais morreram.

— Senhora, vou trazer as malas dela e depois precisamos conversar — Jonah disse atrás de nós.

Mama acariciou minhas costas e minha cabeça.

— Sim, claro. Entre. — Ela me colocou ao seu lado. Eu absorvi sua essência, permitindo que toda a maldade que veio antes desse momento se dissipasse.

Não pude deixar de tremer quando ela esfregou meu braço para cima e para baixo e me levou para a sala. Ela me sentou, pegou um de seus cobertores e me envolveu nele. Depois se abaixou, tirou meus sapatos e pegou os chinelos que estavam ao lado de sua cadeira e os colocou nos meus pés.

— Descanse. Vou fazer um chá de camomila. Você está com fome?

Balancei a cabeça e me aconcheguei ainda mais no cobertor,

me inclinando no braço do sofá e observando enquanto Jonah trazia uma mala e uma bolsa atrás da outra.

Mama notou a quantidade de malas que ele trouxe.

— Parece que você vai ficar em casa por um tempo... Me contem o que aconteceu.

Apertei os lábios e inspirei, fechando os olhos e tentando não me lembrar do olhar vago de Katrina para não cair em lágrimas novamente.

Não precisei falar, pois Jonah assumiu o comando e contou toda a história para Mama. Além de cobrir a boca e levar a mão ao coração, ela recebeu a informação melhor do que eu esperava. Mama Kerri passou por muita coisa em seus sessenta anos nesta terra. Desde a morte de seu marido, quando ela tinha vinte e tantos anos, até quando abriu a Kerrighan House e começou a encher a casa com meninas perdidas e órfãs. Ela tinha visto de tudo.

Naquela época, era muito mais difícil para uma mulher solteira recolher crianças, mas não tão difícil de adotar. E como éramos órfãs, ficamos até envelhecermos. Algumas de nós frequentaram a faculdade enquanto ainda moravam aqui.

Em algum momento, devo ter cochilado, porque quando abri os olhos todas as minhas irmãs estavam na sala.

A pequena Rory estava deitada na minha frente, aconchegada no meu peito. Eu devo tê-la sentido, porque enrolei o cobertor em volta dela e seu cheiro doce estava em meu nariz. Ela estava rindo de alguma coisa e então se virou. Seu olhar âmbar dourado encontrou o meu.

— Oi, tia. — Ela deu um tapinha no meu rosto com a mão gordinha de três anos. — Você *acodou?*

Levei sua mão à boca e beijei a palma, então dei uma beijo estalado nela. Ela riu com vontade e isso me encheu de um amor tão extremo que não pude deixar de aconchegá-la, beijar seu pescoço e rosto e abraçar seu corpo precioso.

Minha sobrinha gritou e riu enquanto eu brincava com ela. Seu cabelo preto encaracolado era como uma auréola selvagem ao redor de sua pele escura. Genesis era metade afro-americana e metade coreana. O pai de sua filha era afro-americano. Juntos, os dois fizeram a criança mais linda do planeta. Sua pele escura era brilhosa e combinava com cabelos pretos e aqueles olhos âmbar. Ela poderia sair na capa de qualquer revista e venderia um zilhão de cópias.

Peguei a menina e a coloquei no meu colo. Sentadas em várias posições, nas cadeiras, no chão e de pé, estavam as minhas irmãs. Menos a Tabby.

— Nenhuma notícia da Tabby? — perguntei,

Elas desviaram o olhar, fizeram careta ou apenas suspiraram.

— Passei no apartamento dela quando saí do trabalho — Genesis falou. — O lugar estava silencioso. Estou pensando em entrar em contato com o síndico para ver se não podemos entrar. Estou começando a me preocupar com a segurança dela. Aquele lugar infestado de ratos é assustador e tenho certeza de que há traficantes na varanda. É tão ruim que fui até lá antes de pegar a Rory, porque eu não a quero ali.

— Eu vou, eu tenho uma chave — Mama disse ao entrar com uma bandeja cheia de frios, queijos, geleias e biscoitos.

— Sozinha você não vai — Charlie protestou. — Traficantes de drogas! De jeito nenhum, Mama. — Minha irmã deu de ombros e, em seguida, estendeu a mão para Blessing.

Sorri para as duas.

— Agora que vocês estão aqui, o agente Fontaine tem algumas notícias que precisa compartilhar. No entanto… — Mama estendeu os braços amorosos e ansiosos para a neta, balançando os dedos. — Esta conversa não é para ouvidos pequenos! Você quer ajudar a vovó a fazer alguns cupcakes, minha linda?

Rory saltou para os braços da avó.

— Eu gosto de cupcakes rosa! — ela exclamou.

— Ah, eu sei, minha menina. Eu tenho rosa com granulado pronto!

Rory levantou os bracinhos e bateu palmas.

— Oba!

Genesis deu um tapinha nas costas da filha enquanto elas passavam, e Charlie beijou a bochecha da garota ao seguirem pela soleira da porta.

— Senhoras, essa não é uma boa notícia, então vou direto ao ponto. Vocês estão cientes do que aconteceu com a Simone e comigo na noite passada?

Todas assentiram. Ele aproveitou o tempo para olhar cada uma diretamente nos olhos. Gostei disso. Ele garantiu que tivesse a atenção de todas, que ninguém ficasse de fora.

— Hoje, eu e meu parceiro levamos a Simone até a casa dela para pegar algumas coisas, já que o agressor fugiu com seu carro, identidade, chaves de casa, etc., não era seguro que ela fosse sozinha, e estou muito feliz por termos feito isso. Quando chegamos lá, encontramos um corpo...

— Um corpo? — Blessing indagou. — Me desculpe, senhor. Acho que *não* te ouvi direito. — Ela colocou uma mão no quadril ed a outra atrás da orelha. Não havia nada além de atrevimento em sua expressão. — Pode repetir?

Ele umedeceu os lábios e suspirou.

— Quando chegamos, o local estava destruído.

— Ah, meu Deus! — Genesis cobriu a boca.

— Não acredito! — Charlie piscou, olhando para Jonah com a boca aberta.

— *Dios mio.* Não! — Liliana acrescentou.

— Chega. Você não vai mais morar lá. — Sonia se levantou com o telefone na mão, já apertando botões.

Jonah se levantou e colocou as mãos na frente do corpo, acenando com um gesto de calma.

Quanto a mim, apenas ergui as pernas e me enrolei na manta.

— Vamos nos acalmar para que eu possa explicar tudo sem ter que me repetir. — A voz autoritária de Jonah soou severa, exigente e não dava espaço para desafio.

Senti uma emoção no peito, aquecendo meu corpo inteiro.

— Havia uma mulher estrangulada e desfigurada, que foi deixada para Simone encontrar em sua cama.

Outra rodada de suspiros assustados e xingamentos. A sala vibrava com medo. Eu praticamente podia sentir o desespero e a ansiedade de minhas irmãs.

— Quem foi morta? — Sonia cruzou os braços, batendo o telefone no bíceps.

— A gerente do prédio, Katrina — respondi, olhando para seu rosto. Segurei as lágrimas, mas por pouco. A montanha-russa que tinha sido minha vida nos últimos dois dias não era algo que eu gostaria de reviver. Agora, eu só queria que tudo parasse. Gostaria de voltar para a segurança do meu trabalho de bartender, meus estudos e o tempo gasto com minhas irmãs. Mas eu não era idiota. Com um assassino à solta, minha vida inteira mudaria em todos os sentidos imagináveis.

— O FBI está lidando com o caso em conjunto com a polícia local. Manteremos vocês informadas à medida que as informações estiverem disponíveis. No entanto, a forma como esta mulher morreu foi violenta e intencional. Ele a escolheu por conveniência, mas o que ele fez ou onde fez, não. Sua irmã não está segura. Francamente, não me sinto confortável em dizer que qualquer uma de vocês está segura. Eu gostaria de sugerir que façam uma pausa. Evitem ficar sozinhas enquanto caçamos este homem.

— Por que você acha que estamos em risco? — Genesis, a sempre inteligente, metódica e lógica perguntou. Ela também tinha mais a perder, já que sua filha de três anos era seu mundo.

— Sabemos que o criminoso tem o telefone da sua irmã, embora ela tenha me informado que estava protegido por senha, e um GPS. Temos um técnico monitorando para ver se continua funcionando. No momento, está desligado. Simone também me disse que não tinha uma agenda de endereços em casa, nem informações específicas sobre onde vocês moravam. No entanto, ele pegou um retrato de família de vocês em frente a esta casa. É fácil reconhecer Sonia e descobrir que ela é a senadora. Isso a coloca em uma posição pública muito importante. Se alguém a procurasse, poderia desenterrar seu passado na casa de Kerrighan. Eventualmente, é tudo uma questão de registros. Não sabemos do que ele é capaz. E é também por isso que decidi que a Simone vai ficar comigo em minha casa até que tudo esteja resolvido.

Suas palavras entraram pelos meus ouvidos, se infiltraram em meu cérebro, mas ainda assim, não compreendi.

— Espere, o quê? — perguntei, não tendo certeza se o ouvi corretamente.

— É o plano mais seguro. Divido uma casa com o agente Russell. Dois agentes do FBI em um só lugar. É muito seguro.

— Olha — Addy finalmente se manifestou, seus longos cabelos castanhos caindo sobre os ombros em lindas ondas cheias que muitas mulheres implorariam, trocariam e roubariam para ter. Ela olhou Jonah de cima a baixo, seus olhos brilhando com alegria. — Eu não perderia a chance de ficar na cama dele, Cachinhos Dourados. — Ela se sentou ao meu lado no sofá, passando o braço pelas minhas costas e me puxando de encontro a ela.

Eu a cutuquei.

— Espertinha — provoquei, aliviando um pouco a tensão na sala.

— Você o viu? — Ela continuou a me cutucar.

Jonah disfarçou uma risada, fingindo tossir, mas quando seu olhar encontrou o meu, pareceu caloroso.

— Ninguém está negando os óbvios... — Sonia o olhou de cima a baixo como se estivesse avaliando não apenas sua aparência, mas sua força e seu domínio da situação — atributos ou habilidades como protetor do agente Fontaine, mas tenho uma equipe de pessoas para mantê-la segura e moro em um prédio alto, com porteiro e segurança no estilo Fort Knox. Por que não seria mais prudente que ela ficasse comigo?

— Você é a primeira pessoa que eu iria atrás se estivesse no lugar do assassino e procurando por sua irmã.

Ofeguei e um medo intenso me atingiu. Me inclinei e tentei respirar fundo. Addy esfregou minhas costas.

— Shhh, shhh, ela está bem. Ninguém ousaria mexer com Sonia. Sua equipe iria comê-lo vivo. Além disso, ela pode ser realmente assustadora — Addy sussurrou e passou a mão pelo meu cabelo e costas até que me encostei de novo. Eu tinha perdido a luta com as lágrimas, e não me importava mais se eu parecia fraca. Uma carga horrível caiu na minha vida e parecia que tudo estava desmoronando.

Blessing colocou as mãos nos quadris, firmou o maxilar e disse:

— Eu poderia falar com meu pai. Ninguém iria tocá-la.

— Não! — falei, sabendo o que isso significava.

— De jeito nenhum! — Sonia se mexeu e levantou a mão em um gesto de parada.

— Jesus, Maria e José — Liliana murmurou, fazendo o sinal da cruz.

O pai biológico de Blessing era membro de uma gangue no coração de Chicago. Do tipo barra pesada. A regra número um desde que Blessing veio para ficar na casa de Kerrighan era que seu pai, Tyrell Jones, não era autorizado a visitar as instalações. Tyrell foi considerado um pai inadequado quando a mãe de Blessing foi assassinada. Ele não lutou pela custódia, mas entrou em contato com Mama Kerri depois que Blessing veio para ficar e fez um acordo para ver a filha a cada dois meses. Até hoje, eu não sabia o quanto minha irmã era próxima do pai. Esse sempre foi um assunto tabu, embora o consenso geral sempre tenha sido nada de contato com nenhuma de nós.

— Alguém tem que fazer alguma coisa! É a nossa família. Não vou voltar para casa da Mama um dia e encontrá-la morta na cama por causa de algum lunático. Já passei por isso uma vez. Não quero passar por isso de novo. — Blessing fez uma careta e sua pele se transformou em um profundo tom de granada nas bochechas e pescoço por causa da raiva.

Jonah estendeu as mãos.

— É por isso que estou sugerindo que ela fique comigo. Estou fora do trabalho por pelo menos uma semana e posso protegê-la. Ela nunca estará sozinha.

— E quando eu tiver que ir trabalhar? — Me animei com seu comentário de nunca ficar sozinha.

— Simone, você vai precisar tirar uma licença — ele falou, mas eu me levantei, deixando o cobertor cair no sofá quando comecei a andar de um lado para o outro.

— Não tenho como tirar licença. Vou perder meu emprego e já perdi um deles ontem à noite. — Passei os dedos pelo meu cabelo desgrenhado. — Não posso me sustentar se não tiver um emprego.

— E você também não será capaz de se sustentar se estiver morta! — Sonia apontou, seus lindos olhos escurecendo.

Eu balancei a cabeça.

— Isso é uma loucura. Preciso trabalhar. Não há outra opção. Já estou fora de casa. Eles poderiam incendiar o lugar com todas as minhas coisas. Eu nunca mais vou voltar lá.

Addy veio até mim e me abraçou, seguindo sua inclinação natural de confortar primeiro e pensar na situação depois.

— Vamos descobrir o que fazer.

— Sim, como a irmã dela a acolher e a sustentar até que o problema seja resolvido… — Sonia ordenou.

— Não. Eu não vou depender da minha irmã mais velha!

— Por que não?

— Porque sou responsável por mim mesma! Eu pago minhas contas! Eu! — Bati no peito. — Você não pode decidir minha vida por mim. Você está tentando fazer isso desde que viemos morar aqui. Você tem que me deixar crescer!

— É porque você é muito selvagem, Simone! Sempre pulando antes de olhar! Correndo antes de andar.

— Você quer dizer *vivendo*? É isso que as pessoas que vivem suas vidas plenamente fazem. Aproveitam todos os dias, porque como nós duas sabemos, eles são preciosos. Lembra? Você sempre diz que cada dia é um presente. Acredito nisso de todo o coração! Você, por outro lado, fica com os pés firmemente plantados no chão. Tomando decisões por todos em sua vida. Caramba, você até toma decisões para todo o estado de Illinois e ainda assim não é suficiente. Você também quer me controlar!

— Eu quero você segura! — Sonia gritou, as lágrimas caindo por suas bochechas. — Quero você viva! — Sua voz se elevou. — É tão errado querer que minha única parente de sangue nesta terra esteja onde eu possa tocá-la e falar com ela? — Ela fungou e enxugou o nariz. — Você é imprudente, Simone. Sempre foi. Todos os dias eu me preocupo com você.

— Talvez porque minha irmã mais velha sempre me controlou! Eu te amo, Sônia. Mais do que tudo. Mas você não pode me manter trancada em uma gaiola dourada como um pássaro exótico. Não pode cortar minhas asas e esperar que eu fique por perto. Eu sempre vou encontrar uma maneira de voar.

Sonia engoliu um soluço e inclinou a cabeça para baixo enquanto seus ombros tremiam com sua dor.

Fui até ela e a abracei.

— Vou ficar bem. O Jonah vai me ajudar. Vai me manter segura. Todas nós juntas vamos resolver isso. Temos que resolver. — Olhei para Jonah. Havia tristeza, mas também força e uma determinação calma. Suas mãos estavam fechadas na lateral do seu corpo e parecia que estava se controlando para não se aproximar de mim e da minha irmã. Por que, eu não sabia. Tudo o que eu sabia era que aquele olhar alcançou minha alma e fez uma promessa. Uma promessa de me manter segura, e eu acreditei nele.

Depois que Mama Kerri fez lasanha com salada e pão de alho para o jantar, minhas irmãs me ajudaram a arrumar minhas coisas, reduzindo a poucas malas com roupas e artigos de higiene suficientes para algumas semanas. Eu poderia voltar para a casa de Mama Kerri se precisasse de outras coisas. Mama quis ficar com Genesis para cuidar da neta como costumava fazer três dias por semana. Blessing e Addy ficariam juntas, porque estavam acostumadas a viajar para sessões de fotos e encontros de moda. Charlie e Liliana concordaram em ficar com Sonia e todas nós continuaríamos a tentar contato com Tabby.

Isso me trouxe ao agora, onde segui o corpo largo de Jonah até uma casinha de tijolos em um dos subúrbios da área de Chicago, nos arredores da cidade, mas mais perto do meu trabalho como bartender na Tracks, onde eu trabalhava na maioria das noites da semana.

— E esta será sua nova casa. — Ele gesticulou para o espaço pequeno, mas aconchegante. Bem na entrada havia uma sala de estar com um sofázinho de microfibra azul marinho em forma de L. Uma mesa de centro quadrada de cromo e vidro ficava em frente. Do outro lado do sofá havia uma poltrona reclinável e uma estante que não continha um único livro. Estava cheia de DVDs, caixas de videogame e CDs. Uma enorme TV ocupava toda a parede oposta ao sofá.

Eu não conseguia definir o quanto aquela coisa era grande. A que eu tinha em casa parecia ter um quarto do tamanho. Não que isso importasse, já que estava destruído e na lista cada vez maior das partes da minha vida que agora eu tinha que reconstruir.

— Uau. Essa é uma... grande TV. — Eu sorri.

Ele retribuiu o gesto.

— Tem que ser para assistir aos jogos.

— E fingir que você está realmente lá?

— Com certeza!

— Ei, irmão! Como vão as coisas? — Ryan saiu da cozinha, com duas garrafas de cerveja na mão. — Como você está, linda?

Minhas bochechas esquentaram, e eu olhei para os chinelos da minha mãe que eu não tinha me dado ao trabalho de tirar. Eles eram confortáveis e me faziam sentir em paz.

— Ótima, obrigada.

Quando olhei para cima, Jonah estava olhando para Ryan e propositalmente bateu um de seus ombros no amigo, que estremeceu como se ele tivesse se machucado no processo.

— Jonah! Querido, tome cuidado! — adverti e então percebi o que tinha dito. — Quero dizer, eu digo isso para todo mundo. Chamo todo mundo de querido, querida, fofa e...

— Simone. É fofo. Eu gostei. Está tudo bem. — Jonah sorriu de leve e piscou.

Piscou.

Sim, o agente Jonah Fontaine era um sonho.

— Você quer uma cerveja, *Simone?* — Ryan pronunciou meu nome perfeitamente, o que tenho certeza que foi por causa de Jonah. Eu gostava de ser chamada de linda por um cara bonitão do FBI. Embora eu preferisse que viesse de Jonah em vez de seu colega de apartamento e parceiro.

— Não, prefiro coisas mais pesadas. Sou o tipo de garota de shots e coquetéis.

— Meu tipo de mulher. — Ryan em direção à cozinha. — Tenho que pegar uma bebida de verdade. Do que você gosta? — ele perguntou em tom amigável.

Jonah estava encostado no balcão da cozinha, com o braço cruzado na altura da cintura, como se estivesse segurando as costelas doloridas.

— Acho que posso servir uma bebida para a Simone.

— Não gostaria que você pegasse peso enquanto está se recuperando. Além disso, para que servem os melhores amigos? — Ryan brincou enquanto abria o armário. — Temos uísque, vodca e tequila.

— O que você tem para suavizar?

— Tenho Coca na geladeira, mas eu e o chato aqui normalmente não bebemos nada além de água, café, leite, cerveja e uísque puro.

— Sem problemas. Vou tomar a tequila.

— Aqui vai. — Ele pegou uma garrafa transparente de Patron Silver junto com um copo. Achei que íamos beber todas essa noite.

Ele colocou um pouco mais de um dedo de bebida e me entregou.

Tomei tudo de uma vez.

— Outra — pedi.

Jonah arregalou os olhos.

— Seu sortudo filho da puta. — Ryan olhou para Jonah e balançou a cabeça com uma risada.

— No que você se baseia para falar isso? — perguntei, me questionando sobre a postura masculina. Não era como se Jonah e eu estivéssemos juntos ou algo assim. Claro, havia alguma atração, mas ele não disse ou fez nada para expressar sua intenção. Além de me mudar para sua casa depois de uma noite e um dia infernais. Humm, talvez eu precisasse pensar nisso um pouco mais.

— Se eu não estivesse na apresentação de dança da minha irmãzinha ontem à noite, eu estaria com o Jonah no carro. Normalmente, nós formamos duplas, mas eu não podia deixar de prestigiar minha família e não tínhamos nenhuma pista sobre o nosso cara há uma semana. Poderia ter sido eu quem você conheceu ontem à noite, se eu tivesse recebido a ligação. — Ele abriu um sorriso sedutor e encheu meu copo novamente. Desta vez, ele me deu dois dedos inteiros, então eu bebi.

Jonah entrou na frente do amigo, encarando-o. Eles tinham quase a mesma altura. Cerca de um metro e oitenta, se eu tivesse que adivinhar.

— Irmão, não.

Ryan ergueu as mãos.

— Só estou apontando o óbvio. Não há necessidade de ficar nervosinho. — Ele sorriu e então olhou para mim.

— Não tenho certeza se estou entendendo o que está acontecendo aqui — retruquei.

— E ela é fofa também? — As sobrancelhas de Ryan se ergueram em direção à linha do cabelo.

— Algo que você nunca vai descobrir. Que tal você sair? Já está pronto, é melhor ir logo antes que peguem todas as boas. — Jonah apontou para a calça cinza escura de Ryan e a camisa bordô. As mangas estavam dobradas casualmente em seus antebraços e eu tinha que admitir, ele estava lindo. Definitivamente, conquistaria as garotas se fosse tão leve e aberto com elas quanto foi comigo.

Mordisquei o lábio e virei a cabeça para examinar a sala de estar, tentando dar-lhes um pouco de privacidade.

— E se eu quiser ficar? Conhecer nossa hóspede um pouco melhor? — Ele continuou a provocar Jonah e minhas bochechas e pescoço ficaram tão quentes que tirei meu suéter grande e o pendurei sobre um dos encostos do banco do bar.

Jonah apertou os lábios.

— Russell, não me enche — ele disse essas palavras com a mandíbula cerrada e em um tom tão baixo que pude perceber que havia um duplo sentido.

— Irmão, está tudo bem. Sinto muito. Só estava brincando com você. Jesus. Fica frio. — Ele olhou para mim. — Simone, você vai ter trabalho duro. — Ele puxou Jonah e colocou o braço sobre os ombros do amigo. — Meu garoto aqui é intenso. Mas ele é o melhor cara do mundo. Se ele te deixar entrar. Seja legal, está bem?

— Legal? — questionei, e ele assentiu. — Ah, claro. Eu posso ser legal. — Tomei um gole da tequila, permitindo que ela queimasse minha garganta e meu estômago.

— Saia daqui. — Jonah empurrou Ryan e finalmente nos presenteou com um sorriso genuíno.

— Se eu arranjar alguém, não vou trazê-la para cá. Não espere acordado! — Ele jogou a garrafa vazia na lixeira.

— Tome cuidado! — gritei no último minuto, sem saber o que dizer.

— Segurança em primeiro lugar. — Ele sorriu e se despediu enquanto pegava o casaco e as chaves que estavam sobre o sofá.

Jonah suspirou e esfregou os olhos antes de pegar minha mão.

Senti uma faísca no segundo em que sua palma tocou a minha. Um chiado de reconhecimento, de familiaridade. De paz e segurança.

— Venha, vou te mostrar onde você vai dormir.

Segurei sua mão e o segui pelo corredor. Sem querer pensar muito sobre isso, tive certeza de que seguiria o agente Jonah Fontaine para qualquer lugar que ele quisesse me levar.

Contanto que ele segurasse minha mão.

SEIS

Na noite anterior, Jonah abriu mão de sua enorme cama king-size e por mim. Abri os olhos e olhei para o relógio. Dez e meia. Um pouco mais cedo do que o normal, mas apaguei no segundo em que me aninhei em seu edredom fofo. Era incrível. Um daqueles cobertores muito macios, mas não tinha aquelas penas que a maioria deles tem.

Olhando ao redor, percebi a atmosfera masculina. Ele não tinha nada nas paredes, a não ser uma paisagem urbana do horizonte de Chicago sobre a cama. A mobília era de madeira escura e grossa, com as extremidades quadradas. O edredom era de um branco imaculado que achei incrivelmente reconfortante. Ele jurou que tinha acabado de trocar os lençóis, e eu ainda podia sentir o cheiro forte do amaciante de roupas, bem como as notas amadeiradas que passei a associar à Jonah. Agora eu sabia por que aquele cheiro vinha com os lençóis limpos. Era o amaciante. Ainda assim, nele era delicioso, e eu queria me enfiar naquilo e nunca mais sair.

Só que eu não era o tipo de pessoa que desperdiçava um dia quando havia aventura, diversão e vida a ser vivida.

Saí da cama, usei o banheiro, prendi o cabelo em um coque bagunçado e escovei os dentes. Meu rosto estava sem maquiagem e a regata azul-marinho que eu usava realmente realçava o azul-acinzentado dos meus olhos. Eu estava de calça bege que caía até os dedos dos pés.

Dei de ombros. *Bem, se Jonah não gostasse da minha aparência logo pela manhã, quem se importava?*, menti para mim mesma para seguir em frente com meu plano.

Tomando cuidado para não fazer barulho, fui até a sala de estar e encontrei Jonah deitado com os pés esticados sobre o sofá, vestindo jeans, camiseta e com os pés descalços. Ele estava assistindo um jogo na televisão sem som. Seu cabelo escuro tinha um brilho que sugeria que ele já tinha tomado banho.

— Já tomou banho?

Ele virou a cabeça e seu olhar escuro pegou minha aparência maltrapilha da cabeça aos pés.

— Sim. Você sempre dorme até tão tarde?

Olhei pela janela e vi que o céu estava lindo, azul, e o sol estava brilhando.

— Ah, isso é cedo para mim. Eu trabalho à noite em um bar. Normalmente, atendo até as duas, ajudo a limpar até as três e depois volto para casa para comer alguma coisa. Então durmo até meio-dia.

— Meio-dia? Uau. Quantos empregos você tem?

— Três. Bem, eu tinha três. Como disse ontem à noite, deixei o restaurante em que trabalhava três noites por semana. No Tracks, eu costumo trabalhar de terça ou quarta a sexta ou sábado, dependendo do turno.

— E o terceiro trabalho?

Eu sorri, dei a volta no sofá e me sentei na cadeira confortável em frente a ele.

— Eu ajudo na Perfect Petal, em Oak Park, arrumando flores, limpando e fazendo o que é preciso. A dona da loja é a melhor amiga da Mama Kerri, e ela me paga sem registro. Uso esse valor para a gasolina da semana.

— E você disse algo sobre diploma?

— Geralmente, depois de acordar, passo uma ou duas horas

estudando pela internet. Estou quase terminando. Mais algumas aulas e terei meu diploma em administração de empresas.

— Você trabalha em três empregos e estuda meio período?

Coloquei os pés para cima.

— Sim. E você?

— Normalmente, trabalho quatro dias seguidos em plantões de doze horas e folgo os quatro seguintes, a menos que tenhamos uma ameaça séria como esta, então as horas são imprevisíveis até que o assassino seja encontrado e preso. Você gostaria de um pouco de café?

— Tem chá?

Ele sorriu e balançou cabeça.

— Vamos comprar para você.

— Café também está bom, obrigada. Você gosta de ser agente do FBI? Não que eu saiba exatamente o que tudo isso implica.

Ele desapareceu dentro da cozinha, e eu o ouvi pegar uma xícara e servir o café.

— Creme e açúcar?

— Vou experimentar como você toma. Gosto de ser surpreendida. — Olhei pela janela, notando as crianças jogando uma partida de hockey na rua. Ele morava em uma área agradável. Não era chique, mas era muito boa. As calçadas poderiam ser melhores, pois algumas das raízes retorcidas das árvores romperam o concreto, criando brechas no caminho. Ainda assim, ter a sombra de grandes árvores era minha coisa preferida em Chicago. No verão, o calor podia ser sufocante, a umidade podia transformar nossa vida, e não no bom sentido. Eu apostava que aquelas árvores impediam que o carro dele ficasse muito quente.

— Droga, meu carro — murmurei enquanto Jonah me entregava uma caneca quente.

— Demos um alerta a respeito do seu carro para os policiais de patrulha da cidade. Esperamos ter notícias em breve. Esta é a primeira vez que ele chega tão perto de nossos escritórios.

Fiz uma careta.

— Obrigada. — Bebi o café e descobri que ele tinha feito com creme e açúcar, e estava divino. Exatamente como eu gostava. — Está perfeito.

— Mesmo?

— Sim. Exatamente do jeito que eu gosto.

— Eu também.

Sorri e segurei a caneca na frente do rosto, permitindo que ela escondesse minha animação esmagadora pelo fato de que gostávamos de café da mesma forma. Era algo tão bobo, mas não pude evitar a felicidade.

— Tive uma ideia! Vamos sair hoje e nos divertir! — Me levantei e dei uma voltinha onde estava.

— Se divertir? Simone, você passou por um inferno absoluto nos últimos dois dias, e eu deveria estar descansando pelo resto da semana e te mantendo segura. Estou surpreso que você não queira se esconder e relaxar.

— Uma coisa que você vai aprender sobre mim é que não sou uma mulher do tipo que assiste Netflix e fica relaxando. Não quando há vida para viver, lugares para ir e pessoas com quem passar o tempo.

— Você gostaria de se encontrar com uma de suas irmãs ou amigas? — Ele esfregou as mãos nas coxas longas e musculosas.

Fiz uma careta.

— Vou fazer contato com elas, mas todas trabalham e têm suas próprias vidas para se concentrar. Independentemente das coisas malucas que estão acontecendo na minha, elas precisam seguir em frente tanto quanto eu. Não podemos deixar esse psicopata controlar cada passo que damos. Caso contrário, ele ganha. Além disso, eu quero sair com você. Conhecer melhor o meu salvador.

— Ah, seu *salvador*, certo. — Sua mandíbula endureceu, e ele desviou o olhar.

Inclinei a cabeça e me concentrei em sua linguagem corporal.

— Eu disse algo errado?

Ele suspirou e balançou a cabeça.

— De jeito nenhum. Tudo faz sentido.

— O quê?

— Você está atraída por mim, porque eu salvei sua vida.

Inclinei a cabeça para trás em choque completo.

— O que você disse?

Ele se levantou e balançou a mão como se não fosse grande coisa.

— É totalmente normal. Adoração do herói. Acontece com mais frequência do que você imagina.

Fiz uma cara como se ele tivesse acabado de pisar em algo importante.

— Não tenho certeza de onde você está tirando isso. Acha que estou atraída por você porque salvou minha vida? Não. Sou grata por você ter salvado minha vida. Muito grata. Eu ainda preciso retribuir, fazendo algo de bom para você. Mas estou atraída por você, porque você é gostoso. Pense nisso enquanto eu vou tomar banho e me trocar. Nós vamos sair e tenho uma ótima ideia de onde ir.

— Simone...

— Não! Foi você que pensou nisso. Estou escolhendo não me ofender... por enquanto. E enquanto tomo banho, toda nua e molhada em seu chuveiro, que tal você pensar sobre por que está atraído por mim? E eu posso apostar que não é porque você salvou minha vida ou adorou me ver em um uniforme de trabalho rosa e cheirando a gordura. — À medida que saía da sala, caminhei de forma sexy, mostrando do que era capaz.

Adoração do herói.

Pelo amor de todas as coisas sagradas. Eu mal podia esperar para contar isso às minhas irmãs. Charlie ia ficar louca. Blessing riria muito e Addy me diria para usar isso a meu favor. Ainda assim, a maneira como ele respondeu, se distanciando de mim quando eu o chamei de meu salvador, não foi uma reação agradável e disse mais sobre ele do que sobre mim. Com certeza, havia algo nisso.

E quando eu queria algo, não desistia. Até agora, Jonah se

mostrou um homem de verdadeiro valor. Eu só tinha que descobrir o que deu errado em seu passado que o deixou nervoso quando se tratava de mulheres. Ou, mais especificamente, uma mulher que ele salvou.

Ainda assim, havia um belo dia para se desfrutar e algumas porcarias ruins dos últimos dois dias para tirar do meu peito e preencher com as coisas boas.

Eu levaria Jonah comigo à força, se fosse preciso.

O pobre homem sexy e gostoso do FBI não tinha ideia no que ele se meteu ao me levar para sua casa.

— Cais da Marinha. Foi para onde você me trouxe? — A voz de Jonah não tinha muita empolgação, mas eu sabia que isso mmudaria. Caso contrário, perceberia que ele era um idiota. Sua resposta também determinaria se ele era o homem para mim ou não.

Simples.

— Sim, senhor! Primeira parada. Café da manhã!

Ele estacionou o carro, saiu, deu a volta e abriu minha porta antes mesmo que eu guardasse todas as minhas coisas na bolsa, já que eu estava me maquiando no carro enquanto ele dirigia. Algo que ele achou absolutamente fascinante, se a quantidade de vezes que ficou olhando na minha direção fosse alguma medida.

— Alguns de nós, madrugadores, já tomamos café da manhã. — Ele sorriu.

— Faça como quiser, mas vou pegar um churros e vamos comê-lo na roda gigante. Vai ser incrível! — Saí do carro e prendi a bolsa em meu corpo, a parte da abertura pendurada bem na minha frente. Uma garota não poderia ser muito cuidadosa com sua bolsa ou carteira em Chi-Town.

Assim que trancou o carro, ele estendeu a mão.

Cavalheiro abrindo a porta. Checado.

Segurando minha mão. Checagem dupla.

Não pude deixar de sorrir enquanto olhava para seu lindo rosto, os olhos fascinantes escondidos atrás de um par de Ray-Ban escuros.

Ele me encarou por um longo tempo, aproximando o rosto, quase como se fosse me beijar.

Esperei o que pareceu uma eternidade quando ele inspirou lentamente e disse:

— Eu poderia comer um churros e ir à roda gigante.

Senti meu coração batendo forte, meu corpo formigar e um frio no estômago. Apertei a mão dele e disse:

— Tripla checagem.

Ele sorriu.

— O que isso deveria significar?

Eu sorri.

— Talvez um dia você descubra. Agora vamos lá, você tem uma mulher para alimentar e não quer que eu fique com fome. Essa não é uma boa imagem.

Ele bufou.

— Acho isso difícil de acreditar.

— O quê?

— Que qualquer imagem sua não seria bonita.

Balancei seu braço e o empurrei para frente.

— Que encantador.

Ele não disse nada, mas suas bochechas pareceram ficar um pouquinho vermelhas.

— E um pouco tímido também.

— De jeito nenhum. Você está tendo a ideia errada. — Ele me levou até a bilheteria. — Você só quer andar na roda gigante?

— É como perguntar a alguém se você quer só uma fatia de pizza. Não, eu quero o máximo que cabe na minha barriga! — Eu me aproximei dele. — Vamos querer o passe livre para dois, por favor! — Peguei uma carteira velha que só tinha um pouco de dinheiro, já que minha carteira e cartões de banco foram levados pelo… Estrangulador. Antes que eu percebesse, um antebraço masculino e bem musculoso estava ao redor da minha cintura e fui fisicamente levantada e colocada para o lado com um grunhido.

— Ei! Eu ia pagar para você. É o mínimo que posso fazer! Eu ainda te devo. E eu ouvi aquele grunhido *Sr. Eu-machuquei-minhas-costelas-há-um-dia*. Bufei e afastei meu cabelo selvagem do rosto.

— Dois, por favor. — Jonah me ignorou e entregou ao caixa seu cartão do banco.

Eu olhei e bati o pé enquanto ele se virava, segurando nossas pulseiras.

— Agora vamos, não seja engraçadinha. Se você sair comigo, não vai pagar. Nunca.

— Porque isso é um encontro — resmunguei.

— Bem, sim, quero dizer, não. — Ele franziu a testa e desviou o olhar. — Me dê seu pulso.

Abri um sorriso enorme e estendi meu braço bom para que ele colocasse a pulseira. Depois me entregou a outra para que eu fizesse o mesmo.

Em vez de segurar minha mão, ele passou o braço em volta do meu ombro, tomando cuidado para não me machucar.

— Bem ali. Estou vendo a barraca de churros.

— Vai me deixar comprar um para você?

Ele balançou a cabeça.

— Você não pode se controlar, não é?

— Não! — Me afastei depressa, fui até o carrinho e dei a ele uma nota de vinte dólares do que seria parte do dinheiro do meu aluguel. Surpreendentemente, o criminoso não havia passado pela cozinha na noite passada.

Quando o homem do churros me entregou dois doces com sabor de canela, senti Jonah atrás de mim. Ele colocou as duas mãos grandes em meus quadris e pressionou o nariz na parte de trás do meu pescoço.

— Você vai testar minha paciência a cada minuto, não é?

Seu hálito quente no meu pescoço provocou um arrepio no meu corpo.

Olhei por cima do ombro e dei meu sorriso mais sensual.

— Pode apostar.

Ele riu e pegou o churros que entreguei a ele, dando uma mordida gigante antes de fechar os olhos e gemer enquanto mastigava.

— Caramba, isso é incrível. Eu não como um desses há séculos. — Olhei fascinada sua garganta se mover enquanto ele engolia, seu pomo de Adão balançando com o esforço. Ele não tinha se barbeado esta manhã, e parecia que estava com a barba por fazer há alguns dias, algo que eu queria tocar... com a língua.

Em vez disso, mordi um bom pedaço da massa quente, fechei os olhos e gemi com o sabor da textura perfeita, o açúcar cristalizado se misturando com a massa aquecida e a canela.

Quando abri os olhos, ele tinha empurrado os óculos de sol para cima e seus olhos escuros ardiam de desejo.

Umedeci os lábios.

— Puta merda! — ele grunhiu, me puxando contra si com um braço.

Nós nos olhamos e nossos lábios se uniram.

Ele tinha gosto de açúcar, especiarias, umidade, calor e homem. Larguei o churros, levantei as duas mãos e enfiei os dedos em seu cabelo grosso e macio. Abri mais a boca, fiquei na ponta dos pés e o beijei profundamente, deslizando a língua contra a dele até que estávamos colados, os dois lutando pelo domínio do beijo.

Foi o melhor beijo da minha vida.

E continuou.

Sem parar.

Até que nenhum de nós pudesse mais respirar, então ele se afastou enquanto mordia meu lábio inferior, soltando-o no último segundo possível com um pequeno estalo.

Engoli em seco com a sensação de erotismo e o mordisquei, provando seu sabor intenso. Eu estava tonta. Cheia de emoção e desejo.

— Você beija muito bem. — Ele pressionou a testa na minha.

Sorri e fechei os olhos, permitindo que o ar fresco entrasse em meus pulmões e me trouxesse de volta à Terra.

— Você também não é ruim.

— Não sou ruim? — Ele se inclinou para trás e sorriu.

Eu me calei. Não pude evitar. O homem me deixou tonta de um jeito bom. Me firmei e coloquei as mãos em seus quadris.

— Tudo bem, talvez um pouco melhor que isso...

— Ah é?

— Talvez seja o melhor beijo da minha vida — admiti de forma honesta.

— Nisso eu acredito, já que foi o melhor beijo da minha também. Agora, me deixe comprar outro churros para você.

Quando nos viramos, o homem já segurava dois churros quentinhos e prontos para serem consumidos. Os que deixamos cair haviam sumido e provavelmente foram jogados no lixo por ele.

— O que posso dizer? Sou apaixonado pelo amor — o homem disse, nos entregando as guloseimas. — É por conta da casa.

— Obrigado, cara. — Jonah deu um tapinha no ombro do vendedor, passou o braço livre na minha cintura e me trouxe para perto enquanto abaixava a cabeça em direção ao meu ouvido. — Acredito que temos um encontro com uma roda gigante.

— Claro que sim! — Apontei em direção ao brinquedo. — Você primeiro!

Jonah riu, mas se aconchegou ao meu lado e beijou minha têmpora.

— Você é maluquinha.

— Ah, querido, você não tem ideia do que sou capaz. Espero que seja o tipo de cara que gosta de uma boa aventura.

— Querida, eu sou agente do FBI. Cada dia da minha vida é uma aventura.

Parei de repente.

— Isso é verdade! — E era mesmo. Os policiais não tinham

ideia do que encontrariam no trabalho. Qualquer coisa poderia acontecer. — Hum, eu nunca pensei nisso. É ótimo.

Ele riu novamente.

— Mesmo?

— Bem, eu não gosto de homens chatos. E me dei conta de que agentes do FBI estão longe de ser chatos! Cada dia é um novo desafio. Você é sortudo.

— Eu gosto do meu trabalho, com certeza. Não sei se eu diria que tenho sorte, visto que fui baleado na outra noite e a mulher que eu estava tentando proteger foi atingida de raspão e ainda está em perigo mortal. Há também o fato de que há um *serial killer* à solta.

Devidamente repreendida, respondi:

— Bem, tirando tudo isso.

Jonah sorriu.

— Você não leva mesmo as coisas com ceticismo. Nada te incomoda.

— Bem, passei alguns dias chorando, então não diria exatamente que *nada* me incomoda, mas não vou ficar me escondendo e deixar de minha vida ao máximo por causa de algum desmiolado. Todo dia é um presente. Não podemos ficar sentados e deixar a vida passar por nós.

— Desmiolado?

— É uma expressão.

— Não se usa mais. — Ele riu.

— Usa, sim!

— Saiu de moda há uns cinquenta ou sessenta anos, linda. Confie em mim.

Revirei os olhos e o ignorei.

Jonah me levou até a fila da roda gigante.

— Você me beijaria de novo no topo da roda gigante? — perguntei enquanto mostrávamos ao operador nossas pulseiras para acesso.

Os lábios de Jonah se contraíram.

— Talvez.

— Talvez? — questionei.

Nos acomodamos em nosso assento e começou o procedimento de parada e subida, permitindo que as pessoas entrassem e saíssem pelos próximos minutos antes de realmente começar a se mover.

— Você é sempre tão atrevida com os homens pelos quais se sente atraída? — Ele segurou minha bochecha e meu queixo com o polegar e o indicador.

Umedeci os lábios e observei seus olhos se dilatarem com a visão.

— Sim, se quero algo, eu pego. Não se consegue nada na vida sem trabalho duro e sacrifício. O pior que pode acontecer é você dizer não. — Dei de ombros.

Ele se inclinou o suficiente para que eu pudesse sentir sua respiração no meu rosto.

— E o que você faria se eu dissesse não?

— Eu ficaria triste, mas tentaria respeitar sua decisão.

— E se eu dissesse sim? — Ele sorriu.

— Então eu te beijaria agora mesmo. — Minha voz estava ofegante e cheia de desejo.

— Ah, mas você me pediu para te beijar, não foi?

— Você vai me beijar? — sussurrei.

Ele sorriu.

— Sim, Simone. Eu vou te beijar. Vou te beijar até você se esquecer de onde está. Vou te beijar até você se esquecer de tudo o que aconteceu nos últimos dias. E vou te beijar para que a única coisa que você possa se lembrar daqui para frente seja o meu gosto na sua língua e na sua boca. Então vou fazer tudo de novo.

A excitação me atingiu, fazendo meu sexo pulsar ao ritmo do meu batimento cardíaco. Eu nunca estive tão excitada ou desesperada pelo beijo de um homem.

Ele tinha me deixado obcecada de desejo.

E então seus lábios tocaram os meus, e eu me perdi. Me perdi para a textura rica de sua língua deslizando pela minha. Seus lábios pressionando, abrindo caminho até que nossos dentes se tocaram. Nossas línguas perseguiram uma a outra enquanto descobríamos mais sobre nossos lábios, nos conectávamos e acariciávamos. Provocando, provando, mordiscando e suspirando enquanto o mundo ao nosso redor girava em um loop infinito do qual não fazíamos parte.

Quando nos separamos, o operador estava com a porta aberta e nos mandando sair.

Pisquei e olhei para ele e depois para Jonah.

— Mas ainda não fomos!

Jonah riu tanto que eu podia senti-lo em minha barriga. Foi quando percebi que estava em seu colo, com um joelho de cada lado do assento e a mão entrelaçada em seu cabelo.

— Vocês têm que sair. — O operador balançou o polegar por cima do ombro.

— Mas eu não consegui ver nada! — resmunguei.

— Olha, cara, te dou vinte dólares se você nos deixar dar outra volta.

— Feito. — O cara fechou a porta da pequena gaiola de vidro. Jonah apertou meus quadris.

— Você nem notou que tínhamos feito o passeio inteiro — ele brincou. — Acho que esse que foi o melhor beijo da sua vida.

Saí de seu colo, pressionando os dedos sobre os lábios e tentando acalmar meu coração, mente e libido em fúria.

— Tem razão.

— Gosto disso em você. — Ele colocou a mão na minha e, em seguida, colocou as duas no topo de sua coxa.

— Disso o quê?

— Sua honestidade. Você diz exatamente o que está pensando. O que muitas vezes é engraçado pra caramba, mas na maioria das vezes é fofo, doce e verdadeiro. Gosto de saber com quem estou lidando.

— As mulheres do seu passado não fizeram isso com você?

— Finalmente consegui a abertura para trazer à tona a vibração estranha que senti esta manhã.

— Vamos apenas dizer que tive minha cota de pessoas desonestas que partiram mais de uma vez meu coração. Eu não jogo. Não minto. Nem digo meias verdades. Não compartilho. Nunca cobiço a mulher de outro homem e não sou o cara mais fácil de conhecer. Não é fácil para mim deixar as pessoas entrarem.

Levei sua mão até minha bochecha e a acariciei.

— Desafio aceito.

— Simone... — ele avisou com um suspiro.

— Não. Eu não sou diferente. Bem, sou totalmente o oposto. — Sorri. — Coloco todas as cartas na mesa. Levo meu coração nas mãos. Me ferrei com todos os homens com quem me envolvi, mas ainda vejo o lado bom das pessoas. Ainda acredito que um dia vou encontrar meu par perfeito, minha outra metade. O homem que combina apenas comigo.

— É um sonho bonito — ele suspirou.

— Sonhos se tornam realidade todos os dias. Tudo o que você precisa fazer é trabalhar duro e fazer o bem. Eventualmente, o carma virá.

— Quero acreditar nisso. A vida seria muito mais fácil.

Me inclinei para frente, pressionei os lábios nos seus com os olhos ainda abertos, e o observei enquanto o beijava de leve.

— Fique comigo e farei você acreditar.

A roda gigante parou. Jonah se levantou, tirou a carteira da calça, passou uma nota de vinte para o cara e me ajudou a sair.

— Se alguém puder me fazer acreditar, Simone, é você.

Sorri de um jeito selvagem e o arrastei para longe da roda gigante.

— Próxima parada, o carrossel.

— O que você quiser, linda. O que você quiser.

— Vou ter que me lembrar disso.

SETE

Saltei, balançando sua mão enquanto me dirigia para seu carro.

— Isso foi demais! — falei quando ele abriu a porta e esperou até eu me sentar para fechá-la com segurança. Observei enquanto ele examinava os arredores, sempre atento. Essa característica podia ser inerente a ele por ser um cavalheiro ou resultado de seu treinamento no FBI. De qualquer forma, achei sexy pra caramba.

Tecnicamente, tudo que se relacionava a Jonah Fontaine eu achava sexy. Desde sua estrutura musculosa e magra, seus dedos longos e delgados, até o tom escuro de sua pele. E ele beijava como se fosse feito para isso. Eu queria mais. Muito mais, e esperava que mesmo com suas costelas machucadas eu pudesse encorajar uma sessão de amassos um pouco mais longa. Caramba, eu faria de tudo para experimentar esse homem por completo.

Normalmente, eu tinha uma regra sobre dormir com alguém por quem eu me interessava. Em geral, eu esperava pelo menos alguns encontros para ter certeza de que eles eram dignos de ir para a cama comigo. Com Jonah, eu jogaria a cautela ao vento e iria em frente. Mesmo que Trey fosse bom de cama, demoramos algumas semanas para transar, e eu era uma pessoa sexual por natureza. Sexo era incrível. Aliviava o estresse. E era a melhor e mais pura maneira de se conectar a outra pessoa. Pelo menos, na minha opinião. Eu poderia dizer, pela maneira como um homem beijava, se ele seria bom na cama, e depois dos beijos de Jonah, eu sabia que ele seria estelar. Eu mal podia esperar.

— Por que o sorriso? — Ele sorriu de volta ao ligar o carro.

— Me diverti muito. Obrigada por me levar — respondi.

Ele sorriu.

— Honestamente, foi a coisa mais divertida que fiz em um tempo. Este caso colocou muita pressão em nossa equipe, e se eu não estivesse perto quando a ligação chegou, não gosto de pensar no que poderia ter acontecido.

Deixei meus ombros caírem e passei as mãos pelas coxas. A última coisa que eu queria pensar era no que poderia ter acontecido se ele não estivesse lá.

— Eu não sou o tipo de pessoa que pensa no que poderia ter acontecido, Jonah. Você estava lá. Salvou minha vida. A alternativa é horrível, então é melhor não pensar nisso. — Peguei sua mão, que estava apoiada na coxa, e a cobri com a minha. — Vamos seguir em frente. Que tal decidirmos o que comer? Por minha conta!

Ele levou minha mão à boca e fez algo que nenhum homem havia feito antes. Beijou-a e sorriu. Senti seus lábios se moverem contra minha mão e estremeci em resposta.

— Linda, nunca vai ser por sua conta. Já tivemos essa discussão. Mas eu realmente tenho planos para o jantar. Você pode vir comigo, ou... — Seus lábios se apertaram e ele colocou minha mão de volta em sua coxa. — Posso deixá-la com o agente Russell.

Eu ri alto. Ri tanto e por tanto tempo meus olhos lacrimejaram.

— O que é tão engraçado? — Suas sobrancelhas bonitas e escuras estavam franzidas, sua expressão preocupada.

— Você. Você é que é engraçado. Não confia em mim com seu parceiro.

— Ele é o único em quem confio com você, na verdade. Ele morreria para mantê-la segura — afirmou.

Balancei a cabeça.

— Não foi isso o que eu quis dizer. Você está preocupado que ele dê em cima de mim.

— Não estou, não. É certo que ele vai fazer isso. E várias vezes. — Suas palavras foram duras, e ele se ajustou em seu assento como se de repente se sentisse desconfortável.

Cobri a boca, tentando não rir.

— Você acha que eu estaria interessada nele? Depois de um dia incrível com você? Completo, com muitos beijos e roda gigante?

Ele tensionou a mandíbula e me concentrei no pequeno músculo em sua bochecha que parecia se mover.

— Não nos conhecemos muito bem — ele admitiu. — Não posso ter certeza de como você responderia.

— Mesmo assim. Seria uma jogada super maldosa me apaixonar por um cara e depois fazer o mesmo com seu parceiro. — Torci o nariz. — Que tipo de mulher faria isso? Minhas irmãs e eu temos um pacto inquebrável. Nós nunca disputaríamos o mesmo cara. Em segundo lugar, nenhuma de nós tem permissão para namorar um dos ex de suas irmãs. Pense em como isso seria estranho. Ter que ver seu ex em um evento familiar. — Fiz um som de engasgo. — De jeito nenhum, *Jose*. Isso não vai acontecer. Jamais. Não se faz isso.

— Tudo bem, certo. Você não faz isso — ele murmurou em um tom triste. — Infelizmente, Simone, nem todas as pessoas pensam como você.

— E você não confia em seu parceiro?

Ele balançou a cabeça.

— Não, eu confio. Majoritariamente. Vamos apenas dizer que fui sacaneado por pessoas que significavam tudo para mim.

Achei que era hora de aliviar o peso no carro.

— Bem, isso é péssimo. Lamento que você tenha se machucado. Então, em resposta à sua pergunta original, se eu não for incomodar, ficaria feliz em acompanhá-lo. — Minha barriga aproveitou aquele momento para roncar. — Já que vamos comer. — Abri um grande sorriso e apoiei a mão na barriga.

Ele riu e apertou o pisca-alerta, nos conduzindo para fora da rodovia e para mais perto de Oak Park, onde cresci.

Observei a paisagem enquanto ele dirigia para um bairro bonito e antigo, muito parecido com o de minha mãe. Embora a casa Kerrighan fosse enorme, estas eram de tamanho moderado, com jardins bem cuidados e longas calçadas. Cada casa tinha uma grande extensão de grama. O imóvel em que paramos era de um andar, com metade dela coberta com painéis horizontais brancos e a metade inferior revestida com tijolos antigos. Havia dois grandes vasos na frente, cheios de folhagens e flores roxas saindo do centro.

Através da grande janela retangular, pude ver um brilho amarelado suave lá dentro. A porta era pintada de azul marinho e tinha uma aldrava de latão no centro. Esperei até Jonah sair para me ajudar.

— Que cavalheiro — sussurrei e pisquei.

— Sim, bem, minha mãe provavelmente está olhando pela janela, e ela teria um ataque cardíaco se eu não ajudasse uma mulher a sair do carro.

Abri bem os olhos.

— Sua mãe?

Ele sorriu e quando eu estava prestes a questioná-lo, a porta da frente se abriu e uma mulher baixinha com longos cabelos grisalhos, usando um avental vermelho de babados, ficou olhando quando ele segurou minha mão.

Seu olhar escuro, exatamente igual ao do filho, se afastou da mão que ele segurava, e ela sorriu.

— Jonah, você trouxe uma mulher para jantar em casa. Esta é uma grande surpresa, filho.

Cutuquei seu ombro e sorri.

— Ma, esta é minha amiga, Simone. Simone, esta é a minha mãe, Loretta.

— Sua amiga? — Ela semicerrou os olhos e avaliou o filho com um olhar astuto.

— Sim, mãe, minha amiga. — Jonah passou os dedos pelo cabelo, deixando-o bagunçado e sexy.

— Que tipo de amiga? — Ela estendeu a mão para mim.

Antes que Jonah pudesse responder, fiz por ele.

— O tipo que passou o dia inteiro em um encontro com ele, beijou-o duas vezes, e que ele trouxe para casa para conhecer sua mãe — falei com franqueza.

— Puta merda — ele grunhiu, e eu ri.

Loretta sorriu, segurou minha mão e deu um tapinha no topo.

— Ah, esse tipo de amiga. Entendo. Isso me deixa muito feliz. Meu filho precisa de uma mulher. Ele fica mais feliz quando tem alguém para cuidar.

— Ah, sério? — Eu ri. — Me conte mais, Loretta. Sou toda ouvidos. — Sorri para Jonah.

— Venham, venham. Tenho macarrão e almôndegas no fogo. — Sua mãe acenou.

Minha boca se encheu de água com o visual. Segurei a mão de Jonah e segui sua mãe para dentro.

— Vamos, querido, vamos jantar com sua família — provoquei.

Ele puxou minha mão com tanta força que aterrissei ao seu lado e ele inclinou a cabeça direto no meu ouvido.

— Você não está nem um pouco incomodada por eu ter te trazido para conhecer minha mãe no primeiro encontro?

— Não. Porque eu estaria? As mães sempre gostam de mim. O que posso dizer? É um dom. — Dei de ombros.

Seu olhar escuro traçou meu rosto, e ele levantou a mão e segurou minha nuca. Então ele tocou seus lábios nos meus e me beijou de leve.

— Você não é como as outras mulheres que conheci.

Eu sorri.

— Obrigada, baby. Isso é fofo. O beijo é ainda mais doce, mas meu estômago está prestes a se comer se eu não colocar algo dentro dele, e a sua mãe é italiana. Estou contando que a comida seja realmente incrível, então podemos chegar à parte em que você supera o quanto sou legal e me alimenta.

Ele me beijou, tocou a língua na minha, e eu me esqueci do quanto estava faminta, focando apenas em Jonah.

— Crianças! — Ouvi sua mãe chamar de algum lugar da casa.

— Jesus — sua mãe ofegou atrás de mim.

— Desculpe, Ma. Tente fazer um pouco mais de barulho quando se aproximar da próxima vez — ele brincou.

Comecei a rir e me virei para a mãe dele, provavelmente com o rosto cor de beterraba. Balancei o polegar para Jonah.

— Lamento não poder me conter, mas foi ele que começou. E você já o viu? Você fez o homem mais bonito do mundo, Loretta. Eu fico boba quando ele me beija.

Sua mãe ficou radiante e cheia de orgulho.

— Não é necessário se desculpar. O pai dele é igualzinho.

— Onde ele está?

— Na garagem, trabalhando naquele carro velho.

Ele sorriu.

— O hobby do meu pai é consertar veículos americanos clássicos.

— Legal — eu disse com admiração. — Podemos ver? — Os carros eram ótimos em levar uma pessoa do ponto A ao B. Embora os novos tirassem a diversão do motor roncando e as bordas suaves do metal esculpido de eras passadas. Se eu pudesse escolher, ou seja, se tivesse dinheiro para comprar o que eu quisesse, compraria um clássico. Infelizmente, outro item na longa lista de coisas que eu amava, mas não tinha certeza se algum dia teria, para não mencionar o carro que tinha sido roubado.

— Ele adoraria te mostrar o bebê dele...

Ele foi interrompido quando ouvi a voz de um homem gritar.

— Loretta, mulher, seu marido está definhando aqui! — Uma risada estrondosa pôde ser ouvida de outro cômodo. — Por que a demora? — Seu pai apareceu na sala de estar.

Era como olhar para Jonah daqui trinta anos. O mesmo cabelo

castanho escuro e características faciais. Mechas grisalhas na têmpora e cachos nas laterais das orelhas. Felizmente, a cabeça ainda estava cheia de cabelo. Ele tinha cerca de um metro e oitenta. Compleição semelhante, embora fosse óbvio que seu pai gostava da comida de sua mãe e não escondia isso. Mas seus olhos eram de um azul claro.

— Filho — seu pai chamou. — Por que você não me disse que o Jonah já estava aqui? — Ele entrou na sala, pegou Jonah em seus braços e bateu forte nas costas dele. Jonah respirou fundo e seu pai recuou. — Você se machucou?

— Sim, pai, machuquei algumas costelas, mas só isso. Você sabe como é.

— Ah, seu pai já foi baleado também? — Eu virei meu olhar para ele. — Você também é policial?

Seu pai me encarou e depois ficou sério. Olhei para sua mãe, e ela empalideceu. Merda.

— Estou bem. Eu estava usando colete — Jonah se apressou a dizer.

Os olhos de sua mãe se encheram de lágrimas.

— Meu filho foi baleado. Por que você não nos ligou? Quando isso aconteceu? Ah, meu Deus. Você está bem?

Mordi o lábio inferior e cruzei os braços antes de murmurar "Me desculpe" para Jonah. Sempre enfiando os pés pelas mãos. Droga, preciso manter minha boca fechada.

— Estou bem. Eu estava trabalhando em um caso. Foi assim que conheci a Simone. Que tal conversarmos sobre isso durante o jantar?

Isso me fez arregalar os olhos, e ele balançou a cabeça. Ele sabia o que sua família poderia suportar ao ouvir sobre seu trabalho. Eu achava que a ideia de que ele tinha sido baleado pelo Estrangulador do Banco de Trás não seria exatamente uma conversa educada no jantar, mas o que eu sabia? Eu era a estranha ali.

— Sim, venham. O jantar está pronto. — Sua mãe nos incitou

com um aceno. — Simone, você quer algo para beber? Vinho?
Água.

— Uma taça de vinho seria ótimo. Obrigada, Loretta. Há
algo que eu possa fazer para ajudar?

Ela balançou a cabeça de forma graciosa, e eu a segui até a
cozinha. O cômodo tinha tamanho médio, em forma de U, com
mesa de jantar de seis lugares no espaço aberto. Armários ocupa-
vam duas das paredes e havia uma porta ao lado da geladeira que
provavelmente dava acesso à garagem.

Jonah me levou para um assento ao lado do seu e nos senta-
mos enquanto sua mãe colocava uma tigela grande de espaguete,
outra de molho com uma concha, uma travessa de pão de alho
fresco e uma tigela de salada no centro.

— Comemos em família. Sinta-se à vontade para se servir.
Convidados primeiro — Loretta falou e serviu duas taças de vinho.

Ela se moveu para dar ao filho uma delas, mas ele balançou
a cabeça.

— Sem bebida enquanto a Simone está sob meus cuidados.

— Seus cuidados?— Seu pai entrelaçou os dedos e apoiou o
queixo sobre eles, olhando para o filho. — Explique. Agora.

Nos quinze minutos seguintes, Jonah os atualizou sobre algumas coisas que aconteceram. Deixando de fora a parte em que
ele foi baleado três vezes, eu uma, e a morte de Katrina pelas mãos
do psicopata. Ele contou de quem estava me protegendo e que ele
estava de licença no trabalho para se recuperar. Seus pais pareciam animados por ele estar de babá e não por aí perseguindo o
serial killer.

— E quando vocês decidiram ser um casal? — sua mãe perguntou descaradamente.

Jonah se engasgou com um pedaço de pão, e eu ri enquanto
batia em suas costas.

— Ma, estamos...

— Ficando? — ofereci.

Ele soltou um suspiro aliviado.

— Ficando. Sim, isso.

— Qual é a diferença? — Ela franziu a testa.

— Muita, Ma, mas isso é entre mim e Simone. Vamos apenas dizer que é recente e deixar por isso mesmo, está bem?

— Não use esse tom com sua mãe. Olhe as boas maneiras — seu pai o repreendeu.

E eu não aguentei. Ri e abaixei a cabeça para que estivesse olhando para o meu colo enquanto tentava desesperadamente me controlar.

Um braço quente envolveu minhas costas, e Jonah pressionou o queixo no meu ombro e sussurrou:

— Continue assim, baby. Você vai ver só.

Engoli em seco e limpei a garganta, em seguida peguei a taça de vinho e tomei um gole, permitindo que aquecesse meu corpo de dentro para fora. Jonah me observava como um falcão. Tanto que virei minha cabeça e provoquei:

— Ah, sim, você vai me mostrar?

Ele sorriu.

— Só se você for boa.

Droga.

Cheque mate. Ele ganhou.

Quando fui pegar outro pedaço de pão de alho para limpar o molho no meu prato, alguém tocou a campainha.

Seu pai grunhiu, claramente irritado por ser perturbado durante o jantar. Eu entendia. Era irritante. Como quando você acabava de se sentar para comer e o telefone tocava e era a porcaria de um operador de telemarketing e não alguém para quem se poderia dizer facilmente: "Ei, te ligo de volta quando terminar o jantar". Não. Você ficava preso ao telefone com alguém que queria te vender uma nova garantia para o fogão que você nem sabia que existia.

Jonah se levantou e colocou o guardanapo na mesa.

— Eu atendo.

— Então, Simone, o que você faz? — sua mãe perguntou.

— Essa é uma pergunta complexa. Seria mais fácil perguntar

o que eu não faço. — Eu sorri. — Na maioria das vezes, sou bartender no Tracks, no centro da cidade. Eu também trabalho na floricultura da melhor amiga da minha mãe alguns dias por semana, e deixei meu emprego de garçonete há dois dias.

— São muitos empregos. Uma garota trabalhadora. Eu gosto — o pai elogiou.

— Obrigada. Não é um trabalho árduo, a não ser pelo fato de ser cansativo na maior parte do tempo, mas estou quase terminando a faculdade. Vou me formar em administração. Espero que isso me ajude a encontrar uma vaga onde eu possa ganhar salário mais alto, garantir benefícios de saúde e um dia jogar fora o carro velho que minha irmã me deu. Bem, se eu o conseguir de volta.

Seu pai, que mais tarde descobri que se chamava Marco, apontou para mim.

— Você vai receber a recompensa pelo seu esforço. Isso é admirável. Significará mais. Quando você conseguir seu diploma, venha me ver em nossos escritórios. Não somos uma grande empresa de construção, mas eu e meu outro filho, Luca, cuidamos dos trabalhos. Temos cerca de trinta homens subordinados a nós. Nossa gerente administrativa vai nos deixar em seis meses para ter um bebê. Ela quer ser mãe em tempo integral. Teremos uma vaga...

— Você acabou de me conhecer, e está me oferecendo a possibilidade de um emprego? — Pressionei as mãos na mesa para que eles não as vissem tremendo de emoção.

— Gosto de pessoas que trabalham duro e são motivadas. Dispostas a trabalhar em três empregos para ter um futuro. Isso é tudo que eu preciso saber sobre você. O resto é que você veio aqui com meu filho, que não traria uma mulher para a casa se ela não significasse algo para ele. E ele é um bom juiz de caráter, sendo agente do FBI e caçando loucos. Parte do trabalho é lidar com pessoas, então você ser linda, ajuda. Você é sociável e extrovertida. Vou te apresentar ao Luca, ensinar sobre o trabalho, ver os detalhes com a Lisa e ver se você se encaixaria bem.

— Uau, isso é tão inesperado, e eu... bem, eu não sei o que dizer. — Cobri meu coração com a mão.

— Diga que você vai conhecer o escritório. Minha equipe. E meu outro filho.

— Com certeza. Eu adoraria. Hum, talvez tenhamos que esperar um pouco, mas deixe-me perguntar ao Jonah. Me levantei da cadeira, correndo para a sala de estar.

— Jonah, você não vai adivinhar o que seu pai acabou de me oferecer! — falei. Ele desviou o olhar e ergueu a mão para me afastar.

Ele teria que fazer muito mais do que levantar a mão se quisesse me fazer ouvir. Eu tinha novidades, e ele precisava ser o primeiro a saber.

— Você não me ouviu!

— Simone. Agora, não — ele rangeu os dentes e então encarou a porta novamente. Seu corpo inteiro estava rígido e tenso a ponto de eu pensar que ele poderia pular em quem estivesse na frente dele.

— Jonah, vamos lá, isso é ridículo. Pegue o cheque! — Ouvi a voz irritada de uma mulher estridente.

— Eu não quero seu dinheiro, Helen. Não quero nada de você, ou do meu irmão.

— Não seja assim. Não é culpa dele, e você sabe disso. Francamente, o fato de você estar bancando o inocente é demais. — ela zombou.

— Não fui eu quem transou com o Luca. Foi você. — Ele apontou e fez uma careta enquanto eu me aproximava, com as mãos enroladas em seus bíceps.

Não falei nada, mas podia dizer que ele estava com raiva e escondendo esse sentimento sendo o mais passivo possível. Ele estava sofrendo e quem quer que essa mulher fosse, era a fonte.

Eu me aconcheguei ao seu lado, abaixei a cabeça e pressionei a bochecha em seu peitoral.

— Oi. — Acenei para a morena alta, cujo cabelo estava

cortado em uma linha severa em seu queixo pontudo. Ela era super magra, com um rosto anguloso e bonito. Um pouco como Sandra Bullock no filme *Velocidade Máxima*. — Eu sou a Simone.

— Helena. Aqui. — Ela me entregou um envelope, algo que eu aceitei automaticamente, esperando que isso a fizesse ir embora.

— Eu não posso acreditar que você veio até aqui. Como você pôde? — Jonah resmungou.

— É quinta-feira, a mesma noite da semana em que você janta com seus pais quando está na cidade. Fiz uma tentativa.

— Eu gostaria que você não tivesse feito. Por favor, saia e nunca mais volte. Acabou de uma maneira que nunca deveria ter acabado.

— Pegue esse cheque. Metade do dinheiro é seu. E tenha uma boa vida, Jonah. Eu sei que vou ter sem você — ela resmungou em tom malicioso.

— Vá se foder — ele grunhiu como se não pudesse tirar as palavras de sua língua rápido o suficiente.

Ela fez uma cara feia.

— Legal. Muito legal. Boa sorte com isso, Simone. Você vai precisar.

— Ah, obrigada. Estou muito feliz com o que tenho. Sabe, você deveria aplicar um pouco de Botox nessas linhas de expressão ao redor da boca. — Inclinei a cabeça para o lado e apertei os lábios. — Não, não adianta. Você ainda vai continuar feia. Não se incomode. — Soltei um longo suspiro. — Bem, foi divertido, mas preciso contar ao meu homem uma ótima notícia, e você está atrapalhando a minha alegria. Espero não vê-la nunca mais. — Segurei os quadris de Jonah e o empurrei até que ele soltou o batente da porta e voltou para dentro da casa. Dei um aceno alegre antes de bater a porta.

— Adivinha! — Apertei as mãos, ainda segurando o envelope. — Seu pai me ofereceu um emprego!

Jonah olhou para a porta, depois para o meu rosto, até o envelope e de volta para mim.

— O quê?

— O seu pai disse que precisa de uma nova gerente administrativa. Contei aos seus pais sobre a faculdade, e ele praticamente me ofereceu o emprego em sua empresa! — Dei um pulinho. — Querido, isso é muito importante para mim.

Ele balançou a cabeça como se quisesse limpá-la.

— Grandes notícias. Entendi. — Ele apontou para a porta. — Você... tem dúvidas sobre o que acabou de acontecer com a minha ex-esposa?

A palavra esposa me fez calar a boca por um momento antes de dizer:

— Aquela era a sua esposa?

— Ex.

— Hum. E ela te traiu com um cara chamado Luca. — Fiz uma careta por um momento enquanto processava as informações. — Ah, droga... *não!* — *Cobri a boca, em choque. Então meu corpo inteiro ficou quente. Senti um calor sufocante. Apertei minhas mãos, o machucado doendo um pouco porque estava cicatrizando, então não precisava de mais do que algumas bandagens para cobri-lo. Semicerrei os olhos e alcancei a porta. Eu a abri com tanta força que sacudiu meu ombro, mas mal senti.*

Jonah me segurou pela cintura e me puxou contra seu corpo, grunhindo no processo.

— Aonde você está indo?

Tentei me soltar.

— Vou começar uma briga com aquela vadia! Ela transou com o seu irmão! Merece levar uma surra! — rugi e tentei me soltar.

Jonah me segurou com mais firmeza e me ergueu, me trazendo de volta para dentro.

— Tigresa, se acalme.

Bati em seu braço.

— Me solte. Ela vai fugir — argumentei. — Essa mulher é a pior das piores. Ela não apenas te traiu, ela quebrou todos os códigos femininos conhecidos pela humanidade, para não mencionar seus votos ao marido! *Argh*. Ela é a escória na sola do seu sapato. Me deixe ir esfregar o rosto dela no chão! — Lutei até que Jonah me girou mais uma vez, prendeu o braço em volta da minha cintura e cobriu meus lábios com os seus.

Antes que eu soubesse o que estava acontecendo, estava abrindo a boca, e sua língua estava entrando. Minha raiva se transformou em luxúria, e eu dei o que consegui e mais um pouco. Uma de suas mãos estava na parte de trás da minha cabeça, tentando manter o controle do beijo e a outra se deslocou da minha cintura para a minha bunda.

O homem adorava minha bunda.

Ele deu um aperto, e eu gemi contra sua boca. Antes que ficasse muito quente e indecente, Jonah recuou, mordiscando meu lábio superior de brincadeira.

— Você está bem?

— Humm. — Eu estava em um torpor, vidrada em seus olhos escuros enquanto meu batimento cardíaco se estabilizava.

Ele riu.

— Você estava muito brava, baby. Parece que a minha garota tem um temperamento ruim escondido sob toda essa doçura.

Pressionei meus lábios.

— Não gosto da sua ex-mulher.

Ele bufou.

— Percebi isso. Embora eu diga que está tudo bem, já que eu também não gosto dela.

— Vocês já terminaram? — o pai de Jonah perguntou. — Fizeram com que a bruxa malvada do oeste pare de aparecer? Juro que vi o carro dela passar por aqui todas as semanas no mês passado.

— Sim, pai, nós nos livramos da Helen.

— O que é isso? — Peguei o envelope que deixei cair e entreguei a ele.

— Minha metade da casa. Ela vendeu e nosso divórcio estipulava que eu tinha metade. É isso.

— Por que você não quer seu próprio dinheiro? — questionei.

Ele deu de ombros.

— Acho que eu simplesmente não queria lidar com ela. Já é difícil lidar com meu irmão.

— Filho… — Marco tentou entrar na conversa, mas Jonah balançou a cabeça.

— Pai, não. — Suas palavras foram firmes e sucintas.

Seu pai apertou os lábios por um momento.

— Sua mãe está preparando a sobremesa. Quer impressionar a Simone com seu cheesecake de chocolate. Você está bem para ficar para a sobremesa e uma xícara de chá?

Jonah suspirou.

— Sim, pai, cheesecake seria ótimo. Obrigado. Nós já vamos para a cozinha.

Seu pai saiu da sala, e Jonah olhou para mim. Levantei as mãos para seu rosto e segurei suas bochechas.

— Estou falando sério sobre bater nela. Podemos chamar de insanidade temporária por causa da outra noite. Não teria consequências.

Isso o fez sorrir.

— Você é demais. O que eu vou fazer com você, hein?

— Hum, me alimentar com cheesecake?

— Hum-hum. — Ele passou os braços pelos meus ombros.

— Me beijar?

Ele deu um beijo quente no meu pescoço, e eu suspirei.

— Apaixonar-se loucamente por mim para nunca mais querer beijar ou olhar para outra mulher? — Pisquei e abri um sorriso enorme.

Ele riu.

— Talvez. — Ele disse a palavra da mesma forma que falou quando eu pedi para ele me beijar na roda gigante, e aquilo foi incrível, então percebi que tinha um bom começo.

— Talvez é bom

OITO

Jonah abriu a porta de sua casa e me levou para dentro. Seu humor estava péssimo desde que Helen apareceu.

Eu o segui e coloquei a bolsa no balcão da cozinha. Jonah foi direto para um armário e pegou uma garrafa de uísque.

— Bebe comigo no pátio?

— Claro. — Me inclinei sobre o bar e o vi pegar dois copos, colocando dois dedos de Jameson com gelo em cada.

Sem dizer uma palavra, ele me passou a bebida, segurou minha mão e me levou pela porta dos fundos para um deck de madeira elevado. O pátio era pequeno, mas com um paisagismo impecável.

Me sentei em uma namoradeira de aparência confortável com uma almofada vermelha escura. Ele se sentou ao meu lado, e nós dois colocamos nossos pés em cima do pequeno divã combinando.

— Pátio incrível. Você plantou tudo isso?

Ele tomou um gole da bebida e olhou para a variedade de pequenos arbustos, árvores e flores que pontilhavam o quintal.

— Não. A casa é do Ryan. Me mudei para cá há pouco mais de um ano, quando a Helen e eu nos separamos. Só não tive tempo de encontrar meu próprio apartamento e, como Ryan e eu trabalhamos na mesma equipe, isso realmente não importava. Eu pago metade das contas, e ele usa o dinheiro para jogar. Não que ele tenha muito tempo para isso, mas o homem é sociável demais. Ele sai sempre que não estamos trabalhando. Diz que precisa absorver a humanidade e tudo de bom que há nela, caso contrário será engolido pelo horror com que lidamos no dia a dia, perseguindo assassinos em série e criminosos.

— Parece um trabalho muito difícil. Você passou por muita coisa?

Seu corpo ficou rígido ao meu lado. Peguei sua mão e entrelacei nossos dedos.

— Sim, faz parte do trabalho.

— Você consegue ver alguma coisa?

— Como assim?

Dei de ombros.

— Bem, você sabe, se eu tivesse um emprego em que eu viajasse muito, ia visitar todos os tipos de atrações, relíquias antigas, festivais... esse tipo de coisa.

Ele sorriu suavemente e olhou nos meus olhos.

— Tenho certeza de que você faria isso mesmo. Normalmente, não temos muito tempo para isso. Quando minha equipe do FBI é chamada, é uma situação ruim. Múltiplas mortes, muitas vezes através das fronteiras estaduais. Entramos, traçamos o perfil do criminoso e trabalhamos com as autoridades locais. Assim que nosso trabalho é concluído, voltamos para casa.

— Como aquela série, *Criminal Minds*?

— Mais ou menos, mas na série é mais glorificado. Ryan e eu somos criadores de perfis criminais, mas temos um escopo mais amplo. Há muitos escritórios do FBI. O nosso fica no centro de Chicago, mas podemos ser chamados para qualquer coisa. Depende do trabalho. Às vezes, não viajamos por meses, porque podemos fazer muitas coisas virtualmente. Ou seja, revisar arquivos de casos em todo o país e dar feedback, atuar como consultores em casos criminais e outras coisas que não posso falar.

— Tudo bem. Não preciso saber de tudo. Há quanto tempo você trabalha com o Ryan?

— Desde o começo. Nós éramos melhores amigos na faculdade e fomos transferidos para Quântico, a Academia do FBI. Foi sorte termos conseguido permanecer nos mesmos ramos.

— Que tipo de mulher ele gosta? — perguntei, pensando em minhas irmãs. Ele era gostosão, e eu podia ver qualquer uma delas gostando dele.

Jonah baixou a cabeça em direção à minha e levantou uma sobrancelha.

— Por que?

— Porque tenho sete irmãs. Um bom homem, trabalhador e gostoso é difícil de encontrar.

Ele riu.

— Ele sempre namorou uma grande variedade de mulheres.

— Ele tem relacionamentos interraciais?

Ele pareceu pensar sobre isso.

— Sim. — Ele assentiu. — Na verdade, já vi mais mulheres negras saindo do quarto dele do que brancas.

Abri um sorriso enorme.

— Fantástico. A minha irmã, Blessing é negra, mas ela prefere caras brancos. Ela namorou alguns negros no passado, mas por algum motivo, eles nunca ficaram. Ela também é uma estilista que viaja o tempo todo, então um homem que viaja e que não se incomoda que sua mulher faça o mesmo, não seria um problema para ela.

Jonah passou o nariz pelo meu pescoço, e eu tremi.

— E você? Tem algum problema com um homem que viaja a trabalho?

Umedeci os lábios e poderia jurar que seus olhos se dilataram.

— Não. As pessoas têm que fazer o que amam. Estou sempre ocupada e, se meu homem tivesse que viajar, eu aproveitaria esse tempo para fazer coisas relacionadas a hobbies, passar tempo com minhas irmãs e minha mãe. Eu não sou exatamente o tipo de garota que amarra um homem. Nem fico parada por muito tempo. Respeito as pessoas pelo que precisam para serem quem são. E espero isso em troca. Você teria algum problema com o fato de eu planejar viajar com minhas irmãs e você estar em casa no fim de semana?

Ele balançou a cabeça.

— Nunca.

— E quando você quer ter filhos?

Isso o fez soltar minha mão e esfregar a testa.

— Quero filhos no futuro. A Helen os queria imediatamente depois de se casar. Eu não estava preparado para isso quando tínhamos vinte e cinco anos. Eu estava no início da carreira no FBI e precisava investir tempo para solidificar minha posição. Algo que fiz desde então.

— Por quanto tempo você foi casado?

Ele gemeu e estalou o pescoço.

— Sete anos. Estou com trinta e três agora.

Segurei sua coxa, apreciando os músculos flexionados sob minha palma.

— Entendo. Eu tenho vinte e sete. Você tem a mesma idade da minha irmã, Sonia. E ela ainda não tem filhos ou marido. Não há problema em querer se estabelecer em sua vida e carreira antes de trazer filhos para o mundo.

Jonah soltou um longo suspiro, então tomou mais um gole de sua bebida.

— O que aconteceu com a Helen?

Ele inclinou a cabeça para trás e respirou fundo.

— Deixa para lá. Não precisa me dizer. Não é da minha conta. Estou sendo intrometida.

Ele virou a cabeça e me olhou intensamente, então me beijou com força. Jonah usou a mão para segurar minha cabeça. Ele não aprofundou o beijo, foi apenas uma pressão forte de seus lábios como se estivesse tentando dizer algo sem usar palavras.

Suspirei de forma sonhadora quando ele se afastou.

— Com certeza, é da sua conta. Se vamos começar algo aqui, e parece que vamos, você merece saber no que está se metendo.

— Certo. — Puxei minhas pernas e me virei de lado para que pudesse me sentar de pernas cruzadas e focar só nele. — Pode me falar. Eu aguento. — Tomei um gole enorme de uísque e soltei: — Ahhhhhh. Pronto!

Jonah balançou a cabeça e riu.

— Você me diverte. É muito diferente do que experimentei no passado com as mulheres.

Eu levantei um dedo.

— Em primeiro lugar, você precisa parar de me comparar com outras mulheres. Você mesmo já disse isso. Não sou como as outras. Parte disso é porque eu sou eu. A outra é provavelmente porque fui criada em uma casa com mais oito mulheres, incluindo minha mãe adotiva. Tenho uma irmã de sangue super dominadora e não me lembro muito dos meus pais biológicos, mas eu morei na Kerrighan House desde os seis anos. Todas essas personalidades no mesmo lugar, você aprende a se adaptar e formar seu próprio caminho. O meu parece ser o da tolerância. Posso lidar com praticamente qualquer coisa que as pessoas joguem no meu colo, a menos que seja sobre minha família. Então eu me transformo em um lunática delirante. Ah, e quando sou confrontada com a ex vadia que traiu meu novo cara gostoso da pior maneira possível.

Ele riu e tentou disfarçar sua resposta bebendo mais uísque.

— Percebi.

— Já que resolvemos isso, o que aconteceu com a Helen? — Apoiei a mão livre em sua coxa para manter nossa conexão.

— Você realmente não se incomoda com o fato de eu ter sido casado? — Seu tom era de admiração.

— Não. Está no seu passado e não no seu presente. Não posso me debruçar sobre isso agora.

Ele assentiu, mas demorou um pouco para falar. Quando o fez, foi em um tom baixo e cansado que me fez desejar que estivéssemos deitados na sua grande cama. Embora estarmos sentados do lado de fora, bebendo no belo quintal e no silêncio da noite não era tão ruim.

— Helen e eu nos apaixonamos loucamente na faculdade. Conheci ela e o Ryan na mesma época. Quando me transferi para DC, ela me seguiu e terminou seus estudos lá. Nos casamos três anos depois que completei meu treinamento e me tornei um agente especial. Ryan e eu estávamos ansiosos para voltar a Chicago, assim como Helen. Então, quando abriram vagas em Chicago, nos candidatamos e tivemos a sorte de sermos aceitos.

— É muito legal você trabalhar com seu melhor amigo.

— É mesmo. O Ryan é um cara legal. Sempre me apoiou. Especialmente depois que a Helen me traiu. Me ofereceu um lugar para viver. Se ele não decidir trazer uma mulher para sua vida, acho que ficaria feliz em dividir a casa comigo para sempre.

Sorri e passei o dedo em sua coxa.

— Como foi a coisa com a Helen?

Suas narinas dilataram e seu corpo ficou rígido mais uma vez. Baixei minhas pernas e me aproximei, pressionando o queixo em seu peitoral. Ele passou o braço nas minhas costas e me segurou ao seu lado.

— Eu estava em um caso muito longo. Tinha se passado três semanas. Foi brutal. O tempo fora, noites intermináveis, dormindo em camas improvisadas ou em uma sala de conferências do FBI. Você se lembra das manchetes sobre o casal que sequestrou duas crianças e depois os matou, empurrando-os de penhascos altos em parques nacionais?

Levantei a cabeça.

— Você trabalhou nesse caso? Meu Deus, isso é horrível. Não foram doze crianças?

— Sim, mas só dez morreram. Duas delas, um menino e uma menina de famílias diferentes, sobreviveram à queda. Eles puderam nos contar um pouco sobre o casal. Depois que conseguimos juntar algumas provas, conseguimos prendê-los. Eles já tinham mais duas crianças sequestradas quando os encontramos.

— Jesus, isso deve ter sido horrível.

— Foi. Durou o uma eternidade. Eu não conseguia ligar para

casa com frequência, mas a Helen sabia como funcionava. Não era novidade. Na noite em que encontramos as crianças, eu estava desesperado para chegar em casa. Queria abraçar minha esposa, mesmo que estivéssemos brigando sem parar nos últimos seis meses. Meu coração estava despedaçado, minha cabeça cheia de imagens de crianças mortas e famílias em luto, e tudo que eu queria era meu lar. Então fui direto para casa. Não liguei. Ela não fazia ideia.

— Querido… — Aumentei o aperto em sua cintura e pressionei meu rosto em seu peito, já esperando o que estava por vir.

— Entrei em casa e notei as roupas pelo chão da sala. Da minha esposa. E de um homem. Como um morto-vivo, fui direto para o quarto. Eu nunca vou me esquecer do som da minha esposa no auge do prazer, gritando o nome do meu irmão enquanto gozava. Eu conhecia aquele som. Ouvia isso há oito anos quando fazia amor com ela.

Meus olhos se encheram de lágrimas, mas não o interrompi. Eu não podia. Algo dentro de mim sabia que ele nunca contou essa história em detalhes para ninguém. Por mais que eu odiasse tudo o que ele estava dizendo, eu sabia que precisava ouvir. Precisava estar ao lado dele neste momento para que ele pudesse perceber o que nós dois poderíamos construir sem esse obstáculo no caminho de sua felicidade.

— Abri a porta, observei como se eu estivesse fora do meu corpo enquanto ela transava com o meu irmão. Ele a virou e a comeu de forma descuidada e com muita força. E eu assisti quando ela gozou novamente, gritando como ela só fazia quando estava bêbada ou muito excitada. O quarto estava pungente com o cheiro de bebida e sexo. Eles estavam lá há um tempo. Era meu trabalho saber dessas coisas. Observar uma cena. Aromas. Sons. As pequenas coisas que se é treinado para notar em uma cena de crime. Provavelmente, foi por isso que fiquei lá até eles terminarem. Então, quando meu irmão acabou e caiu em cima da minha esposa, bati na porta.

— Jesus — sussurrei, ainda segurando-o pela cintura, com as lágrimas escorrendo pelo rosto e molhando sua camisa.

— Os dois estavam tão longe, com os olhos vidrados de bebida e euforia, que era como se eles nem soubessem o que estavam olhando. Até que os olhos do meu irmão se arregalaram. Ele olhou para mim, depois para Helen com uma expressão de horror. E ele disse uma palavra, como se tivesse sido arrancada de sua garganta: irmão.

Fechei os olhos, imaginando tudo o que ele disse, sentindo as intensas ondas de dor inundando todo o meu ser.

— Saí sem dizer uma palavra e fui para um hotel. Bebi até o dia seguinte, quando liguei para o Ryan. Ele foi me buscar, e eu me mudei para o quarto de hóspedes dele.

Me afastei de seu peito e olhei em seus olhos enquanto ele pegava meu copo e colocava os dois na mesa lateral. Então ele segurou minhas bochechas e enxugou minhas lágrimas.

— Você está chorando por mim, linda?

Meus lábios tremeram quando mais lágrimas caíram.

— Sim, porque foi uma história incrivelmente triste. Lamento que você tenha vivido isso, especialmente depois de tudo com que teve que lidar no caso anterior. Voltar para casa para isso… — Balancei a cabeça e funguei. — É inconcebível.

Ele encostou a testa na minha.

— Na época, foi. É por isso que sou tão fodido com as mulheres. Especialmente aquelas que salvei, já que minha ex-mulher era uma delas.

Arqueei as sobrancelhas em questão.

Ele suspirou profundamente.

— Houve uma festa perto do campus. Ryan e eu estávamos paquerando as garotas e bebendo. Você sabe como é.

Assenti com um sorriso, enxugando meus olhos.

— Um atleta estava fora de si depois de tomar ácido. Ele namorava a Helen. Eles estavam discutindo, ela dizia para ele se acalmar. O cara puxou uma arma e começou a atirar como louco, gritando que as pessoas não eram pessoas, mas alienígenas. Então ele apontou a arma para a cabeça dela e disse que seu rosto estava derretendo diante de seus olhos. O que eu sabia que significava que ele tinha perdido completamente a cabeça e estava prestes a matá-la na minha frente. Ryan e eu corremos, e eu o agarrei e empurrei a arma. Ele disparou mais alguns tiros, mas não acertou ninguém. Os policiais vieram, e ele foi levado e acusado.

— Puta merda. Você já passou por muita coisa.

— Diz a mulher que perdeu os pais ainda jovem e foi criada em um orfanato.

— Mas eu era amada e nunca fiz parte de nada assim... bem, até que um bandido se escondeu na parte de trás do meu carro. — Fiz uma careta. — Você tem um talento especial para ficar com donzelas em perigo, hein?

Ele riu.

— Não. Apenas a Helen e você. — Ele passou a mão para cima e para baixo nas minhas costas e bocejou.

— Nós poderíamos ir para a cama... — Mordi o lábio inferior e olhei em seus olhos escuros enquanto estendia a ponta dos dedos e os passava em seu beicinho sexy. — Tenho certeza de que poderíamos encontrar outras coisas maravilhosas que nos fariam sorrir.

Ele passou a mão pelo meu cabelo comprido e depois na minha nuca.

— Quero me afogar em você, Simone, deixar tudo de lado e viver o momento.

— Isso parece incrível. — Passei o dedo pelo seu peito até que ele agarrou meu pulso com a outra mão.

— Temos que fazer isso direito. Você precisa de um pouco mais de tempo para processar tudo o que aconteceu nos últimos três dias. Não seria certo eu tirar vantagem...

— Você não estaria se aproveitando. Quero você.

Ele sorriu, abaixou a cabeça e tomou minha boca em um beijo breve e doce.

— Eu sei. E eu também te quero. Mais do que eu já quis outra mulher. Não estive com ninguém desde a Helen e, depois de vê-la e reviver minha história, eu...

Eu o beijei, o abracei e enrosquei minha língua na sua. Nos beijamos por bastante tempo, de forma lenta e luxuriosa. Mordisquei seu lábio superior e depois o inferior, da mesma forma que ele gostava tanto de fazer no meu. Apoiei a testa contra a dele enquanto ofegávamos em busca de ar.

— Está tudo bem. Entendo. Temos todo o tempo do mundo — eu o lembrei. — Eu não vou embora. Bem, em algum momento, você, o Ryan e a equipe vão pegar o bandido, e eu vou para minha casa.

— Simone — ele me cortou.

— O quê?

— Cale a boca e me beije — ele brincou e tomou minha boca em outro beijo ardente.

— Olá, crianças — a voz de Ryan veio da porta.

Nós dois viramos a cabeça e vimos o homem sorrindo, com os braços cruzados, os dedos de uma das mãos ao redor do gargalo de uma garrafa de cerveja.

— Seu *timing* é impecável... como sempre — Jonah resmungou.

— Só queria que você soubesse que é necessário para o encontro amanhã de manhã, às oito.

Ele franziu a testa.

— Você pode ficar com a sua irmã amanhã?

Torci o nariz.

— O local de trabalho da minha irmã é muito chato. Você pode me deixar no Perfect Petal? Eu deveria estar arrumando flores e ajudando. Posso dizer à tia Delores que não posso sair da loja ou ficar sozinha. Ela vai ficar bem com isso. Ela e minha mãe são melhores amigas desde sempre, então tenho certeza de que ela já está atualizada sobre o que está acontecendo.

— Podemos colocar uma patrulha do lado de fora também — Ryan ofereceu.

Bati palmas.

— Uhu!

Jonah suspirou e se levantou.

— Você precisa dormir um pouco.

— Eu dormiria melhor se tivesse um agente do FBI grande e bonitão aconchegado ao meu lado. — Joguei a isca.

— E essa é a minha deixa — Ryan riu e foi embora, nos deixando sozinhos.

— Eu não acho que seja uma boa ideia...

— Não, é ótima! — Eu me aconcheguei ao seu corpo quente e alto.

Uma de suas mãos desceu das minhas costas e foi direto para minha bunda, me pressionando contra uma ereção muito considerável.

Eu gemi.

— Acredite em mim quando digo que quero. Deus sabe que quero, mas não é inteligente. Você precisa de tempo. Eu preciso também, depois de tudo que compartilhei esta noite. A primeira vez que dividirmos uma cama, não quero o fantasma da minha ex nela.

Fiz beicinho, porque ele estava certo.

— Tudo bem, seja lógico, mas vou roubar uma de suas camisetas e você vai se aconchegar em mim. — Sorri.

— Sim para a camiseta. Puta merda, não para se aconchegar. Se eu te vir deitada na minha cama, não terei coragem de fazer a coisa certa.

— E amanhã? Haverá tempo de processamento suficiente para superar a desgraça, a melancolia e a vadia? — Eu me aconcheguei em seu corpo e passei as mãos nele para segurar sua bunda dura, deixando minhas intenções cem por cento claras.

Jonah contraiu os lábios.

— Talvez.

Abri um sorriso enorme.

— Eu amo o seu talvez.

— Humm. — Ele me beijou por um longo tempo até que começou a esquentar. Então ele se afastou, me virou na direção da casa e bateu na minha bunda. Com força. — Vá logo, mulher, antes que eu perca todo o controle e faça exatamente o oposto do que prometi que faria.

— Ei, você não vai conseguir nenhuma ajuda nesse departamento. Eu quero um tempo nua com meu cara gostoso do FBI.

— Simone — ele resmungou.

— Tudo bem, tudo bem. Estou indo. Desmancha-prazeres.

Ele riu quando voltamos para a casa. Me levou para seu quarto, abriu as gavetas e pegou uma camiseta que estava escrito *Quantico*. Eu tirei a, ficando só de sutiã e sorri. Ele se virou, rangendo os dentes e pegando uma calça de pijama xadrez e uma camiseta branca.

Ponto para mim.

Quando ele terminou, eu já estava só com sua camiseta e afastei as cobertas.

— Tem certeza de que não quer se juntar a mim? Há muito espaço nesta cama.

Ele ficou imóvel e respirou pelo nariz, com uma das mãos fechadas e a outra segurando a roupa.

— Como queira. — Dei de ombros e dei um grande show ao me curvar para afofar os travesseiros para que ele desse uma boa olhada na minha calcinha de cintura alta, que mostrava uma parte da nádega.

Eu não consegui que ele se juntasse a mim na cama como esperava, mas ele me aconchegou e deu um beijo sensual que me fez contorcer e chegar até ele antes que se afastasse, beijasse minha testa e dissesse:

— Bons sonhos.

Adormeci pensando em Jonah usando apenas a calça de pijama e como eu planejava removê-la de seu corpo lindo em um futuro próximo. Sua ex mulher babaca estragou tudo, mas eu estaria lá para o meu cara mal-humorado do FBI, e seria para mim que ele correria para dividir seu fardo algum dia.

A conexão que senti com Jonah Fontaine era arrebatadora e emocionante. Eu queria saber tudo sobre ele. Queria compartilhar todos os meus altos e baixos, e a loucura que era minha família. Queria me sentar e comer refeições italianas com os pais dele e talvez até um dia trabalhar nos negócios da família. Este era só o começo de algo entre nós, mas o que ele me deu esta noite provou que estávamos indo a algum lugar importante. Senti bem lá no fundo que deveríamos nos encontrar. Ele foi escolhido para ser meu salvador e me perguntei se havia mais do que isso.

Sina.

Destino.

Almas gêmeas.

Eu não sabia ao certo, mas tinha muito que fazer e arriscar para um dia ser a mulher que teria bons sonhos dormindo ao lado de Jonah.

NOVE

Na manhã seguinte, acordei com o som de um zumbido incessante. Sem abrir os olhos, estendi o braço e dei um tapinha na mesa de cabeceira até encontrar o culpado. Me atrapalhei ao desconectar o aparelho e levei-o ao peito enquanto voltava da terra dos sonhos. Funcionou por um minuto antes que a porcaria do telefone voltasse a tocar. Gemi, abri os olhos e olhei para ele.

Minhas irmãs.

Todas me mandando mensagens. Parece que não podia me esquecer de avisar que estava tudo quando havia um louco atrás de mim.

Suspirei, me encostei na cabeceira da cama e comecei a percorrer a lista. Sonia, claro, foi a primeira. Enquanto eu examinava as mensagens não lidas, vi que ela colocou seu melhor amigo e braço direito, Quinn, na tarefa também, pois havia várias mensagens dele. Abri primeiro as de minha irmã.

Onde você está?
Por que não enviou mensagem?
Isso é bem a sua cara.
Você está me assustando, Simone.
Por favor, me ligue.
Simone? Estou ativando a árvore.

Ah, merda. A árvore. Era por isso que meu telefone parecia estar explodindo. A próxima na sequência de um zilhão de mensagens era de Quinn.

Sua irmã está surtando. É melhor você ligar para ela.
Sua irmã está insuportável sem saber onde você está.
Droga, Simone, não consigo lidar com as lágrimas dela.
Você está fora da minha lista para ganhar chocolate e manteiga de amêndoa como presente de Natal por isso.
Ligue para a sua irmã, mulher.

Em seguida, havia mensagens de Blessing.

Sei que você está dispensando suas irmãs por causa do bonitão do Agente Fontaine, mas falando sério, você precisa falar conosco. A Sonia está ficando louca. A culpa é sua. Te amo, vaca.

Em seguida, Addison.

Espero que você não tenha feito contato porque está muito ocupada afogando a tristeza em Jonah. Pode enviar uma mensagem de texto com um rápido "Estou viva". A Sonia está nos deixando malucas. Te amo.

Depois, Liliana e sua doçura.

Você nos deixou preocupadas. Por favor, ligue ou envie uma mensagem. Te quiero mucho.

Recebi várias do mesmo tipo de Genesis e Charlie. Só Tabby que não apareceu, o que estava começando a me irritar. Fiquei pensando se poderia falar com Jonah sobre minhas preocupações e sugerir darmos uma passada lá ou algo assim.

Só havia uma mensagem na caixa postal. Cliquei na notificação e levei o celular ao ouvido.

— Olá, minha querida, tenho certeza de que você está bem, passando o dia com os agentes Fontaine e Russell, mas você pode ligar para sua mãe? Sei que está processando tudo o que aconteceu, mas deixou a todas nós preocupadas. Eu te amo, querida, e estou muito ansiosa para ter notícias suas.

Ah, merda. Meus olhos se encheram de lágrimas quando apertei o botão para ligar para Mama Kerri.

— Estou tão feliz que você ligou. — Seu tom estava cheio de alívio e instantaneamente me senti culpada.

— Mama, me desculpe por não ter ligado. Perdi a noção do tempo, e...

— Eu entendo. Tem muita coisa acontecendo com você. Mas a Sonia não está lidando bem com sua independência. — Ela riu, o que soou como uma bela melodia.

— Vou mandar mensagem para todo mundo. Não posso lidar com a loucura dela pela manhã. Está muito cedo.

— Para você, tenho certeza de que está mesmo. Quais são seus planos para o dia? — Sua voz calorosa soou em meus ouvidos e me acalmou.

— Quero ir para a casa da tia Delores e trabalhar. Preciso de dinheiro. Especialmente agora que não vou mais voltar para o meu apartamento. Vou ter que começar tudo de novo, mas tenho ótimas notícias!

— Mesmo? Me conte. — Eu a ouvi se mover pela cozinha, despejando o que eu presumi ser água da chaleira em sua xícara.

— Bem, ontem o Jonah e eu passamos o dia no Navy Pier. Só nos distraindo, sabe?

— Sei. E posso entender a necessidade de fazer algo otimista e positivo, especialmente durante um momento como este.

Assenti, embora ela não pudesse me ver.

— Depois, ele me levou para a casa dos pais dele para jantar.

— Sério? — Suas palavras se elevaram com o tom de surpresa. — Isso é bem rápido.

— Sim! E um grande passo em direção a algo mais, na minha opinião.

— É, querida. E você se divertiu conhecendo os pais dele?

— Eles são incríveis. A mãe dele é baixinha, italiana, e faz o melhor espaguete e almôndegas que já comi, e o pai reforma carros clássicos. Ele está trabalhando em um Charger 1969 que vai ficar de tirar o fôlego, Mama. É foda demais.

— Não diga foda, querida. Não é apropriado.

— Desculpe. De qualquer forma, essa ainda não é a melhor parte.

Ela riu.

— Bem, vamos ao que interessa, minha linda.

Isso me fez rir e sair da cama para ir ao banheiro.

Enquanto fazia xixi, contei à Mama sobre a oportunidade de trabalho.

— Menina, que boa notícia. Você terá tempo de terminar a faculdade antes que a mulher saia do emprego?

Terminei o que estava fazendo e então segurei o telefone com o ombro para poder lavar as mãos.

— Acho que sim. Minha última matéria é online e posso fazer no meu próprio ritmo. Ah, droga, meu laptop estava no meu apartamento. — Estremeci. — Vou ter que comprar um novo.

— Querida, não se preocupe. Uma de nós pode pegá-lo para você, se não quiser voltar lá. O que aconteceu com a Katrina foi horrível, mas não foi culpa sua. Ela estava no lugar errado, na hora errada. Lembre-se: não devemos questionar por que fomos poupados. Enviamos nossos agradecimentos ao Universo e e seguimos em frente com graça e gratidão.

— Eu sei, Mama. Mas dói saber que uma boa mulher tenha sido morta por nada.

— Você não cortejou a atenção de um louco. Você também

estava no lugar errado e na hora errada quando ele entrou no seu carro. Assim como o Jonah estava no lugar certo, na hora certa para protegê-la. É lamentável e doloroso que o mesmo não tenha acontecido com sua amiga, querida, mas você não deve compartilhar o fardo pelas transgressões de um homem doente. Entende o que estou dizendo, docinho?

— Sim. Mas dói.

— Eu sei, baby, e vai se sentir assim por um tempo. Essas coisas são difíceis de superar, porque são devastadoras para todos os envolvidos. Saiba que você vai seguir em frente com graça e gratidão, como ensinei a todas as minhas meninas. Agora quero que você respire comigo. Vamos nos preparar para o dia.

Sorri e fechei os olhos.

— Inspire quatro vezes e prenda… — Ela respirou fundo, e eu a segui. Sua voz estava tensa quando ela disse: — Agora, solte tudo em quatro respirações… três, dois, um. E de novo.

Fizemos cinco rodadas completas de respiração, e meu corpo inteiro parecia elétrico e vivo, o medo e a frustração que estavam me deixando tensa se dissiparam e finalmente desapareceram no último suspiro.

— Eu te amo, Mama.

— Também te amo, minha querida. Entre em contato com as suas irmãs. Vou levar a Rory para a loja hoje para visitá-la. Isso vai ajudar a manter seu estado de espírito em um bom lugar. As crianças fazem tudo no mundo parecer melhor.

Ver minha sobrinha linda faria com que essa sensação ruim se dissipasse.

— Eu adoraria isso, Mama. Até logo. E obrigada.

— Disponha. É para isso que estou aqui. Para as minhas meninas.

Sorri e desliguei o telefone, saltando pela sala e para o corredor. Jonah estava saindo do banheiro, coçando o peito nu com uma das mãos.

Minha boca salivou, e eu olhei abertamente para seu corpo

lindo. Ombros largos que se estreitavam em forma de V em sua caixa torácica. Abdômen marcado. Um tanquinho de verdade nos dias de hoje? Era uma loucura. Ele tinha um pouco de pelo escuro em seu peitoral. Suas calças pendiam frouxamente de seus ossos do quadril para que eu pudesse ver aquelas marcas sensuais que faziam garotas inteligentes ficarem burras. Eu inclusive. Meus mamilos endureceram com a visão e meu corpo aqueceu.

Seu cabelo estava bagunçado, como se ele tivesse passado os dedos por ele. Seu olhar foi para minhas pernas nuas e meu corpo. Eu ainda estava vestindo só sua camiseta dele e, ao vê-lo, apertei as pernas e mordi o lábio.

Algo cintilou entre nós, mas ele foi mais rápido. Jonah se aproximou de mim, segurou a parte de trás da minha cabeça enquanto eu ficava na ponta dos pés. Coloquei os braços ao seu redor e tomei seu beijo brutal. Ele grunhiu, me virou para o lado e me prendeu contra a parede. Sua boca bebeu profundamente da minha. Uma de suas mãos deslizou para baixo da camiseta e direto na minha calcinha para segurar minha bunda nua. Ele apertou seu comprimento rígido contra o meu centro, e eu gemi de prazer. Sua boca se afastou da minha, mas não ficou longe por muito tempo quando passou a língua pelo meu pescoço. Inclinei a cabeça para o lado para que ele tivesse melhor acesso e passei uma perna ao redor do seu corpo para que pudesse me esfregar nele.

Estávamos no meio de algo. Perdidos para a paixão entre nós. Ele arrancou minha camiseta e a jogou em algum lugar. Segurou meu seio, o levou até a boca e o chupou. Com força. Gemi e me apertei em torno dele. A excitação atravessou meu corpo em um ritmo alarmante. Eu o queria. Dentro de mim. Agora.

— Baby… por favor — eu implorei.

Ele capturou minha boca, segurou minha bunda e me levantou até que minhas pernas estivessem fora do chão e enroladas em sua cintura. Eu poderia dizer, pelo seu grunhido, que ele estava sentindo dor, mas ele não ia deixar isso derrubá-lo ou impedir este trem de chegar ao seu destino.

Perdidos um para o outro, não notamos Ryan virando o corredor até que ele soltou:

— Ah, merda. Que inferno.

Imediatamente, Jonah me virou para que Ryan só visse suas costas nuas. Sorri como uma louca e acenei para ele.

— Cara, me desculpe. Você não tem ideia do quanto eu sinto muito, mas temos que ir. O carro da Simone foi encontrado. Merda, irmão. Há outro corpo nele.

Fiz uma careta e apoiei a cabeça no ombro de Jonah. Ele me acompanhou até o quarto e chutou a porta. Soltei as pernas, e ele me deixou deslizar até meus pés tocarem o chão.

— Continuaremos depois — sussurrei e olhei para seu rosto, esperançosa e triste pelo motivo por que fomos interrompidos.

— Sim. — Sua voz estava rouca.

Segurei suas bochechas.

— Sinto muito, querido.

Ele engoliu em seco e vi o pomo de Adão se mover de forma sedutora, querendo tanto beijá-lo e fazer outras coisas, mas sabendo que ele tinha que ir.

— Vou tomar banho no banheiro do corredor. Use o daqui. Seja rápida, está bem?

— Rápida como um raio. Prometo.

Ele se inclinou e tomou minha boca em um beijo lento que teve um pequeno toque de línguas.

— Teremos nosso tempo.

— Sim. — Me aproximei. — Tome um banho. Serei rápida.

— Obrigado, baby.

Assenti e deixei que ele me beijasse mais uma vez antes de pegar algumas roupas da cômoda. Vasculhei minhas malas em busca de algo fácil para trabalhar na loja. Quando se trabalhava com flores e espinhos, era importante cobrir a pele para não se machucar. Peguei um jeans velho, regata e o medalhão de ouro que tinha uma foto dos meus pais biológicos. Mama Kerri deu um para mim e outro para Sonia quando completamos um ano em sua casa. Ela disse que queria que nossos pais estivessem sempre conosco, e apesar de não estarem fisicamente, ela estaria. Ela deve ter encontrado fotos deles na internet, porque não nos restou nada do incêndio da casa.

Tomei um banho rápido e joguei a bolsinha de maquiagem na bolsa grande assim que cheguei à cozinha.

— Vai secar o cabelo? — Jonah perguntou enquanto terminava de fazer o café. Ele usava calças pretas e camisa branca de botão. Uma gravata azul-marinho com padrões geométricos preto e branco estava pendurada em seu pescoço. A camisa estava aberta na gola, mostrando um pedaço de pele que eu queria explorar. Seu cabelo estava molhado e penteado para trás.

Balancei a cabeça.

— Não, vai secar natural.

Ele assentiu e me entregou um bagel com cream cheese embrulhado em um guardanapo e um copo de café para viagem.

— Vamos, então. O Ryan já saiu. Vou levá-la à floricultura, mas não sairei até que uma unidade de patrulha apareça.

— Não precisa fazer isso. Há várias pessoas trabalhando na loja. Estarei em segurança.

Ele balançou a cabeça.

— Não se pode ser muito cuidadoso. Esse cara é imprevisível, e está se sentindo forte. E é em momentos assim que eles cometem erros. Ele está com tesão em você e não te quero desacompanhada.

Torci o nariz e fiz uma careta para o seu comentário.

— Você acabou de arruinar o tesão incrível que senti antes. Algo que eu realmente queria. — Fiz beicinho. — Agora vai ter que me excitar de novo.

Ele riu e balançou a cabeça.

— Vamos, linda. Vamos para o trabalho.

Quando chegamos à Perfect Petal, um patrulheiro já estava esperando. Jonah me viu lá dentro, olhou ao redor, e acenou antes de me beijar nos lábios e me mandar ficar dentro da loja o tempo todo. Nada de fazer entregas ou sair para almoçar. Confirmei que pediríamos o almoço e que eu estaria muito ocupada trabalhando e brincando com minha sobrinha para me preocupar em sair.

Assim que atualizei tia Delores sobre os últimos acontecimentos e mandei uma mensagem para todas as minhas irmãs malucas, comecei a trabalhar. Eu estava uma máquina. Precisava do trabalho para que meu cérebro pensasse em tudo o que havia acontecido.

Há poucos dias, fui baleada, salva por um cara gostoso do FBI, e me apaixonei profundamente por ele. Então, meu apartamento foi saqueado pelo mesmo homem louco que teria me matado se Jonah não tivesse me salvado. Eu tinha perdido uma colega. Katrina era legal e muito gentil. Não merecia ser pega nisso. Mas nenhuma das mulheres que ele machucou, inclusive eu, merecia qualquer coisa que esse psicopata estava fazendo.

Depois, tive um dia incrível com Jonah, conheci seus pais e sua ex-esposa desagradável, o que acabou sendo uma bênção disfarçada, porque deu a ele a oportunidade de se abrir. Descobrir como ela arruinou o casamento deles foi um golpe. Seria para qualquer um. Saber que sua esposa o traiu com seu irmão já seria bastante difícil, mas ver era como assistir a um tornado destruir sua casa. E era nítido que repetir a história o machucou, que a ferida ainda estava dolorida. Embora eu acreditasse que ao compartilhá-la comigo, descarregando a dor nos ombros de outra pessoa, ajudava a tirar um pouco do peso dele.

E agora, havia outro corpo.

Na porcaria do meu carro.

Balancei a cabeça e cortei algumas margaridas e gérberas cor-de-rosa, colocando-as no vaso. A pessoa que as encomendou escolheu um vaso de vidro amarelo como o sol que ficaria incrível com uma mistura de rosa, branco, amarelo, verde neon e alguns toques de roxo. Era uma encomenda de aniversário, e adorei fazê-la. Me fez sorrir com todas as cores alegres.

Assim que enrolei um laço de cetim verde ao redor do vaso amarelo, terminando o pedido, um tamborilar de pés minúsculos e rápidos veio correndo para o grande espaço na parte de trás.

— Tia! — Rory gritou quando entrou na sala dos fundos.

Eu me agachei e abri os braços. Ela veio direto para mim. Eu a levantei e a girei fazendo-a gritar de alegria. Beijei seu lindo rosto e pescoço até que ela começou a chutar. Eram como mini socos. Ela seria uma boa jogadora de futebol um dia.

Eu a coloquei em meu quadril e foquei em seus olhos cor de âmbar. Genesis não era de se gabar, especialmente porque ela se esforçou muito para se tornar assistente social, mas sua filha era a menina mais bonita que eu já vi. Sua genética afrodescendente, coreana e caucasiana deixou minha sobrinha deslumbrante. Genesis era constantemente parada por pessoas desconhecidas para admirar Rory. E além de tudo, a garotinha era a criatura mais sociável de todos os tempos. Amava tudo e todos.

— Como está a minha garotinha? Você está pronta para me ajudar a fazer arranjos de flores?

— Sim! — Ela bateu palmas.

— Onde está a minha boneca? — A voz de Mama Kerri ecoou pela sala quando ela entrou. Ela colocou as mãos nos quadris. — Vejo que você encontrou a tia Simone.— Ela veio até nós duas e me beijou na têmpora, então segurou a mão gordinha de Rory e beijou o interior de sua palma até que ela riu. — Vai ficar com ela? Vou ajudar Delores com alguns clientes lá na frente. Os dois funcionários da recepção estão fazendo entregas.

— É claro. Deixa comigo.

— Oba! — Rory bateu palmas novamente, a alegria clara em seu rosto. Usei uma toalha para afastar quaisquer recortes perigosos em que ela pudesse se machucar e depois a coloquei sobre a mesa. Ela ficou de joelhos e pegou uma margarida branca.

— *Binita.*

— É, querida. É uma margarida.

Ela repetiu a palavra. Peguei o próximo vaso, um vidro verde escuro baixo e largo. Peguei a margarida e cortei metade do caule.

— Coloque no vaso como eu te ensinei.

Rory o colocou no centro. Por um tempo, cortei flores e folhas, e entreguei a ela para colocar no vaso. Toda vez que ela colocava um, olhava para ele e repetia: *"binito"*. Para ela era um jogo, e eu incentivava. Ouvir sua alegria e ver seus sorrisos fofos me deixava feliz. Mergulhando minha alma em pura inocência. Exatamente o que eu precisava.

Mama Kerri entrou e se encostou na mesa de trabalho, observando Rory colocar as flores. Foram colocadas ao acaso, mas eu poderia arrumá-las depois e ficaria perfeito.

— Ela te equilibra? — ela perguntou em tom consciente.

— Me encheu com amor e luz. — Abri um grande sorriso.

— Excelente.

— Você não tinha que vir hoje, sabia? — Cortei outra flor e entreguei para Rory.

— Eu sei. Também sei que uma das minhas filhas está passando por algo difícil de lidar. O que significa que é hora de sua mãe e irmãs se unirem e mostrar o caminho da irmandade e da família para se manter firme.

Passei o braço por seus ombros e encaixei meu rosto em seu pescoço, sentindo seu pulso bater. Seu perfume floral se misturou com todos os outros na sala, mas eu ainda podia sentir sua energia me envolver em um cobertor de conforto.

— Obrigada — sussurrei.

— É um prazer estar com as minhas meninas. Não é necessário agradecer. Estou feliz que você tenha um tempo com a sua sobrinha. Às vezes, ver a vida pelos olhos de uma criança pode curar muitas feridas. Eu gostaria que mais pessoas pudessem encontrar essa paz.

— Sim, eu também. Veja o que a Rory fez, vovó! — Apontei para o vaso de flores. Rory estendeu os braços exatamente como eu fiz, me copiando e colocando a língua para fora.

— Veja vovó, bonitão! — Rory exclamou com alegria.

Mama fez sons de apreciação sobre o buquê.

Foi quando ouvi uma voz ressoar de algum lugar na frente da loja:

— Onde está a Simone? — Eu sabia que era Jonah, embora nunca tivesse ouvido aquele tom assustador dele.

Mama e eu nos entreolhamos preocupadas e fomos para a frente.

No segundo em que seu olhar assombrado encontrou o meu, corri para ele. Jonah me envolveu em seus braços e pressionou o rosto no meu pescoço. Seu corpo inteiro tremia, os antebraços estavam arrepiados. Eu podia ver Ryan parado do lado de fora, andando de um lado para o outro, com o celular na orelha e uma expressão de raiva estragando suas feições.

Peguei a mão de Jonah e me virei, depois o puxei para a sala dos fundos para que pudéssemos ter um pouco de privacidade. Quando chegamos, ele me abraçou mais uma vez. Eu o abracei enquanto ele se aconchegava em mim. Jonah estava se tornando mais carinhoso a cada dia que passávamos juntos, mas não parecia ser muito sensível. Mas eu era. Desde que nos conhecemos, eu vinha encontrando maneiras de ficar perto.

Mas isso era diferente.

Diferente de um jeito errado.

Uma dor insuportável emanava de seus poros enquanto ele tremia.

Estendi a mão para seu rosto, e ele levantou a cabeça.

Só havia uma palavra que eu poderia pensar para o desprezo e o desespero cobrindo as feições dele.

Devastado.

Algo o machucou. Não, o *devastou*.

Olhando para seu rosto lindo e triste, tive problemas para

pronunciar as palavras, o medo substituindo toda a luz e felicidade que absorvi de Rory.

— O que aconteceu?

Por um longo tempo, ele apenas me encarou como se estivesse memorizando os detalhes do meu rosto. Então seus olhos se encheram de lágrimas, e elas caíram.

— Ele a pegou. — As palavras saíram como se sua garganta tivesse sido raspada por uma lixa.

— Quem, baby? Você está me assustando — ofeguei, meus olhos se enchendo de lágrimas ao ver a dor crua e angustiante nos dele.

— Helen. — O nome foi dito em um tom rouco e com uma emoção torturada.

— A sua ex? Quem a pegou, querido? — Mantive as mãos em suas bochechas e seu olhar no meu.

— O Estrangulador. — Ele fechou os olhos e mais lágrimas caíram, molhando minhas mãos.

Engoli em seco quando o que ele disse me atingiu.

Sua próxima declaração confirmou.

— Ele matou minha ex-mulher e deixou seu corpo morto, profanado e nu em seu carro para que eu encontrasse.

Eu o abracei, segurando-o tão perto que não se poderia colocar nem um pedaço de papel entre nós.

— Me abrace, baby. Apenas me abrace. E respire. Me abrace e respire.

DEZ

— Eu não vou deixá-lo te pegar.

Esta foi a primeira coisa que ele disse desde que o levei para o SUV de Ryan e fomos para sua casa. Estávamos completamente vestidos e em sua cama, com cobertores e tudo mais. Ryan entrou duas vezes. Uma para trazer um copo cheio de uísque para Jonah, colocando-o na mesa de cabeceira. Mas ele não o tocou. Depois voltou para ver se eu queria que ele pedisse comida. Sugeri pizza, porque todo mundo adora. É o tipo de alimento impossível de não se gostar, a menos que a pessoa fosse do tipo que surtava se tivesse abacaxi. Descobri que esse ingrediente em particular causava brigas entre amigos e nas redes sociais. Eu não me importava. Minha mãe gostava de brócolis na pizza. Esse era um item que eu poderia argumentar que era muito mais estranho do que abacaxi, mas quem era eu para dizer algumas coisa? Eu gostava da maioria das coisas, até de brócolis e, sim, abacaxi, na pizza.

Passei os dedos pelo cabelo dele várias vezes, no mesmo ritmo, esperando acalmá-lo e confortá-lo.

— Ele não vai chegar até mim — murmurei contra sua cabeça.

Jonah estava aconchegado ao meu lado, com minha mão em seu cabelo e a outra em seu peito. Ele estava traçando as linhas dos meus dedos, uma de cada vez, em seguida, subindo pelo meu antebraço e descendo novamente.

— Estou fora do caso. — Ele soltou um longo suspiro, e seu corpo estremeceu.

— Acho que é melhor. Você precisa de um tempo para superar a dor.

— Isso ficou pessoal. E, pior. O que ele gravou no peito dela. — Ele balançou a cabeça e se sentou de forma abrupta, pegou o uísque e bebeu pelo menos metade em um gole. Ele limpou a umidade da boca com as costas da mão.

— Me diga — insisti.

Ele balançou a cabeça.

— É horrível, linda. Você não precisa disso na sua cabeça.

Peguei sua mão e a apertei.

— Você também não, mas está sofrendo. Preciso saber o que aconteceu para ajudá-lo a passar por isso. Precisamos superar isso juntos.

Ele cerrou os dentes e fez uma careta tão feroz que quase não o reconheci.

— Ou ele está nos seguindo e viu a briga que tive com Helen do lado de fora da casa dos meus pais ontem à noite, ou pesquisou sobre mim e descobriu a respeito da minha ex-mulher e nosso divórcio. Caramba, uma busca na internet hoje em dia pode divulgar metade dos detalhes da vida de alguém. — Ele tomou mais uísque.

— Certo, o que mais você não está me contando? Ele... a violou? — Minhas palavras foram ditas tão baixo que mal consegui processá-las.

— Parece que não, embora o corpo dela estivesse nu. Teremos que ver o que a autópsia vai revelar. Foi óbvio que ela foi estrangulada. — Ele inclinou a cabeça para frente, seu queixo encostou no peito e os ombros estavam caídos. Ele parecia exausto, como se os últimos dez anos de sua vida tivessem sido vividos em um único dia.

— Qual era a mensagem?

Sua voz tremeu quando ele disse:

— *De nada.*

Engoli em seco e cobri a boca com a mão.

— Não. Jonah não aceite isso. Você não pediu que ele a matasse. Assim como eu não pedi que Katrina fosse morta no meu apartamento ou qualquer uma daquelas outras mulheres.

— Foi um *presente*. — Ele falou como se as palavras queimassem sua alma. — Para mim. Matar minha ex-esposa vadia e exibi-la no carro da minha nova namorada como a porra de um troféu.

Eu *nunca* mais tocaria naquele carro.

Coloquei as duas mãos em seus ombros.

— Olhe para mim, Jonah.

Ele me ignorou.

— Olhe para mim, querido. Por favor.

Minhas palavras o convenceram a olhar para cima.

— Você não teve nada a ver com a decisão dele de matar a Helen. Você a queria morta?

Seu rosto ficou vermelho de raiva.

— Claro que não! Queria que ela se magoasse como eu me magoei, mas não a queria morta.

Ele se levantou, impulsionou o braço para trás e jogou o copo de uísque na parede. O copo se despedaçou com o impacto, os cacos de vidro se espalharam por todo o piso de madeira e o líquido dourado escorreu pela parede.

— Puta merda! — ele rugiu, levando as mãos ao cabelo e puxando as raízes. — Ele matou a Helen! Colocou as mãos em volta do pescoço dela e tirou sua vida. A primeira mulher que amei. Uma mulher com quem eu planejava ter filhos e envelhecer. E agora, ele quer fazer o mesmo com você. Ele não vai parar até que a tenha. E vai começar a escolher outras pessoas que amamos. Ninguém está seguro. Nem meus pais, suas irmãs ou sua mãe. Ninguém.

Me ajoelhei na cama até alcançá-lo. Puxei seus ombros até que ele caiu para trás em uma posição sentada, com os cotovelos nos joelhos e a cabeça entre as mãos.

Coloquei os braços ao seu redor. Ele pegou minhas mãos e as beijou repetidamente antes de pressioná-las em seu coração.

— O que você precisa que eu faça?

— Não sei. Só não me deixe. Você não deve ficar fora da minha vista até que este homem seja preso. Entendeu?

Assenti em seu pescoço.

— O que precisamos fazer para manter nossas famílias seguras?

— Levá-los para fora da cidade. Talvez do país.

— A Sonia não vai. Ela não pode e tenho certeza de que uma tempestade vai estourar quando a imprensa descobrir que os laços da senadora com esse *serial killer* ficaram mais complexos.

Ele suspirou quando a porta de seu quarto se abriu e Ryan a segurou.

— A senadora Wright está aqui com sua comitiva. A imprensa está na frente da casa e preciso entrar nisso. Irmão, quero estar aqui ao seu lado, mas você precisa de mim trabalhando nesse caso, *por você*. — Ele olhou para o chão e notou a bagunça. — Vou servir outro copo antes de ir. — Ele se moveu para sair.

— Ryan? — Jonah gritou, com a voz rouca.

— Sim?

— Encontre esse filho da puta.

O rosto de Ryan se contorceu em extrema confiança e verdadeira coragem. Ele ergueu o queixo.

— Farei o meu melhor.

— Eu sei que vai. E obrigado. — Ele estendeu a mão.

Ryan segurou, puxou Jonah e deu um tapinha nas costas dele em um abraço fraternal.

— Cuide do nosso garoto, está bem? — ele me disse.

— É claro.

Jonah estendeu a mão para mim e eu a segurei. Calcei os chinelos de minha mãe.

— Vou limpar isso depois que resolvermos as coisas com a Sonia e sua equipe.

Ele segurou minha mão e me levou para a sala, onde só

encontramos minha irmã e Quinn. A equipe dela devia estar do lado de fora.

Sonia se levantou. Seu rosto estava pálido, os lábios vermelhos e olhos azul-celeste brilhando.

— Jonah, eu… eu… sinto muito pela sua perda.

Ele assentiu.

— Obrigado.

Fui até minha irmã, que me puxou para um abraço apertado, e eu pude senti-la tremer enquanto tentava controlar suas emoções. Ela segurou uma das minhas bochechas.

— Você está bem, mana?

— Sim.

— Eu estava muito preocupada. A imprensa começou a divulgar sobre a última vítima, associou a Jonah e seu carro, e eu… — Ela não terminou, apenas me puxou em seus braços novamente.

— Estou bem, Sonia. Vai dar tudo certo. O Ryan vai trabalhar para encontrar esse cara. Temos que acreditar nisso. — Ela assentiu, mas não me soltou.

Sonia inclinou o rosto para trás e ficamos cara a cara.

— Você é tudo para mim, Simone. Sabe disso, certo? Não posso te perder. Eu simplesmente não posso.

Dessa vez, segurei suas bochechas.

— Olhe para mim. Estou bem aqui. Viva. Perfeitamente bem. Quer dizer, não estou bem, mas estou viva. E tenho fé de que o FBI vai pegar esse homem. Eles têm que pegar.

— A imprensa quer um comentário. — Quinn veio em direção a nós. Ele estava vestido de forma impecável com um terno preto feito sob medida, camisa cinza e gravata verde. Seu cabelo ruivo escuro estava penteado para trás. Quinn McCafferty era cem por cento irlandês, da ponta dos pés ao topo do cabelo ruivo e olhos verde-esmeralda.

— Eles vão ficar querendo. A ex-mulher do namorado da minha irmã foi brutalmente assassinada e deixada nua no carro da minha irmã. O mesmo carro em que ele planejava estrangulá-la e matá-la, Quinn. Por mim, a imprensa pode saltar de um prédio agora.

— Tudo bem então... — Ele digitou em um iPad ou dispositivo eletrônico do tipo. — A senadora Wright não fará comentários sobre os eventos horríveis que aconteceram hoje e que levaram ao ataque à ex-mulher do agente Fontaine ou sua irmã, Simone. Ela pede que a imprensa dê a ela e sua família o tempo para processar e lidar com o sofrimento. Deixa comigo. — Quinn falou de forma sucinta e saiu.

Eu podia ouvir daqui o rugido da imprensa do lado de fora.

— Ele vale seu peso em ouro, SoSo.

Ela me deu um sorriso.

— Eu sei. Fiquei perdida enquanto ele estava de férias com o marido nas últimas semanas.

Quinn era casado com Niko Chinn-McCafferty, lutador e instrutor de artes marciais mistas. Quando conheci Niko, babei. Bem, por dez minutos até eu descobrir que ele era gay e estava namorando Quinn.

— Posso imaginar. — Sorri, sabendo que Sonia não ficava bem sem Quinn. Ele a equilibrava no local de trabalho da maneira que eu esperava que um marido fizesse em sua vida pessoal.

Enquanto conversávamos, pude ver Jonah atravessar o corredor e voltar alguns minutos depois com uma pá cheia de vidro.

— Baby, eu ia fazer isso.

— A explosão foi minha. Eu limpo. Sonia, gostaria de uma bebida?

Ela ergueu as sobrancelhas e gesticulou para o copo que Ryan havia se servido antes de sair da sala. Estava na beirada do bar ao lado de uma caixa de pizza que nenhum de nós havia tocado.

— Aquilo é uísque?

— Sim.

— Quero um, puro.

Ele sorriu.

— Essa mulher é das minhas — ele brincou.

— Ei! — protestei. — Eu me ressinto disso. — Apertei os lábios e coloquei as mãos em meus quadris. — Vou querer um copo também, por favor, e muito obrigada!

Em vez de servir dois copos novos, Jonah pegou o que estava no balcão e o trouxe direto para mim.

— Primeiro, eu cuido de você, linda. Em seguida, vou servir uma bebida para a sua irmã, certo?

Fiz beicinho.

— Obrigada. Mas era eu quem deveria estar fazendo uma bebida para você, não o contrário.

— Por que você acha isso? — Ele me beijou rápido e muito breve, então saiu e, na volta, serviu uma bebida para si mesmo e minha irmã.

— Porque eu deveria estar cuidando de você em seu momento de necessidade. Além disso, sou bartender. Sou especialista em servir bebidas.

— É por isso que você nunca, nunca mesmo, vai se servir na minha presença, Simone. Você merece ser servida de vez em quando.

— Ele é sempre assim? — Sonia perguntou.

— Assim como? — Fiz uma careta, não entendendo sua pergunta.

— Cavalheiro?

Sorri e observei enquanto ele servia os drinques.

— Sim. — Eu disse isso com a admiração que sentia a cada minuto em sua presença.

— Você está caidinha por ele. Nunca te vi assim com um homem antes. Suspirando, tímida e corada. Ah, meu Deus. Você *está* corando agora. Minha irmã, que pode entrar em uma sex shop e pedir o brinquedo que proporciona os melhores orgasmos, é tímida com seu namorado bonitão.

Empurrei seu ombro e estremeci quando minha ferida doeu.

— Na verdade, não dissemos essa palavra. Então cale a boca.

— Que palavra? Namorado?

Arregalei os olhos enquanto ele ria e lhe entregava um copo. Ele passou o braço em volta de mim e beijou minha têmpora.

— Você está dizendo que não sou seu namorado?

— Ontem à noite dissemos a seus pais que estávamos saindo. Isso é um grande salto... de *saindo* para ter um título oficial como namorados.

— Isso foi ontem à noite. Hoje é um novo dia — ele afirmou.

— Bem, não acho que você deveria estar decidindo algo tão positivo para a vida quando está lidando com a perda de Helen.

Isso o fez fechar os olhos como se tivesse tido uns bons quinze minutos sem pensar diretamente no que aconteceu com a ex e na maneira como ela morreu, e então eu estraguei tudo.

— Sinto muito. Isso foi insensível.

Ele balançou a cabeça.

— Não, é verdade. E estou começando a descobrir que a verdade é tudo o que quero ouvir de você. Não tente se esconder atrás das coisas ou me diga meias verdades. Eu gosto de você e da sua honestidade exatamente do jeito que você é.

— Ele é um daqueles homens que cuidam, Simone. Tranque-o e jogue a chave fora. Case-se com ele e tenha bebês. — Sonia tomou o resto da bebida de uma só vez.

Quinn entrou pela porta da frente, onde a imprensa continuava gritando, mesmo depois que ele deu a declaração da minha irmã. Eu podia ver dois guarda-costas armados parados do lado de fora da porta antes que ele a fechasse, então eu sabia que estávamos seguros. Sem mencionar que, quando Jonah estava por perto, eu não sentia medo. Mesmo sabendo que precisava prestar atenção ao meu redor o tempo todo. Jonah me fazia sentir segura.

— Esses caras são abutres, rezando pelos feridos e esperando para serem alimentados. Bom Deus. Era de se imaginar que ficariam satisfeitos agora. — Quinn fez uma careta.

Sonia bateu as palmas das mãos e esfregou-as.

— Estou assumindo que precisamos discutir como vamos

manter minha irmã segura. — Sonia se sentou no sofá e concentrou sua atenção em Jonah.

Nós três seguimos o exemplo. Eu fiquei sentada bem ao lado de Jonah, nossas coxas se tocando. Quinn se empoleirou no braço do sofá em que Sonia estava sentada, com o foco no dispositivo eletrônico em suas mãos, embora eu soubesse que ele estava prestando atenção. Muito poucas coisas aconteciam em torno de Sonia que Quinn não sabia. Ele levava seu trabalho e minha irmã muito a sério. Ela não era apenas sua melhor amiga, mas a irmã que ele nunca teve. Como nós, ele havia sido adotado e foi para a mesma escola que a nossa, onde se conheceram. Embora sua experiência não tenha sido nada parecida com a que tivemos. Quinn passou por um lar adotivo horrível atrás do outro. Maltratado, espancado, intimidado por ser gay. O cara sofreu. O vínculo dele e de Sonia era profundo. Os dois não faziam nada sem o outro. O que tinha sido bom para mim enquanto crescia porque me dava uma folga da minha irmã arrogante na metade do tempo.

— Na verdade, SoSo, o Jonah acredita que nenhum de nós está seguro. Ele foi atrás da Helen, tornando as coisas pessoais. Se ele não conseguir o que quer, o que acho que é a minha morte para que ele possa seguir em frente, ele vai atrás de nossas famílias. Isso significa que você e as meninas não estão seguras. Nem a Mama ou nenhum membro da família do Jonah.

— Isso é verdade? — Ela olhou para Jonah.

— Sim. Ele saiu de sua rotina ao matar Katrina. Matou a Helen para provar que podia e para chamar minha atenção. Bem, ele conseguiu. Só que meu chefe me tirou do caso. Tem muito conflito de interesse com minha conexão com a Helen e ele nem está ciente do meu relacionamento com Simone, já que o Ryan e eu mantivemos isso em segredo nos últimos dias.

— Vocês podem morar com a Sonia e, claro, Niko e eu daremos as boas-vindas a qualquer uma das irmãs Kerrighan. Podemos hospedar quatro delas em nossa casa, se elas compartilharem uma cama. Temos dois quartos vagos. Nosso prédio é totalmente seguro e protegido. Está sob forte segurança em todos os momentos — Quinn explicou. E sim, eles moravam no mesmo prédio, com apartamentos que ficavam no mesmo corredor, como aquele programa de TV, *Will e Grace*. Completamente codependentes.

— Nós vamos ficar bem aqui. Temos sistema de segurança e dois agentes do FBI. Ainda preciso ligar para meus pais e conversar sobre o que aconteceu, ver se eles tiram férias de última hora ou visitam algum familiar fora do estado. Vou verificar os pais da Helen. É uma boa ideia vocês dois ficarem com as irmãs em seu prédio, se possível.

— Na verdade, há um apartamento totalmente mobiliado no mesmo edifício. Um dos meus principais doadores de campanha é o dono. Não o conheço, mas tenho certeza de que, se entrarmos em contato, poderíamos garanti-lo gratuitamente ou por uma pequena taxa.

— Vou investigar isso agora. — Quinn digitou em seu dispositivo.

Jonah assentiu.

— Bom. Ter sua família segura durante tudo isso ajudará muito.

— Feito — Sonia disse. — O que mais?

Quando ele estava prestes a responder, fomos interrompidos por uma batida na porta. Quinn pressionou o ouvido, onde havia um dispositivo de escuta conectado aos guardas do lado de fora. Ele olhou para Jonah.

— Alguém afirmando ser seu irmão, Luca Fontaine, está exigindo acesso a você.

— Merda — Jonah resmungou baixinho. — Deixe-o entrar. E isso é só porque não quero uma tempestade de merda maior com a imprensa se eles descobrirem sua conexão com a Helen, além de ter sido seu cunhado por sete anos.

Sonia arqueou a sobrancelha em questão, mas balancei a cabeça e sussurrei:

— Não pergunte.

Um homem alto e forte, usando jeans escuro que se encaixava perfeitamente em suas coxas grossas e uma polo que dizia "A+ Construction" bordado sobre o coração entrou. Ele tinha cabelo preto como o de Loretta e olhos azuis claros como Marco. Suas características faciais eram uma mistura de seus pais, assim como Jonah. Ele era lindo, mas não tanto quanto Jonah, na minha opinião. Eu o classifiquei mais baixo na escala de gostosura por ter traído a confiança de seu irmão.

— Jonah, não posso acreditar... — Ele rapidamente cruzou a entrada e se dirigiu para o irmão. Jonah se levantou e estendeu a mão em um gesto de parada. Luca parou, com os olhos cheios de lágrimas. — Irmão, precisamos estar juntos nesse momento.

— Não precisamos, não.

— Isso foi há mais de um ano, cara. Que merda, acabou antes mesmo de começar. Um erro bêbado e tolo. Por quanto tempo você vai me punir... punir aos nossos pais, os forçando a ver seus filhos separadamente? Somos família. *Irmãos* — ele murmurou.

— Irmãos não transam com a esposa do outro — Jonah respondeu com tanta malícia que seu corpo estremeceu. Me levantei e segurei seu bíceps por trás, pressionando o corpo perto do dele.

— Respire, baby — eu o lembrei, preocupada com seu nível de raiva. Seu corpo e mente estavam assumindo demais e logo ele iria explodir.

Ele inalou, suas narinas dilatadas, e apertou a mandíbula.

Luca olhou para mim e depois para Sonia e Quinn.

— Ah, por que a senadora está na sua casa?

Acenei com a cabeça em direção a Sonia.

— Minha irmã.

— E você é? — Luca perguntou.

— Não é da sua conta. Você veio aqui, viu que estou vivo, agora vá.

— Jonah, eu vim por você. Para estar aqui para você. A família é tudo para mim.

Ele bufou.

— Você deveria ter pensado nisso há mais de um ano, quando transou com a minha esposa e acabou com o meu casamento.

— Seu casamento estava condenado muito antes de eu cometer o pior erro da minha vida. Ela me seduziu. Fui até lá para te ver. Para me abrir com meu irmão sobre o meu rompimento com a Tiffany. Você estava fora. *De novo.* Como sempre. Bebemos muito. Essa é a minha cruz para carregar. Minha doença. Eu sou alcoólatra. Esse foi o meu fundo do poço. Eu nunca teria feito isso se estivesse em sã consciência, Jonah, você tem que saber disso. Estou em reabilitação agora. Desde então, não tomei nem um gole de álcool. Faz mais de um ano. Assumo total responsabilidade por minha parte em perder a cabeça ao alimentar minha doença. — Ele apontou para o peito enquanto seu rosto ficava vermelho. — Quero meu irmão de volta. Quero minha família de volta.

As lágrimas caíram de meus olhos com o nível de sinceridade em cada palavra e o desgosto que ele obviamente tinha de si mesmo pelo que havia feito.

Jonah não falou, mas Luca continuou compartilhando. Ele olhou para mim, depois para Sonia e Quinn.

— Sou alcoólatra. Estraguei minha vida. Quase perdi meu negócio com meu pai, perdi a mulher que amei por três anos e com quem planejava me casar, e transei com a esposa do meu irmão, o que me fez perdê-lo também. — Ele se abriu completamente.

Tentei contornar Jonah e ir até Luca. Era da minha natureza ajudar alguém em necessidade, e ele claramente estava destruído pelo que fez, mesmo um ano depois.

Jonah me prendeu ao seu lado.

— O que vai ser preciso, Jonah? Já pedi desculpa várias vezes. Tenho procurado ajuda. Perdi a única mulher que amei. Não passei meu aniversário ou os feriados com minha família em um ano. E agora, a Helen está morta. Preciso fazer as pazes, irmão. Preciso de você na minha vida. Eu te amo. Quero estar ao seu lado. O que mais você precisa? — Seus ombros caíram e fiquei surpresa que ele não caiu de joelhos e implorou pelo perdão de seu irmão.

— Tempo. Preciso de mais tempo — Jonah respondeu sem rodeios. — Especialmente agora.

Luca umedeceu os lábios, fungou e assentiu.

— Você não deveria estar lidando com isso sozinho.

— Não estou. Eu tenho a Simone. E o Ryan.

— Ryan. Seu irmão por escolha. — Ele soltou um suspiro. — Entendo. Ele é perfeito, e eu sou o alcoólatra de merda. Entendo. Eu procurei por isso. Mereço.

— Sim, você merece — Jonah acrescentou.

Luca continuou.

— Isso não diminui a dor, irmão. — Ele colocou a mão no bolso de trás, abriu a carteira e tirou um cartão de visita. Olhou para mim e segurou-o entre dois dedos. — Por favor, me ligue se algum de vocês precisar de alguma coisa. Qualquer coisa. — Ele colocou o cartão na mesa à nossa frente. — Simone, eu gostaria que estivéssemos nos conhecendo em melhores circunstâncias. Posso ver pelo jeito que ele está te segurando e te protegendo de mim, o quanto você significa para ele. Um dia espero conhecê-la também.

Os braços de Jonah se apertaram ao meu redor. Fiquei exatamente onde estava, sem me mover um centímetro ou estender a mão para apertar a dele. Especialmente porque havia uma possibilidade muito real de um trabalho com Luca e seu pai em um futuro próximo. Jonah era minha prioridade, embora qualquer um pudesse ver o quanto esse homem sentia falta de seu irmão e queria fazer as pazes. Também era óbvio que Jonah não estava pronto para aceitar seu pedido de desculpas ou oferecer perdão.

O tempo teria que curar essas feridas.

Luca deu um breve aceno para Quinn e depois para minha irmã antes de se virar e sair do mesmo jeito que entrou.

Jonah se virou para mim e eu coloquei as mãos em seus ombros.

— Você está bem?

Ele balançou a cabeça.

— Não, mas vou ficar.

Assenti.

— Certo. Bem, vamos seguir em frente com a *Operação Realocar Minha Família*. Simone, por favor, pelo amor de Deus, entre em contato conosco diariamente. É mais importante agora do que nunca.

— Desculpe, SoSo. Eu vou, prometo.

Ela me deu um abraço e então olhou para Jonah por um momento e tomou uma decisão. Ela o abraçou também. Isso foi um passo enorme. Minha irmã só abraçava pessoas com quem ela realmente se importava. Eu era a sensível da nossa dupla.

— Cuide da minha irmã. Ela é a pessoa mais importante do mundo para mim. — Ela apontou para ele. — Estou contando com você.

Ele deu um sorriso suave para ela.

— Ela é importante para mim também. Eu a protegerei com minha vida.

Ah, meu Deus.

Fui até Quinn, e ele me abraçou por um longo tempo.

— Estou feliz que você esteja viva e eu não tenha que matá-la por me fazer lidar com uma SoSo assustada e irritada.

Eu ri.

— Vai me colocar de volta na lista de presentes de chocolate e manteiga de amêndoa para o Natal? — Fiz beicinho e pisquei.

Ele sorriu e deu um tapinha carinhoso em minha bochecha.

— Vamos ver como você se sai em dar notícias na próxima semana.

— Poxa! Isso não é justo. Você sabe que sou péssima em avaliações. É como se você estivesse me preparando para o fracasso. — Cruzei os braços e bati o pé de forma dramática.

Ele deu de ombros.

— Se você quiser os doces, vai dar notícias. Simples assim. Quero uma senadora feliz e focada, não surtada, muitas vezes rabugenta e às vezes mal-humorada que está preocupada com sua única parente de sangue viva. A vida é feita de escolhas, Simone. Faça boas.

Eu levantei minha cabeça para o teto e gemi.

— Agora você está sendo malvado! Tudo bem! Mas é melhor que eu ganhe o dobro!

Ele piscou, enganchou o braço no de Sonia e a conduziu até a porta. Ela já estava de cabeça baixa, com os olhos em seu telefone digitando. Viciada em trabalho. Ainda assim, ele tinha razão. Eu sabia que minha segurança e capacidade de respirar eram as maiores fraquezas de Sonia. Qualquer um que tentasse feri-la só precisava me machucar. Isso é tudo o que seria necessário.

— Te amo, SoSo, e te amo, Quinn. Boa sorte com a família! — falei quando eles estavam saindo, então me virei para Jonah. — Foi uma situação bem intensa com seu irmão, baby...

Jonah cerrou os dentes e balançou a cabeça.

— Não vamos falar dele. Não agora. Talvez nunca.

E, claro, quando eu estava prestes a interrogá-lo, seu telefone tocou, o nome de Ryan aparecendo na tela.

— Salvo pelo gongo.

Ele sorriu.

— Se importa de pegar uma pizza para nós?

— Aaah! Me esqueci. — Minha boca começou a salivar, e minha barriga deu notícias. — Mas chega de uísque. Você vai mudar para cerveja.

— Tudo bem.

Jonah atendeu ao telefone enquanto eu preparava comida para mim e meu cara gostoso do FBI.

— O que foi agora?

ONZE

Jonah e eu passamos o resto do dia comendo, dormindo e assistindo TV. A cada hora, mais ou menos, ele recebia uma ligação de Ryan com uma atualização. Ele nos deu o último paradeiro conhecido de Helen. Ela havia encontrado alguns amigos em um bar. O GPS do telefone parou ali. As autoridades encontraram o aparelho quebrado, esmagado e jogado na área adjacente ao salão de bilhar. Jonah deu a Ryan uma lista com nomes de amigos para descobrir se ela se encontrou com algum deles. Quando reduziram os nomes para alguns com quem ela esteve naquela noite, descobriram que ela tinha saído por volta das onze da noite. O melhor palpite do FBI era de que ela foi seguida da casa dos pais de Jonah até o bar. O assassino devia ter esperado ela sair sozinha do estabelecimento antes de atacar. Seu carro ainda estava estacionado nos fundos, perto de uma lixeira.

Ninguém ouviu, nem viu nada. O salão tinha câmeras, mas o carro estava estacionado fora da área de visão do sistema de segurança.

O FBI e principalmente Jonah pareciam estar mais interessados nos resultados da autópsia. Jonah ligou para os pais de Helen e passou uma hora conversando com eles. Ele se ofereceu para lidar com os restos mortais, mas eles recusaram. Embora ainda fosse demorar um pouco até que pudessem permitir que Helen descansasse adequadamente, já que ela fazia parte de uma investigação de assassinato em andamento.

Quanto a mim, estava preocupada com o trabalho, esperando meu chefe na Tracks me ligar de volta. Informei a gerente sobre o que estava acontecendo. Pedi uma ou duas semanas de licença para dar tempo ao FBI de encontrar o homem, e ela disse que passaria para Owen e pediria que ele me retornasse. Ele era o dono do bar, mas não era conhecido por ser um cara legal. Ele pagava um salário justo e não dava em cima das mulheres que trabalhavam para ele, mas não tinha nenhuma conexão emocional com sua equipe, nem era legal com faltas por doença e folgas. Ele tinha a mentalidade de que a pessoa tinha que "trabalhar pra caramba pelo que quer". O que eu entendia muito bem. Isso era tudo o que eu fazia desde que tive permissão para trabalhar, aos quinze anos. Por isso, eu sabia que ele não ia aceitar que eu tirasse um tempo, independentemente da gravidade da situação.

Pulei quando meu telefone tocou como se fosse uma cobra pronta para atacar. Jonah riu, levantou-se do sofá e pegou as garrafas de cerveja vazias.

— Outra?

— Claro — eu disse e atendi o telefone. — Alô?

— Simone, é o Owen. Fiquei sabendo que você está com algum problema que a está impedindo de vir trabalhar.

Dei a ele um rápido resumo da situação.

— Querida, entendo que você acha que precisa estar em casa para estar segura. No entanto, precisa ver isso da minha perspectiva também. Eu sou um empresário. Já te dei dois dias por causa dessa merda. Não posso dar mais nada ou vou abrir um precedente para a equipe. Já estamos com falta de pessoal. Receio que, se você não cumprir seu turno amanhã, terei que demiti-la.

— O quê? Não. Eu preciso desse emprego, Owen. Sabe disso.

— E estou oferecendo que você continue com ele. Temos muitos seguranças e vigias aqui para mantê-la em segurança. Posso organizar as coisas para que você fique atrás do balcão, e à vista de um de nossos caras o tempo todo, mas você sabe que merdas podem acontecer. Você tem que tomar a decisão por conta própria. Se não aparecer, não vou discutir, mas prefiro que você venha. Se eu a vir aqui amanhã, saberei que ainda está trabalhando. Se não, vou deixar sua rescisão pronta, querida. Se cuide.

— Sim, ah, obrigada, Owen.

Ele desligou. Apoiei a mão na cabeça e caí contra o encosto do sofá. Preocupação e medo sobre como eu ia pagar minhas contas me deixaram em pânico.

— O que houve? — Jonah entrou com duas cervejas geladas na mão. Ele me deu uma e eu tomei um longo gole, tentando esfriar minha frustração com essa situação.

— Meu chefe na Tracks disse que se eu não for trabalhar amanhã, eles vão me demitir.

— O que foi que você disse? — ele grunhiu e seu rosto se transformou em granito.

— Ele tem sido muito legal com o fato de eu estar faltando ao trabalho. Eu preciso ir.

— Você vai ter que se demitir, linda. Não pode ir. Não é seguro.

Eu balancei a cabeça e me levantei para andar pela sala.

— A Tracks é a minha principal fonte de renda. Do jeito que está, vou precisar encontrar um novo lugar para morar. E como não vou dar aviso, vou perder todo o depósito. Vou ter que voltar para a Kerrighan House, o que já é uma grande vergonha. Mas se eu não ganhar dinheiro, não posso pagar meu curso. Já estou com a mensalidade atrasada. Tentei financiamento estudantil antes, mas com a minha idade e renda inconstante, nunca sou aprovada. Vou precisar comprar um carro novo, para o qual não tenho dinheiro, e só tinha o seguro de responsabilidade civil exigido, o que não vale muito. Não tenho seguro para substituí-lo. A floricultura me paga o suficiente para o combustível e comida.

— Simone, relaxe. Sente-se comigo e vamos conversar.

Eu o ignorei.

— Você não entende. Não ter minha própria rede de segurança financeira é o pior. Tento trabalhar pra caramba, mas algo sempre aparece. Então minha irmã tem que vir me salvar e pagar minhas dívidas para que eu possa recomeçar.

Soltei um suspiro profundo, tentando deixar de lado a raiva e a frustração que envolviam todos os meus pensamentos.

— Você tem alguma ideia de como isso é patético e humilhante? Eu juro, não posso fazer uma pausa. E estou cansada, Jonah. Estou muito *cansada* de trabalhar duro por centavos e, mesmo assim, não consigo guardá-los. E se eu não tivesse a ajuda de Sonia ou Mama Kerri, estaria dormindo debaixo de uma ponte. Não quero ficar em situação de rua, então meu orgulho recebe chutes repetidos, o que me faz ser a perdedora da irmandade.

Jonah se levantou e me puxou pela cintura no meio da caminhada e me puxou contra seu peito.

— Você não vai dormir debaixo de uma ponte. E você não é perdedora. Ninguém que trabalha tanto quanto você pode ser confundido com uma perdedora.

Me senti triste.

— Eu vou te ajudar a se reerguer.

A raiva incandescente ferveu. Eu me afastei de seus braços.

— De jeito nenhum! Você está me ouvindo? — resmunguei.

— Simone, vamos. Seja realista…

Eu mal me impedi de bater o pé.

— Não, seja *você* realista. Nos conhecemos há dias, não anos. Não vou ser sustentada e, de jeito nenhum vou aceitar esmola.

Ele franziu a testa e colocou as mãos nos quadris. Toquei em seu peito poderoso. Sua camiseta era muito macia. Um belo contraste com o músculo quente e duro por baixo. Levantei o queixo e olhei em seus olhos.

— Eu vou dar um jeito. Embora parte disso seja eu ir trabalhar amanhã. Sinto muito. Sei que você não gosta e que a Sonia vai ficar louca, mas tenho que trabalhar. Eu preciso.

Ele franziu a testa com tanta inbtensidade que fiquei mais nervosa.

— Se você vai trabalhar, estarei sentado no bar.

— Você não precisa…

Ele passou os braços em volta do meu corpo.

— Estamos começando algo aqui. Eu e você?

Sorri de leve, cheia de esperança em minha voz.

— Acho que sim.

— Bem, eu sei que sim. Isso significa que se a minha mulher vai trabalhar servindo bebidas em um bar cheio de pessoas e está em risco, minha bunda vai ficar acomodada em um banquinho à vista enquanto ela faz isso. Estou de licença. Não há nada mais importante que eu precise fazer do que mantê-la segura.

Eu caí contra ele.

— Sinto muito que minha vida esteja tão agitada.

Ele esfregou o queixo no topo da minha cabeça.

— Lamento que a minha também esteja. Que tal você e eu juntarmos nossas vidas e trabalharmos juntos para fazer algo bonito?

Eu o beijei sobre o coração.

— Você continua sendo muito legal e nunca vou te deixar escapar. Você vai ficar preso comigo e minhas irmãs malucas e selvagens pelo resto de seus dias.

Ele me abraçou mais forte.

— Talvez isso não seja tão ruim. Especialmente se significar que terei uma Simone quente e macia em meus braços regularmente.

— Você é tão fofo. — Fiquei na ponta dos pés, segurei sua cabeça e o beijei. Ele tinha gosto de cerveja e um sabor rico que só poderia ser de Jonah. Um sabor pelo qual eu estava ficando obcecada.

Ryan aproveitou aquele momento para entrar na casa, seus passos soando alto no chão de madeira. Ele entrou e sorriu.

— Estou começando a apostar comigo mesmo os vários

estados de comportamento libidinoso que vou ver ao entrar em minha própria casa.

Jonah olhou para mim e depois de volta para Ryan, e nós dois rimos.

Era bom deixar tudo de lado e rir.

Ryan ergueu dois sacos brancos com cheiro de comida chinesa.

— Pelo menos, desta vez eu venho trazendo presentes e atualizações! — Ele sorriu e colocou o pacote em cima do balcão da cozinha.

— Comida primeiro. Atualizações depois. Especialmente se forem ruins. Você pode contar ao Jonah todas as coisas bizarras enquanto eu estiver tomando banho, se isso estiver bem para você.

Os lábios de Ryan se contraíram e ele assentiu.

— Anotado, linda. — Ele piscou.

Jonah gemeu, mas não disse nada. Parecia que Ryan adorava pegar no pé do amigo. Com as coisas tão incertas, isso devia ter trazido um pouco de consistência à sua vida durante essa situação que parecia totalmente fora de controle.

Ryan tirou caixa após caixa das sacolas e colocou três pratos ao lado delas. Ele deixou que eu me servisse primeiro. Coloquei a comida esperei para começar até que os dois homens tivessem colocado a comida em seus pratos e todos estivéssemos sentados à pequena mesa.

— Não tenho muito tempo, apenas o suficiente para jantar e pegar uma muda de roupa. Como está tudo aqui?

Jonah o atualizou sobre minha necessidade de trabalhar. Ryan olhou para seu prato, endurecendo a mandíbula. Parecia que ele também não gostava da ideia de eu voltar a trabalhar, mas, francamente, eu não tinha escolha. Eu tinha que viver, mesmo que isso significasse arriscar minha segurança por um período de oito horas por noite, algumas noites por semana.

Usando isso como um momento feliz, contei a Ryan sobre a ideia que o pai de Jonah tinha sobre eu checar o local de trabalho deles.

— Uau. Sim, isso seria legal, mas e o outro sócio que trabalha lá? — Ryan perguntou, tentando ser astuto ao não dizer o nome de Luca.

— Ele esteve aqui hoje. Veio para ver se eu estava bem — Jonah falou.

— Você está brincando comigo? Vou dar uma surra nele. — Ryan fez uma careta e remexeu nos pedaços de frango em seu prato com tanta força que os dentes do garfo fizeram um barulho alto.

— Está tudo bem. Ele disse o que precisava.

— Sim, e o que você respondeu? — Ryan perguntou. Claramente, eles falavam sobre as coisas sérias que aconteciam em suas vidas. Algo que eu realmente apreciava, porque eu tinha isso com minhas irmãs também.

— Disse a ele que precisava de mais tempo.

Ryan assentiu.

— Ele precisou de coragem para vir aqui. Especialmente no que se refere a Helen. A oportunista. — Ryan pegou um pouco de arroz com raiva, metade caindo do garfo com seus movimentos bruscos.

— Sim. — Jonah suspirou e se recostou na cadeira passando a mão atrás do pescoço.

— Você está bem?

— É difícil, sabe? Ainda estou com muita raiva dele, mas não porque perdi a Helen. Principalmente, porque foi ele que foi o catalisador. Meu próprio irmão me traiu. Bebendo ou não, como alguém supera isso?

Ryan deu de ombros enquanto eu passava a mão para cima e para baixo nas costas de Jonah querendo mostrar meu apoio enquanto ele conversava com seu melhor amigo.

— Acho que é uma questão de você acreditar que foi a bebida que provocou isso. Ou você acha que havia mais do que isso?

— Ele nunca teve uma queda pela Helen antes. Ela nem é a mulher ideal dele. Alta e magra, constituição atlética. Quero dizer, a Simone faz mais o tipo dele.

Ryan sorriu para mim.

— A Simone é o tipo de todo homem heterossexual — ele brincou e sorriu para mim.

Jonah deu um soco no ombro dele com força suficiente para fazer o homem estremecer, que o esfregou enquanto ria.

— Foi você que começou isso, mano.

— Tanto faz — Jonah resmungou, e mordeu um rolinho de ovo.

— Pensando nisso, vi o Luca perto da Helen muitas vezes. Ele nunca olhou para ela.

— Ele afirma que ela o seduziu. Eles estavam bêbados, ela deu em cima dele. Ele está na reabilitação para tratar o alcoolismo, blá blá blá... *Não importa, porque acabou. Meu casamento acabou e ela agora está morta.* — *Ele jogou o garfo no prato e o empurrou para longe, mal tendo comido a metade.*

Ryan estendeu a mão e segurou o pulso de Jonah.

— Isto é importante. O Luca é seu irmão. Eu te conheço há muito tempo e sei o quanto vocês dois eram próximos antes de tudo isso acontecer. E ele estava bebendo o tempo todo, cara. Você até me falou, na última vez que você e a Helen saíram com ele e a Tiffany, que ficou preocupado com isso. Que ele ficou tão bêbado que fez uma grande cena no restaurante, derrubando uma mesa. Se lembra?

Jonah suspirou novamente e assentiu.

— Ele bebia o tempo todo. Mais do que eu acho que a família percebia. Vi a Tiffany reclamar várias vezes, nos jantares que fui da sua família, que ele bebia demais.

— Sim. E daí? — Jonah resmungou e afastou o braço do aperto de seu amigo.

— Só estou dizendo que se ele é alcoólatra e conseguiu ajuda no ano passado para se recuperar, então talvez você devesse dar a ele um pouco do seu tempo de vez em quando. Permitir que ele também participe dos jantares em família com você. Você ama seu irmão e sei que sente a falta dele...

— Ele transou com a minha esposa.

— E ela transou com ele. Isso diz muito sobre a forma que ela encarava o casamento. E o pior, ela te culpava. Nunca aceitou a culpa por suas próprias ações. Nunca se desculpou. Pelo que estou ouvindo, é isso o que o Luca está fazendo.

— O que você está tentando dizer? Que estou sendo irracional? — Jonah zombou.

Observei enquanto Ryan se recostava na cadeira, limpava a boca e cruzava os braços. O cabelo loiro do homem estava um pouco despenteado, mas sexy como sempre. Ele parecia não fazer a barba há uns dois dias, o que aumentava seu apelo, e seus olhos claros estavam cintilando com intensidade. Eu precisava muito aproximá-lo de minhas irmãs quando elas não estivessem preocupadas com minha segurança. Ver se a natureza poderia seguir seu curso com uma delas. Embora Blessing fosse a minha primeira escolha.

— Não, eu não acho. Embora eu ache que está na hora de você dar o primeiro passo para curar sua família. Você ama o Luca. Conheço você melhor do que ninguém, Jonah. Você esteve um pouco perdido no ano passado sem ele em sua vida.

— Eu estava lidando com a perda dele e o fim de um casamento de sete anos. Eu tinha muita coisa na cabeça.

— E durante esse tempo, ele estava dando passos muito difíceis para se curar. Assumir o alcoolismo não é fácil. Vi meu pai passar por isso. Foi brutal. Muito altos e baixos, mas ele saiu dessa, e parece que seu irmão está tentando fazer o mesmo, fazendo as pazes. Admitindo que tem um problema. Ficando sóbrio. Não estou dizendo que o que você passou não foi um inferno na Terra, porque sei que foi, acompanhei isso de perto. O que estou dizendo é que as pessoas mudam se quiserem. Se elas se esforçarem. E se ele mudou, espero que você seja o tipo de homem que sei que você é, e possa encontrar uma maneira de perdoá-lo, ou pelo menos permitir que ele volte ao seu coração e ao convívio familiar.

Jonah fechou a boca com força e eu poderia dizer que ele

estava cerrando os dentes pela força de sua mandíbula e a pele esticada sobre o queixo.

— Vou pensar sobre isso — ele disse, bem baixinho.

— Isso é tudo que posso pedir. E me avise se precisar de alguém para conversar. Sabe que estou aqui. — Seu olhar encontrou o meu. — Embora agora você tenha mais alguém para te ouvir.

Jonah passou um braço sobre meus ombros, se inclinou para o lado e beijou minha têmpora.

— Sim, eu sei, mas nunca é demais ser atingido com a honestidade do meu melhor amigo. — Ele estendeu a outra mão e Ryan bateu nela e a segurou por um momento antes de soltá-la e ficar de pé.

— Odeio comer e sair correndo, mas tenho que voltar. O legista vai fazer plantão. O caso está vazando para a imprensa e está um pesadelo com a conexão com a senadora Wright. Ela já tem muito destaque por ser atraente e a senadora mais jovem da história, sem falar que tem uma visão única da política como independente. Agora, sua irmã está envolvida com um assassino em série.

— Droga. Não tenho acompanhado os jornais, nem assistido nada no noticiário. Me irrita, para ser honesta. Eu não tinha ideia de que a Sonia estava lidando com mais por minha causa. — Eu me sentei na cadeira e levei as mãos aos olhos. — Gostaria de poder acordar amanhã e tudo estar acabado.

Ryan pegou seu prato e enquanto passava, bagunçou meu cabelo.

— Não se preocupe, estamos protegendo você, garota.

Empurrei minha comida pelo prato enquanto a melancolia e a tristeza flutuavam sobre mim como uma nuvem escura.

Jonah se levantou e levou nossos pratos para a cozinha. Ele sussurrou algumas coisas para Ryan, mas não me importei. Eu estava perdida em minha própria piedade. Me levantei e fui para o quarto de Jonah. Tomei um banho superquente e entrei na banheira para relaxar dos meus problemas.

Acontece que eu estava exausta e caí em um sono profundo poucos minutos depois de entrar no banho.

A próxima coisa que notei era que a água estava fria e eu estava sendo tirada da banheira nua e tremendo, e sendo enrolada em uma toalha macia. Sonolenta, permiti que Jonah me levasse até a cama, onde ele pegou uma camisa limpa para mim. Ele soltou o elástico que prendia meu cabelo em um coque solto no topo da minha cabeça, e as mechas secas caíram ao redor dos meus ombros. Levantei os braços de forma obediente e ele colocou a camisa sobre a toalha. Então me levantou e puxou a toalha debaixo de mim, mas me permitindo o momento de modéstia. Foi fofo porque eu era uma das pessoas menos modestas da minha família.

Então ele puxou as cobertas e eu entrei, mas ele me surpreendeu entrando logo atrás de mim. Ergui uma das pernas e ele acomodou a sua. Jonah encaixou o rosto na parte de trás do meu cabelo e prendeu um braço em volta da minha cintura.

— Humm… Achei que não íamos dormir juntos.

— Simone, estou cansado. Mais do que cansado. Você adormeceu no banho. Minha cabeça não vai parar a menos que eu esteja deitado bem aqui. Então, feche os olhos e vá dormir, está bem?

— Eu sabia que ia fazer você dormir comigo. — Eu me aconcheguei, puxei seu braço entre meus seios e descansei meus lábios contra nossas mãos entrelaçadas. — Não exatamente do jeito que eu esperava, mas vou pegar o que puder.

Ele riu contra o meu cabelo e bocejou.

— Boa noite, baby. — Ele me beijou no meu pescoço logo abaixo da minha orelha.

Estremeci e suspirei, contente como uma gatinha.

— Boa noite, Jonah. As coisas vão melhorar amanhã.

— Vão se a minha mulher fechar os olhos e dormir.

Eu ri, mas pressionei os lábios em seus dedos e beijei cada um. Fiz isso até que sua respiração ficou mais consistente e pude sentir seu peso. Quando tive certeza de que ele estava dormindo, fechei os olhos e rezei.

Orei a Deus para que ele deixasse Ryan e a equipe encontra-rem o homem que estava nos perseguindo.

Depois, orei aos meus pais, pedindo força e a capacidade de passar por isso.

Em seguida, rezei para Helen. Dizendo a ela que eu sentia muito pelo que aconteceu e pedindo que ela cuidasse de Jonah. Talvez falar com o cara lá de cima em seu nome.

Então voltei a Deus e fiz rodada após rodada da oração do Pai Nosso, até cair em um sono profundo, deixando tudo para outro dia.

DOZE

Quando acordei no dia seguinte, ele já estava fora da cama. O que era um saco. Porcaria. Eu esperava que tivéssemos uma pegação na cama. O comportamento cavalheiresco estava começando a me irritar. Meu corpo gritava para se conectar ao ele. E, no entanto, eu também entendia de onde ele estava vindo e por que ele queria levar as coisas devagar. Ele não teve relações com uma mulher desde que ele e a ex-esposa terminaram o casamento. Agora a mulher estava morta, e eu tinha uma suspeita de que ele estava colocando essa culpa em seus ombros já pesados.

Olhei para o relógio e vi que eram apenas oito da manhã. Hoje ia ser um dia longo, já que eu não iria trabalhar por mais doze horas. Eu estava no turno das oito da noite às três da manhã. E as noites de sexta-feira eram sempre lotadas. Eu ganharia muito dinheiro esta noite, se Deus quisesse.

Meu telefone tocou na mesa lateral e estendi a mão para pegá-lo. Vi o nome de Sonia.

— Bom dia, SoSo — falei e me encostei na cabeceira da cama. Assim que me acomodei, a porta do quarto se abriu e Jonah, já vestido e banhado, entrou com canecas fumegantes de café em ambas as mãos.

Abri um sorriso enorme para o meu lindo homem. Ele estava vestindo um simples par de jeans de lavagem escura que tinha algumas áreas desbotadas nas coxas e camiseta preta justa. Seu cabelo estava molhado e penteado para trás. Ele me entregou uma das canecas e eu tomei um gole da bebida celestial, agradecendo em um sussurro.

— A operação realocar a família foi um sucesso! — A voz da minha irmã se elevou de felicidade.

— Excelente. Onde está todo mundo?

— O Quinn e o Niko estão com a Liliana e a Charlie, mas elas só aceitaram se tivessem seus próprios quartos. Estou com a Blessing e a Addison, e o Quinn conseguiu garantir o uso do apartamento totalmente mobiliado pelo meu maior doador para que a Mama, Genesis e Rory pudessem ficar. Estamos usando aquele lugar como base.

— E a Tabby?

— Não vou mentir, Simone, estou muito preocupada com ela. Ninguém ouviu um pio. Todos nós passamos pela casa dela, até usamos a chave da mama há alguns dias e ela não estava lá. Parecia que não ia em casa há algumas semanas. As plantas estavam mortas e a correspondência acumulada. Quinn e Niko, sabendo que não poderíamos sair, foram até lá depois do expediente e bateram na casa dos vizinhos, do andar dela. Ela foi vista entrando em seu apartamento ontem e depois saindo com uma muda de roupa e o cabelo molhado. Um deles disse que ela parecia doente e esquelética. Não sei o que isso significa, mas estamos assustadas.

Senti medo e estremeci. Jonah colocou a mão na minha coxa e a esfregou. Seu rosto era uma máscara de preocupação.

— Talvez o Jonah e eu possamos tentar pegá-la em casa antes de eu ir trabalhar hoje à noite.

— Trabalhar? Na loja? Não sabia que você trabalhava lá às sextas-feiras.

— Não, na Tracks. E antes que diga qualquer coisa...

— Você está maluca! Ah, meu Deus! — ela gritou e então uma porta bateu.

— SoSo, eu vou ficar bem...

— Vai ficar, sim, porque você não vai. Tem um *serial killer* atrás de você. Ele já atirou uma vez e matou uma dúzia de mulheres. Você escapou por pouco, mas sabe quem não escapou? — As palavras duras se tornaram um grito. — A ex-mulher do seu namorado! Jesus, Simone! Isso é além de estúpido.

— Francamente, Sonia, não me importo com o que você pensa. Ou vou trabalhar ou sou demitida. Não tenho escolha.

— Todos temos escolhas, Simone. A escolha certa é a sua vida. Diga ao dono para enfiar a vaga onde o sol não brilha e se demita.

— Não posso. — Meus olhos se encheram de lágrimas, e Jonah apertou meu joelho. — Eu preciso do dinheiro.

— Eu vou te dar dinheiro. O que você precisar. Quer dez mil? Vou transferir hoje. Isso deve ser o suficiente para você se instalar em um novo apartamento, comprar alguns móveis, e depois vou te dar o dinheiro para comprar um carro novo. O que for preciso. Você não vai trabalhar.

Balancei a cabeça.

— Sinto muito, mas tenho que seguir o meu próprio caminho. Tenho perspectivas para o futuro, mas enquanto isso não acontece, tenho que trabalhar. Você não entende...

— Não, eu não entendo. Colocar-se voluntariamente em risco é totalmente egoísta. Especialmente quando estou te oferecendo uma rota alternativa. Uma que a manterá viva, segura e no caminho certo.

Meu coração parecia estar sendo apertado com tanta força que eu mal conseguia recuperar o fôlego.

— O Jonah vai ficar comigo. Ele vai ficar no bar a noite toda.

— Não é o suficiente. Você não vê, Simone? Este homem está atrás de você. Ele quer você morta. Este não é um risco que você deve correr.

— Bem, aqui está o negócio, SoSo: a decisão é minha. Faço minhas próprias escolhas, e isso é algo que tenho que fazer. Lamento que te ofenda ou incomode, mas é o que vou fazer. Você vai ter que conviver com isso. Agora, um homem bonitão do FBI acabou de me trazer café e ele parece incrivelmente sexy, de banho tomado e pronto para enfrentar o dia. Vou passar um tempo mostrando a ele meu apreço por me apoiar no que preciso fazer. Certo? Excelente. Foi ótimo conversar com você. Tchau! — Apertei o botão vermelho tão rápido que meu dedo doeu.

— Ligação interessante. — Ele inclinou a cabeça e focou aqueles olhos escuros em mim. — Você está bem?

— Minha irmã pode ser uma chata — resmunguei.

— Definitivamente, me identifico com isso. — Ele segurou minha bochecha, se inclinou para frente e me deu um beijo incrível. — Bom dia, linda.

Suspirei contra sua boca.

— Bom dia, lindo. Como você dormiu?

Ele sorriu.

— O melhor sono que tive em anos. Estou completamente descansado.

Abri um grande sorriso.

— Fique comigo, garoto, e você vai dormir tranquilo pelo resto da sua vida — provoquei e roubei outro beijo.

Quando tentei me afastar, Jonah se inclinou para frente, me beijando mais forte, deslizando a língua pelos meus lábios até que eu os abri. O beijo foi selvagem, tanto que me arrastei até seu colo. Ele desceu as mãos para minhas coxas e seguiram por toda a extensão delas até encontrar meu traseiro.

Ele afastou a boca e apertou os dedos na carne da minha bunda. Eu gemi e empurrei contra ele.

— Puta merda, me esqueci de que você não estava usando nada debaixo da camisa. — Ele passou a mão no centro da minha bunda até segurar meu sexo por trás, mergulhando os dedos contra minha excitação. — Puta merda, molhada — ele rugiu novamente, só que desta vez fez isso nos virando até que minhas costas estivessem na cama, seu corpo sobre mim e sua boca na minha.

Jonah encontrou a ponta da camiseta e puxou-a para cima e para fora do meu corpo, jogando-a atrás de si. Ele segurou meu seio com uma das mãos e circulou a ponta com a língua enquanto eu me afogava na inesperada reviravolta dos acontecimentos. Foi uma bela tortura, sua boca no meu peito, sugando de forma rítmica. Ele mudou de lado e repetiu o movimento no outro. Em seguida, ficou de joelhos, puxou e beliscou de leve os picos eretos enquanto observava aparentemente fascinado até que eu estava gemendo e choramingando, enquanto arqueava a parte superior do meu corpo contra seus dedos gananciosos.

Ele tirou a camisa e fui presenteada com a extensão de músculos duros. Passei os dedos pelo abdômen definido e gemi quando ele se moveu mais para baixo na cama para que eu não pudesse alcançá-lo. Eu estava prestes a reclamar quando ele segurou meus joelhos e abriu minhas pernas.

Jonah ficou de joelhos, seus músculos pulsando, as veias salientes, sem camisa, suas narinas dilatadas e os dentes pressionando seu lábio inferior enquanto olhava para o meu centro. Era selvagem, intenso e a coisa mais próxima da luxúria descontrolada que eu já tinha visto em uma pessoa.

Ele umedeceu os lábios, acariciando minha bunda com suas mãos grandes, e levantou minha metade inferior ao mesmo tempo em que sua boca desceu sobre mim.

Gritei quando ele foi direto em mim, penetrando a língua o mais fundo que podia. Tentei fechar as pernas, lutar contra o ataque insano de prazer porque era tão intenso, que achei que poderia explodir só com aquele toque. Ele recuou um pouco, levando a língua para a área entre minhas coxas, girando o clitóris em círculos vertiginosos.

— Jonah — implorei, sem saber o que queria, mas precisando de mais. Algo. Tudo.

Ele lambeu meu clitóris, chupando com força, e então liberando a pressão até que eu perdesse a vergonha, colocando as mãos em seu cabelo e me esfregando contra seu rosto enquanto meu êxtase aumentava. Fazia tanto tempo desde que um homem fazia sexo oral em mim.

Toda vez que eu agarrava seu cabelo, ele grunhia em meu sexo, tomando mais, pressionando com mais força, seus quadris contra a cama.

— Vire-se, me dê seu pau — pedi. Ele levantou a cabeça, mas me deixou sentindo o ar frio contra minha carne encharcada. Em seguida, ele usou o polegar para provocar ao redor e, depois, pressionou profundamente dentro de mim.

— Você quer me chupar, baby? — Sua voz era crua e rouca. Um som profundo e grave que eu não tinha ouvido antes.

Empurrei meus quadris contra seu polegar enquanto ele me comia com ele.

— Sim... — ofeguei quando ele removeu o polegar e inseriu não um, mas dois dedos. Eles chegaram muito mais fundo e eu comecei a montá-los.

— Depois. Esta primeira vez quero ver você gozar para mim, Simone.

— Jonah — gemi, e ele voltou a colocar sua boca em mim. Ele mordeu o interior de cada uma das minhas coxas, lambendo e chupando de maneiras que nunca senti antes. Ele me levou ao clímax, quase me fazendo gozar, e então se afastou. Fez isso três vezes até que eu estivesse pronta para chutá-lo se ele não terminasse.

— Me deixe gozar... — implorei.

— O que você quer? — Ele fez um som de sucção contra o meu clitóris.

— Por favor, Jonah, me faça gozar. — Agarrei seu cabelo e torci, levantando meus quadris, sem pensar.

— Qualquer coisa para você, baby — ele murmurou, abriu meus lábios com os dois polegares, me lambeu profundamente algumas vezes, então pressionou dois dedos dentro, enganchou-os e colocou a boca no meu ponto quente. Ele chupou com força e me comeu com os dedos.

Eu gozei com a força de um foguete. Me esfregando contra seu rosto descontroladamente. Ele continuou, me levando mais e mais alto novamente, até que ele arrancou outro orgasmo impressionante de mim.

Gozei duas vezes de forma intensa, pressionando a cabeça dele em mim como se estivesse com medo de que ele me deixasse no meio do orgasmo. Eu não deveria ter medo. Ele cuidava de mim melhor do que qualquer homem já cuidou.

— Maravilhoso — suspirei, apoiando o braço sobre o meu rosto.

Jonah riu, limpou a boca com o antebraço e veio até mim, tomando meus lábios em um beijo suculento que tinha meu gosto e o dele. Foi além de sexy.

O que, claro, foi quando houve uma batida na porta do quarto.

— Ei, dorminhocos, tenho algumas notícias e não tenho muito tempo. Estou fazendo o café da manhã para todos — a voz de Ryan chamou.

Jonah gemeu e pressionou o rosto no meu pescoço, onde ele me beijou e começou a rir. Eu, fiquei louca. Caramba, mas antes que eu pudesse dizer qualquer coisa ao meu herói seminu, ele saiu de cima de mim e começou a ir até a porta.

Ah. Não. Ele. Não. Faria. Isso.

Antes que ele pudesse abrir a porta, voei para fora da cama completamente nua, agarrei seu bíceps e o virei. Uma vez que ele estava de frente para mim, com a expressão confusa, eu o empurrei contra a porta e pressionei meu corpo no seu até que estávamos cara a cara.

— Não se atreva a se mexer. — Eu o olhei, beijei sua boca brevemente, e mordi seu lábio inferior do jeito que ele fez comigo. Ele resmungou em resposta, e eu sorri com malicia, pressionando as mãos em seus peitorais poderosos e descendo enquanto eu me ajoelhava diante dele.

— Simone... — ele avisou.

Alcancei o botão de sua calça jeans e o desabotoei, seguido do zíper.

— Cale a boca — eu o cortei, puxando o jeans para baixo, em torno de suas coxas.

— Baby, eu não acho... — Ele tentou novamente, mas eu o interrompi puxando a cueca boxer até que estivesse esticada contra suas coxas, onde seu jeans estava preso.

Eu sorri.

— Fique quieto, baby, ou o Ryan vai me ouvir chupando você — eu disse com uma piscada atrevida antes de tomar seu pau bonito, grosso e de bom tamanho em minha boca.

Ele gemeu, e eu me afastei, parando apenas na ponta onde eu girava a língua ao redor dela da mesma forma que ele fez comigo.

— Shhh... — Eu o lembrei.

Os olhos escuros de Jonah estavam focados em mim.

— Caramba, você é tão linda. — Ele segurou minha bochecha enquanto eu o levava pela minha garganta. Ele inclinou a cabeça para trás com um baque contra a porta. Eu podia ouvir as panelas batendo ao fundo, o que aumentou e muito o fator de excitação.

Uma vez que ele começou a se perder no que eu estava fazendo, segurei suas bolas e o acariciei.

— Cacete, Simone. Puta merda — ele grunhiu e estocou minha boca, seu corpo inteiro molhado de suor. Observei enquanto seu abdômen gloriosamente definido tensionava e relaxava com cada estocada de seu pau na minha boca. Rolei suas bolas quando seu corpo ficou mais rígido, seu pau parecendo engrossar na minha boca.

— Baby, eu vou gozar — ele avisou.

Chupei até soltá-lo, deixando meus lábios na ponta. Acariciei a fenda no topo com a ponta da língua e observei quando ele abriu a boca, revirou os olhos e se apoiou com a mão que não estava no meu cabelo.

Sabendo que ele estava prestes a gozar, aumentei meus esforços, chupando forte e profundamente. Quando eu o tinha à beira do êxtase, gemi em torno de seu comprimento. Isso foi tudo o que precisou. Jato após jato quente de sua essência inundou minha boca e eu engoli, fazendo movimentos, garantindo seu prazer até o fim.

Eu adorava sexo oral. O poder que me dava era intenso. E enquanto eu o observava colocar a mão na boca e soltar um gemido longo e forte, sabia que tinha dado a ele algo incrível. Antes que eu pudesse rastejar pelo seu corpo, ele se inclinou e me levantou pela caixa torácica. Então Jonah cobriu minha boca em um beijo ardente e apaixonado. Ele segurou a parte de trás da minha cabeça com uma das mãos e manobrou meu rosto de um lado para o outro enquanto tomava minha boca do jeito que tomou minha boceta. Com intenção e entusiasmo.

Por muito tempo, nos perdemos um no outro, solidificando tudo o que acabou de ocorrer com um beijo de verdadeira realização. Quando não conseguíamos mais respirar, ele me soltou e pressionou o rosto no meu pescoço.

— Linda, você é incrível com a boca — ele murmurou contra a pele aquecida do meu pescoço.

Dei uma risadinha. Feliz por tê-lo agradado. Envolvi os braços ao seu redor.

— Podemos repetir esta noite, mas desta vez, com seu pau me penetrando em outro lugar?

— Anal na segunda vez? Uau. Bem, estou pronto para o trabalho. Se é o que precisa, você sabe, eu sou seu homem. — Ele riu, e eu me afastei dele e bati em seu peito.

— Você é um implicante! — Eu ri. — E nunca fiz isso, então não sei se gostaria ou não. Embora não seja contra. Eu só não estive com a pessoa certa para fazer isso. — Fui até a cama e peguei a camiseta dele que usei para dormir e a vesti enquanto continuava conversando. — O Trey queria, tentava o tempo todo, mas não queria se esforçar para que fosse bom para mim. E a minha irmã Charlie diz que, se for para permitir que um homem ou uma mulher... ela é bissexual, a propósito. Não tenho certeza se eu te disse isso. De qualquer forma, ela diz que se for fazer isso, precisa ser com uma pessoa em quem se confia e gosta. Começar com pequenos plugs anal enquanto faz sexo normal, depois ir aumentando para os maiores e assim por diante...

— Simone, linda — Jonah interrompeu, mas continuei enquanto vestia a camisa.

— Ela disse que é preciso muita lubrificação, tanto na mulher, quanto no homem, ou no caso da minha irmã pode a outra mulher às vezes, e então é preciso estar superexcitado e poder relaxar. Caso contrário, pode doer muito e então toda a experiência será arruinada.

— Baby — ele disse enquanto puxava as calças.

— Então, não é como se eu estivesse relutante, só acho que precisamos ter um relacionamento mais consolidado. Eu nunca estive em um relacionamento assim, sabe? Embora a ideia tenha seus méritos e a Charlie diga que é uma sensação incrivelmente completa que não se pode descrever a menos que se tenha experimentado. Ela diz que fica louca quando está fazendo anal e ele ou ela usa os dedos para penetrar ou um vibrador. Eu estaria pronta para isso. — Mordi o lábio inferior e pensei em Jonah me comendo por trás, com um vibrador na frente. Um tremor me atingiu, e eu o afastei me remexendo e sacudindo as mãos como se as secasse.

— Simone, cale a boca. — Jonas riu. — Foi uma brincadeira. Embora eu esteja feliz que você tenha realmente considerado a possibilidade, eu também nunca fiz isso. A Helen e as duas mulheres com quem fiz sexo antes dela não gostavam. Não é grande coisa.

Seu comentário me fez parar onde eu estava segurando uma calcinha de renda que tinha acabado de tirar da mala.

— Espere, você só dormiu com três pessoas?

Ele franziu a testa e puxou a camisa.

— Sim. Conheci minha esposa no primeiro ano da faculdade. Estive com ela desde então. Não tive muitos relacionamentos no ensino médio. Por quê? Com quantos você dormiu?

— Ah, mais de três. — Fiz uma careta e tentei contar. As pessoas acompanhavam coisas assim? Quer dizer, eu não me imaginava como uma vadia, mas gostava de transar e não era sempre que eu estava sem companhia masculina. Quer dizer, eu trabalhava em um bar. Era super fácil arranjar alguém para ficar quando eu estava entre relacionamentos.

— Quantos mais? — Ele contraiu os lábios, e eu não sabia dizer se era com humor ou desaprovação.

— Mais. Podemos deixar assim?

Ele sorriu.

— Você não sabe! — ele acusou.

— Claro que sei — menti por entre os dentes. — Vou tomar banho. Você deveria ver o que o Ryan tem a dizer.

E com isso, escapei para o banheiro, pressionando o corpo contra a porta e sentindo meu coração bater de forma selvagem.

Merda. Com quantas pessoas eu dormi? Estava determinada a descobrir isso antes que a conversa voltasse à tona. Quando entrei no chuveiro quente, pensei em contá-los em ordem de aparição, começando com o primeiro, Ben Taley, aluno do ensino médio. Eu era do segundo ano e tinha dezesseis. Nos trinta minutos seguintes, repassei meus parceiros tentando encontrar o número mágico.

Definitivamente não eram três.

A partir daí, decidi que não compartilharia meu número com meu gostoso do FBI.

A Tracks estava uma loucura quando chegamos, quinze minutos antes do meu turno. Apresentei os seguranças a Jonah, que mais tarde me informou que eles não eram profissionais de segurança treinados, mas sim homens musculosos. Isso não o divertiu. Então Jonah ficou plantado no banco ao lado da caixa registradora e toda vez que eu tinha que registrar uma bebida, ele estava me olhando.

Até que Trey apareceu, substituindo um de nossos bartenders. Quando nós trabalhávamos juntos, fazíamos sucesso. Ele era alto, em forma e bonito. Seu sorriso deixava as garotas loucas. Incluindo a mim durante a maior parte de um ano. Ele tinha cabelos loiros cor de areia, grandes olhos azuis e fazia o tipo surfista-artista.

A primeira coisa que ele fez foi vir direto para mim e me puxar em seus braços, seu rosto indo para o meu pescoço. Estendi os braços para o lado e olhei horrorizada para Jonah, que estava rangendo os dentes com tanta força que eu temia que ele não tivesse mais nenhum molar. Dei um tapinha nas costas de Trey de leve e tentei sair de seu aperto. Isso fez com que ele segurasse minhas bochechas.

— Garota, fiquei assustado. O que dizem por aí é que um assassino está atrás de você. Por que não veio até mim? Eu teria mantido você a salvo.

Tentei empurrá-lo enquanto olhava por cima do ombro para Jonah, que estava furioso, se a carranca em seu rosto e as mãos em punhos eram algo para se considerar.

— Hum, você sabe, eu ah...

— Simone, baby. — Ele envolveu uma mão na parte de trás da minha cabeça, a outra na minha bunda unindo nossos corpos.

A multidão gritou para a exibição.

— Chega — ouvi grunhidos de onde Jonah estava sentado.

— Trey, acorda. Nós terminamos há uma semana.

Ele me puxou para mais perto e deu uma apalpada maior e bastante vulgar na minha bunda. Não era carinho fofo como Jonah costumava fazer, mas uma apalpada forte, bem no centro, como ele fez comigo esta manhã, só que eu estava nua e ofegante por isso. Com Trey, naquele momento, nem tanto.

Tentei empurrá-lo.

— Trey, me solte. — Empurrei seu peito, mas não importava, porque Jonah já havia arrancado o mão de Trey da minha bunda e torcido seu pulso e braço tão rápido que eu girei para fora do caminho quando meu ex caiu de bruços sobre o bar.

Jonah se inclinou sobre Trey e falou por entre os dentes. A música tocava alto ao nosso redor e o público havia aumentado para o dobro do tamanho.

— Mantenha suas mãos imundas longe da minha mulher — Jonah gritou. — A Simone não está mais no seu radar, entendeu?— Ele torceu o braço de Trey nas costas com um pouco mais de força, tirando outro grito de dor do meu ex.

Eu tinha que controlar a situação e rápido ou acabaria desempregada de qualquer maneira.

Coloquei a mão nas costas de Jonah.

— Querido, está tudo bem. O Trey não sabia que eu tinha entrado em um novo relacionamento, nem que meu novo namorado é um agente do FBI.

— FBI? Que merda, Simone. Cara, eu não sabia! — ele gritou.

Jonah soltou Trey e o empurrou pela longa e estreita fileira onde trabalhávamos atrás do bar.

— Fique na porra do seu lado e faça o seu trabalho.

— O que você é? Tipo, o guarda-costas dela? — Trey esfregou o pulso e o braço.

— Sim, algo assim. Para trás.

— Cara, eu estava com ela há uma semana.

Cruzei os braços e entrei na frente de Trey.

— Você estava com a Melinda há uma semana, pelo que eu soube. E com a Sarah na semana anterior a isso. Trey, não temos um relacionamento romântico há pelo menos um mês, independentemente da data real em que você terminou as coisas. E não vamos esquecer, *você* terminou. Por mensagem de texto. Que tipo babaca termina um relacionamento assim?

— Baby, vamos lá. Você sabe que sou difícil de me amarrar, e te dei muito do meu tempo...

— Ele pode me dar um pouco do seu tempo — uma morena curvilínea, que enrolou uma mecha de cabelo no dedo, falou.

Trey, já distraído por um rostinho bonito e um par de seios empinados, levantou o queixo, piscou e disse:

— É claro, baby.

Revirei os olhos e me virei para Jonah.

— Ele não significa nada para mim.

— Ei, mas que merda. Você me amou. Todas as garotas amam. — Ele balançou as sobrancelhas e abriu aquele sorriso sexy fazendo pelo menos três das garotas no bar suspirarem.

Embora houvesse uma fila de mulheres do meu lado que também estavam avaliando Jonah.

— Como eu disse, ele não significa absolutamente nada para mim.

Jonah me enganchou pela cintura, me apertou contra seu peito e tomou minha boca em um beijo quente e delicioso. Fui direto para uma névoa me perdendo no momento.

— Droga, se meu homem me beijasse assim, eu ficaria de joelhos todas as noites.

— Caramba, eu ficaria feliz de me ajoelhar agora, se ele não parecesse tão interessado na loira. — Ouvi outra dizer atrás de mim.

Jonah passou as mãos pela lateral do meu corpo e segurou minha bochecha. Ele me deu um selinho e repetiu o gesto antes de sussurrar:

— Vá trabalhar, baby. Estarei aqui te esperando.

— Meu Deus! — Uma mulher bateu no balcão.

— Garota de sorte! — outra disse rindo.

Eu me virei e servi uma dose de Patron Silver. Então empurrei as doses na direção delas.

— Um brinde aos homens bons.

— E aos homens bons de cama! — uma delas respondeu e brindou contra meu copo.

— Eu com certeza vou beber a isso. — Sorri para Jonah, e ele balançou a cabeça condorme eu tomava a tequila.

E#nquanto eu trabalhava, ele monitorava o clube e Trey, que ficava me olhando de soslaio de vez em quando. Eu o ignorei, servi bebidas, flertei com meu homem e ganhei muito dinheiro em gorjetas.

Logo na última rodada, ouvi uma voz familiar chamar:

— Sua vadia, tem uma vaga para mim aqui?

Eu me virei enquanto Jonah se endireitava em seu assento.

Meu olhar encontrou os seus olhos pretos e prendi a respiração. Seu cabelo estava pintado em um preto-azulado profundo, as bochechas estavam afundadas, e seus lábios carnudos e normalmente rosados, estavam secos e rachados.

Não pude evitar as lágrimas que encheram meus olhos enquanto eu corria ao redor do bar, empurrava a portinha e abraçava minha irmã.

— Tabby — chorei contra seu corpo extremamente magro. Ela sempre foi magra, nunca manteve muito peso, mas agora estava no território da magreza esquálida doentia.

Afastei o rosto de seu pescoço e segurei seus ombros para ter certeza de que ela não desapareceria.

— Onde você esteve? Meu Deus, Tab, tanta coisa aconteceu.

Ela olhou para a esquerda e para a direita e se contorceu um pouco. Fiz uma careta e observei enquanto ela esfregava o nariz avermelhado. Seu rosto estava pontudo e parecido com um duende, embora fosse como se sua pele estivesse pendurada em seu esqueleto por pura força de vontade.

— Soube que você tinha se metido em problemas. Queria ver se estava viva. Mas agora que vi, tenho que ir. — Ela piscou várias vezes em rápida sucessão.

— Não, você não tem que ir! O que quer dizer? — chorei mais, fechando as mãos.

— Tenho que continuar andando, garota.

— Tab, por favor. Há um bandido lá fora. Ele quer me machucar e talvez a todas vocês. É por isso que estávamos tentando encontrá-la. Você precisava saber...

Ela se encolheu, se contorceu, esfregou o nariz e olhou ao redor.

— Não posso ficar presa. Tenho coisas para fazer. Só precisava checar minha irmã, sabe? Me certificar de que você ainda estava respirando.

— Tabby. — Segurei suas bochechas. — Você está usando de novo, querida?

Ela semicerrou os olhos e se encolheu, se afastando de mim.

— E se eu estiver? O que isso te importa? Essa é a minha vida. Vou fazer o que eu quiser. Quero ser livre. — Ela esfregou seus braços e então olhou ao redor. — Tenho que ir, garota. Só queria te ver.

— A nossa mãe precisa te ver. — Tentei o golpe mais pesado. Mama Kerri era tudo para nós. Nossa mãe. A mulher que cuidou de nós quando o mundo esqueceu que existíamos. Nossa luz no fim de cada túnel escuro.

Ela balançou a cabeça.

— Não, não. Ela não me quer por perto. Não sou boa para ela. Não sou boa para nenhuma de vocês. Tenho coisas para fazer.

— Tabby, por favor, venha comigo e o Jonah. Ele é do FBI... — Fiz um gesto para Jonah, que estava a menos de meio metro atrás de mim, monitorando nossa conversa.

— Oi, Tabitha, eu sou o Jonah...

— Você é do FBI?

Ele assentiu.

— Porra! Que merda, Si. Você está armando para mim?

Inclinei a cabeça para trás.

— Tabby, foi você que veio aqui para me ver. Por que eu iria armar para você?

Ela enfiou os dedos no cabelo e olhou ao redor.

— Merda. Merda. Tenho que ir.

Agarrei seu pulso.

— Não, você precisa vir comigo para a sala dos fundos para que possamos conversar. Ligar para a Mama. Trazê-la aqui para ajudá-la. Querida, você está chapada e não está fazendo nenhum sentido. Parece que não come há um mês. Vamos. — Tentei convencê-la a vir comigo, mas ela puxou o braço.

— Si, a mamãe e as meninas não precisam de mim em suas

vidas. Eu estrago tudo. Tenho que ir! Vou ficar de olho em você, irmã, mas tenho que ir!

Me sentindo completamente sem esperança, eu a alcancei, mas ela me empurrou com força suficiente para que eu caísse para trás contra Jonah, que amorteceu minha queda.

Então, tão rápido quanto veio, ela desapareceu na multidão.

— Vá atrás dela! — gritei.

Ele balançou a cabeça.

— Linda, ela sumiu. Se foi. Uma mulher magra como essa pode desaparecer em plena luz do dia, especialmente se não quiser ser encontrada. E ela não parece querer, nem receber qualquer ajuda agora.

Eu me virei e coloquei o rosto no seu peito.

— Ela está usando de novo. Provavelmente vendendo também. Ela está mal.

— Vamos dar um jeito. Conversar com suas irmãs e sua mãe. Ver o que podemos fazer para colocá-la na reabilitação.

Balancei a cabeça.

— Ela já passou por duas. Achamos que esta última tinha funcionado. Ela não usava nada há dois anos, desde que saiu da reabilitação.

Ele balançou a cabeça.

— Não sei o que te dizer. Não conheço sua irmã, linda, mas por enquanto, tudo o que você pode fazer é orar e trazer as outras mulheres para isso.

— Sim, tenho que terminar o turno. — Meus ombros caíram quando o peso de saber que Tabby estava usando drogas novamente realmente me atingiu.

Mama ia ficar arrasada. Embora eu duvidasse que ela ficaria surpresa.

TREZE

— Ah, minha pobrezinha. — Mama Kerri andava de um lado para o outro no centro do apartamento em que estava hospedada no prédio de Sonia enquanto remexia as mãos.

Meu coração doeu ao vê-la daquela forma. A constante preocupação, angústia e medo de que uma jovem que ela criou, amou como se fosse sua e aceitou em sua vida como sua filha mais uma vez seguiu o caminho errado.

Jonah nos deixou. Foi para o corredor receber uma atualização de Ryan sobre o caso. Eu sabia que ele estava ansioso pelos resultados da autópsia de Helen, na esperança de que isso trouxesse novas pistas. Mesmo que não estivesse oficialmente no caso, eles o mantinham totalmente atualizado no caso de ele poder lançar alguma luz sobre algo novo.

Nos últimos seis meses, Jonah e Ryan estavam perseguindo o Estrangulador do Banco de Trás por Illinois. Na opinião deles, as mortes recentes de Katrina e Helen foram as primeiras que o Estrangulador havia escolhido pessoalmente. O resto parecia ser baseado na conveniência. Lugar errado, hora errada. Como eu. Agora, era como se o assassino tivesse se concentrado primeiro em Katrina, matando-a no meu apartamento e depois em Helen. Elas eram um aviso, em tom alto e claro de que o assassino estava ganhando tempo. Parecia que ele não gostava de pontas soltas e eu temia que o homem matasse mais pessoas que Jonah ou eu conhecíamos antes que ele terminasse.

— Que droga, Tabby — Charlie desabafou em um acesso de raiva. — Há alguma bebida neste lugar? Preciso de um drinque. — Ela foi para a cozinha, seu rabo de cavalo vermelho balançando junto com ela.

— Charlie — Mama a repreendeu, e ela murmurou um pedido de desculpas enquanto passava pela porta de vaivém da cozinha.

A sala era incomum e parecia focada em entretenimento, no espaço combinado de estar e jantar, com uma abertura no centro e perto da varanda. Havia três sofás de couro brancos formando um U na frente da lareira, que tinha uma TV de tela plana pendurada acima dela. Imaginei que poderia acomodar confortavelmente umas trinta pessoas. Ainda mais se abrisse as portas de correr para a ampla varanda, onde as pessoas podiam se misturar dentro e fora do lugar.

— Não tenho certeza do que podemos fazer neste momento — Sonia disse com um suspiro, os olhos colados ao telefone. Seu cabelo tinha um tom deslumbrante dourado. Um lado estava atrás da orelha, o outro roçando em sua bochecha em uma onda bem natural. Ela usava terno vermelho sexy pra caramba com debrum preto. Eu a amava de vermelho. Isso aumentava mil vezes o seu poder.

— Vou dar uns chutes naquela bunda magra, se eu colocar as mãos nela. — Blessing cruzou as pernas e franziu os lábios, toda atrevida e raivosa, pronta para bater em Tabitha.

Mama Kerri olhou para ela, que fechou a boca e olhou para mim.

— Estou com a Blessing. Essa garota precisa de um puxão de orelhas. Vocês deveriam tê-la visto. Estava terrível. Parecia doente e estava magra demais. Foi quase tão ruim quanto quando ela tinha dezoito anos e foi naquela rave. — Fiz uma careta lembrando daquele tempo horrível.

Mama Kerri tremeu como se estivesse com frio, depois pressionou a mão na testa.

— Por favor, Senhor, cuide da minha garota ou traga-a para casa, e eu farei isso. Apenas mantenha-a segura.

— *Si*. Concordo. Precisamos encontrá-la, mostrar a ela o quanto a amamos e precisamos dela em nossas vidas. Ajudá-la a nos escolher em vez das drogas. — Liliana enxugou uma lágrima.

Jonah entrou na sala. Seu rosto era uma máscara de severidade, com a mandíbula estava travada e o olhar escuro focado no meu.

Ontem à noite, depois do meu turno, eu mal estava me aguentando quando Jonah me levou para casa. Fui direto ao banheiro e escovei os dentes. De lá, tirei a blusa, sutiã e jeans, e bati na cama só de calcinha. Jonah me cobriu e foi fechar a casa antes de dormir. Não o senti se deitar na cama, nem se levantar esta manhã. Ele esteve taciturno e sério o dia todo, mesmo quando nos levou até o prédio de Sonia, onde todos estavam hospedados.

Genesis havia tirado uns dias de folga no Departamento de Saúde e Serviços Humanos, onde era assistente social. Seu trabalho era alocar crianças afastadas da família e órfãs em lares adotivos. Rory estava de joelhos colorindo um livro da Frozen na mesa de centro quadrada de vidro. Para uma criança de três anos, ela era muito comportada.

— Existem novos programas de reabilitação. Têm taxas de sucesso impressionantes. Embora não sejam apenas caros, mas fora do estado, e não permitem visitas de fontes externas, incluindo familiares. São profundamente imersivos. Tabitha teria que concordar com isso e assinar o contrato. Para casos graves como o dela, recomendam um ano inteiro de internação. Temos que ter em mente que ela já passou por duas antes. Ela pode não estar disposta. E isso se conseguirmos encontrá-la. — Genesis franziu a testa. Seu cabelo estava preso em uma longa trança francesa. Eu tinha inveja do seu cabelo, porque era marrom, sedoso, brilhante e perfeitamente liso.

— Bem, não sei o que dizer além de que eu vou pagar pela reabilitação desta vez. — Mama Kerri pagou a primeira e Sonia, a segunda. — Tenho bastante dinheiro no banco e não tenho muito tempo ou vontade de gastá-lo. Além disso, meu agente acabou de me arranjar um novo desfile em Mykonos, que vai pagar meu apartamento no centro da cidade.

— Garota, você está se dando bem, como deveria, com esse corpo sexy e bem torneado. — Charlie estalou os dedos e bateu com a mão na de Addison.

— Você é uma inspiração para as mulheres em todos os lugares, *hermana* — Liliana acrescentou.

— Obrigada, duende. — Addison piscou.

Liliana revirou os olhos e sorriu. Duende era um apelido comum para ela, porque tinha apenas um metro e sessenta. A menor de todas nós. A mulher era como uma linda boneca espanhola. As feições latinas perfeitas com seus cabelos escuros, curtos e encaracolados, queixo pontudo, lábios carnudos, maçãs do rosto arredondadas e pele da cor de uma praia de areia imaculada em uma mistura de coral com marrom claro.

— Falando em trabalho… — Addison se levantou, e a parte superior do seu corpo cedeu. — Tenho uma sessão de fotos marcada para os próximos dias em Nova York. Tenho que fazer as malas. Vou viajar esta noite.

O fato de ela ter que ir trabalhar tinha toda a nossa atenção, até mesmo a de Jonah, que se esgueirou ao meu lado, se sentou no braço da cadeira e colocou a mão em meu ombro. Enquanto ele ouvia a declaração dela, me segurou com mais força.

Ela estendeu as mãos.

— Não se preocupem, o cliente garantiu que um guarda-costas vai me buscar, me levar para o trabalho e para o aeroporto, e irá garantir que serei levada de volta em segurança ao meu hotel, todas as noites. Além disso, estarei fora do estado.

Jonah cruzou os braços.

— Não é perfeito, mas entendemos que vocês precisam viver

suas vidas. Por favor, forneça a Simone as informações sobre o guarda-costas e um relatório detalhado de sua agenda.

Addy assentiu, pegou a bolsa da mesa e deu um beijo na cabeça de Rory. Cada uma de nós se levantou e trocou abraços. No momento em que ela chegou a mim eu a abracei com força.

— Tenha cuidado. Estou falando, olhe por cima do ombro, nunca saia sozinha e não beba muito. Sei que você precisa se exibir para todas as pessoas glamourosas com quem trabalha, mas mais do que tudo, precisa estar atenta o tempo todo. Certo?

Ela me abraçou forte, em seguida beijou minha bochecha.

— Palavra de escoteira — ela riu.

— Você não foi escoteira! — resmunguei.

— Vou mandar notícias. Não se preocupe. — Addison empurrou seu longo cabelo castanho para trás. — Amo vocês, pessoal!

Depois de mais palavras de amor de todas nós, Addy se despediu, Jonah entrou e ela saiu.

— Temos mais algumas informações que gostaria de compartilhar, mas não é para ouvidos infantis. — Ele sorriu para Rory, que estava com a língua de fora enquanto pintava a pele de Elsa de marrom.

Genesis olhou por cima da cabeça da filha.

— Docinho, você sabe que a Elsa é branca, certo?

Blessing esticou o corpo para olhar a página e sorriu de um jeito presunçoso.

Rory franziu a testa e olhou por cima do ombro para a mãe.

— A tia Bless disse que também existem princesas negras.

Blessing riu.

— E me parece que você tem uma bela princesa afro-americana aí. Como você. — Ela bateu no nariz de Rory, que deu uma risadinha.

Genesis balançou a cabeça e sorriu.

— E ela é perfeita. Ótimo trabalho, docinho.

Rory sorriu e então bocejou e esfregou os olhos.

— Acho que já passou da hora da soneca de alguém. Que tal

a vovó colocar um filme e assistir um pouco com você? — Mama Kerri sugeriu.

Rory assentiu com entusiasmo.

— Dê tchau para suas tias e sua mãe, baby — ela instruiu.

— Amo vocês! — Ela acenou e pegou a mão da avó, entrando no corredor dos fundos que levava aos três quartos separados.

— Essa criança é dona da minha alma — Blessing disse.

— Não é? — Charlie concordou.

— Cem por cento — Liliana acrescentou.

— Com certeza. Você fez um trabalho muito bom com ela, Gen. Ela é inteligente e brilhante. E mesmo que seu pai esteja no exterior em missão e vocês dois não estejam mais juntos, ela parece super bem ajustada e feliz. Mas deve ser difícil fazer tudo sozinha.

Genesis assentiu.

— Alguns dias são mais difíceis que outros. Eu tenho a Mama Kerri, então pelo menos ela tem tempo com a família todos os dias, mas é difícil. E, claro, eu tenho todas vocês.

— Precisamos fazer mais para te ajudar a ter mais tempo para si. Quando tudo isso acabar, devemos conversar a esse respeito. Uma de nós pode ficar com ela por uma noite, a cada duas semanas. Para te dar um tempo para sair, soltar o cabelo...

— Conhecer um homem. — O tom de Charlie era cheio de insinuações. — Quando foi a última vez que você teve um encontro?

Genesis suspirou e desviou seu lindo olhar âmbar para o meu cara.

— Você não tinha algo para nos falar, Jonah?

Ele ficou onde estava e limpou a garganta.

— Os resultados preliminares da autópsia chegaram. A Helen foi estrangulada como suspeitávamos. Mas o legista encontrou, *ah*, algo realmente estranho. — Ele esfregou a nuca e respirou fundo, estremecendo. Falar sobre Helen devia ser difícil em um bom dia. Falar sobre a autopsia do seu corpo, muito pior.

— Está tudo bem, baby, tome seu tempo. — Passei a mão por sua coxa.

Ele cobriu minha mão com a sua e a segurou. Respirou fundo, enquanto olhava para o meu rosto. Sorri de leve e segurei sua mão, tentando passar para ele toda a força que eu tinha.

Ele engoliu em seco e umedeceu os lábios.

— Acontece que havia um pedaço de papel dobrado alojado em sua garganta.

— O quê? — Sonia perguntou, seu tom cauteloso.

— Sim, parece que foi colocado após a morte. — Ele estremeceu.

Blessing e Charlie fizeram cara feia, enquanto Liliana colocava ambas as mãos em posição de oração em seu peito.

Genesis apenas olhou para Jonah com uma expressão compassiva.

— Havia uma série de números e uma letra no papel.

— Você pode nos contar o que é? Ou é confidencial? — perguntei.

— Não, o Ryan e o diretor acham que é algum tipo de pista de onde ele está ou talvez conecte a uma vítima passada ou futura. Queríamos ver se os números fazem algum sentido para vocês. Tenham em mente que tudo isso é extremamente confidencial. O FBI não tem o hábito de compartilhar detalhes do caso com civis, mas com toda a honestidade, estamos em um beco sem saída. Isso é praticamente tudo o que temos, até recebermos o relatório toxicológico, e duvido que eles encontrem algo além de álcool, já que sabemos que ela estava no salão de bilhar.

Dei de ombros.

— Pode falar.

Jonah pegou seu telefone e leu o número.

— A121094.

— É isso? — Blessing perguntou. — Sem traços ou espaços? Os números todos juntos assim?

— Sim. Estamos pensando que talvez seja um endereço ou

algum tipo de identificação. Já verificamos carteiras de motorista e placas e temos uma lista de endereços que possuem variações dos números. Os policiais estão nas ruas, mas não acho que ele seria tão óbvio a ponto de nos dar um endereço ou um número de licença. Meu instinto diz que isso é uma pista para a próxima vítima ou alguém que ele já matou.

Liliana fechou os olhos e começou a rezar baixinho em espanhol.

— Isso é loucura, deixar números em uma folha de papel na boca de uma mulher morta. — Blessing ofegou e cobriu a boca respirando profundamente pelo nariz.

— Já que esse cara é obcecado por você e a Simone, esse número tem que se relacionar de alguma forma — Charlie disse. Ela pegou um giz de cera e uma página em branco no livro de colorir de Rory. — Qual é o número mesmo?

— A121094 — Jonah repetiu, e ela anotou.

Ela escreveu mais algumas vezes e rasgou os pedaços da página e deu um para cada uma de nós.

— Minha teoria é: continuem olhando para isso. Deixem sua mente vagar, então faça de novo. Talvez faça sentido em algum momento. Deve ser óbvio. Quero dizer, esse cara não sabe muito sobre a Simone. Talvez ele saiba mais sobre você? — Charlie continuou. — Meu palpite é que é algo supersimples e as chances são de que você esteja pensando muito fora da caixa. — Ela deu de ombros e bateu no pedaço rasgado que tinha guardado.

— Seria ótimo se todos pudessem pensar sobre isso. Revejam isso com sua mãe e Addison também. Vou compartilhar com meus pais e os dela para ver se a conexão está do meu lado ou do lado da Helen em vez do seu.

— Parece um bom plano. — Sonia se levantou. — Tenho que ir, o Quinn está esperando por mim. Tenho uma coletiva de imprensa sobre tudo isso. Seria possível falar com o agente Russell, talvez fazê-lo falar em nome do FBI?

Jonah esfregou a mão no queixo bem barbeado. Outra coisa

que ele cuidou antes que eu me levantasse, em vez de me acordar e ter um amasso matinal. Droga.

— Não sei. É tudo sigiloso…

— Temos que atender ao público. A imprensa está empolgada demais com o envolvimento de Simone e ela sendo minha irmã. E de acordo com o Quinn, algumas das revistas de fofoca já estão de olho no relacionamento de vocês. Há fotos de vocês entrando e saindo de sua casa, no mesmo carro. Descobriram que ela está hospedada em sua casa e chamando a coisa toda de triângulo amoroso de mau gosto. Isso não fica ruim só para você, como para o FBI.

— Não há nenhuma regra contra eu me apaixonar por uma sobrevivente — Jonah mencionou categoricamente.

— Ah, querido. Sobrevivente, em vez de vítima. Eu gosto disso. — Me levantei e passei o braço em suas costas. — No entanto, ela está certa. Se algo envolve Sonia, a imprensa enlouquece. E já que sou a garota selvagem enquanto ela é toda empertigada e comportada, é uma fofoca suculenta.

— Vou falar com o diretor e te retorno.

Isso acalmou Sonia e ela assentiu, abotoou o blazer e passou a mão pelas laterais do cabelo.

— Excelente. Aguardo notícias suas.

— O resto de vocês, por favor, fiquem dentro de casa e acompanhadas o máximo possível. Qualquer momento que puderem se ausentar do trabalho agora é um dia a mais que sua segurança está garantida. E falando em meu nome, do Ryan e do FBI, quero agradecer por manterem as coisas calmas e deslocarem suas vidas. Tenho certeza de que não está sendo fácil e sou grato a todas vocês.

Charlie saltou do sofá e puxou Jonah para um abraço.

— Não se preocupe, cara. Somos família. Fazemos o que precisa ser feito uma pela outra.

Blessing se levantou e estendeu a mão. Ela não era do tipo que abraçava qualquer um. Jonah ganharia seu carinho me tratando bem e ficando por aqui por um tempo.

— Estamos com você, irmão. — Ela apertou a mão dele. Isso era algo.

Liliana correu até mim e me abraçou com força e beijou minha bochecha, em seguida, ficou na ponta dos pés para abraçar Jonah, que se curvou para abraçá-la de volta. Ela também beijou sua bochecha.

— *Ve con Dios.* — Vá com Deus, ela disse e sorriu.

Genesis me deu um longo abraço.

— Você está bem, irmã? — Meu Deus, seus olhos âmbar eram hipnotizantes contra sua pele preta clara. Ela era tão bonita que às vezes me surpreendia.

— O Jonah está me protegendo. Estou bem, irmã.

— Certo — ela respirou fundo e soltou. — Vou ver a Mama e a Rory. Aposto que ela está dormindo e a Rory está acordada cantando as músicas.

Ri e vi quando ela deu um abraço em Jonah.

— Obrigada por manter minha irmã segura. Se houver alguma coisa que precise de mim ou que eu possa fazer no meu trabalho, não hesite em entrar em contato.

— Obrigado, Genesis. Isso é muito gentil. Às vezes, me deparo com algumas crianças rebeldes em meu trabalho que precisam de uma ajudinha.

— Estou à disposição. É só ligar.

— Agradeço.

Jonah se virou para mim, agora que as irmãs estavam se movendo para o que quer que fossem fazer.

— E agora, homem do FBI? — Envolvi os braços em seu pescoço e pressionei o corpo no seu.

— Depois da merda que aconteceu na Tracks ontem à noite, passei a gostar muito da ideia de você trabalhar na A+ Construction. Acho que poderíamos visitar meu pai, você poderia dar uma volta, conhecer alguns dos caras, bater papo com a Lisa, que é a pessoa que está na vaga agora, e talvez possamos acelerar essa mudança de emprego.

Arregalei os olhos porque eu senti como se tivesse sido espremida até o limite no nível da minha excitação. Eu não pude deixar de pular.

— Sério? Você acha que ele pode considerar me contratar antes que eu termine minha última matéria?

Ele enganchou o braço em volta dos meus ombros e beijou minha têmpora.

— Sim, linda, acho que ele percebeu o quanto você é animada, motivada, inteligente e o quanto significa para mim, e irá aproveitar a chance de trazê-la a bordo. Eu estava pensando que poderíamos discutir uma vaga de meio período com ele. Dessa forma, as outras horas do dia você pode se dedicar aos estudos e à floricultura até estar pronta para trabalhar em tempo integral. Isso também permitiria que você tivesse um mês inteiro de treinamento.

Eu sorri.

— E eu poderia sair da Tracks.

— E você pode sair da Tracks. — Ele sorriu.

— E ficar longe do Trey e suas mãos nervosas — acrescentei.

— Com certeza.

Eu cutuquei seu ombro.

— Não finja que esse não é o verdadeiro motivo…

Ele me levou para fora da porta e para o corredor.

— Você estar segura, trabalhando com pessoas em quem confio, é o objetivo. E isso vai ajudar meu pai. Ele merece.

— E o Luca? — perguntei por que não queria ficar cheia de dedos com Jonah. Eu não era assim, e ele deixou claro que queria que eu fosse honesta em todas as coisas.

Ele respirou fundo e soltou com um suspiro.

— Vou ter que lidar com isso.

Parei na frente do elevador.

— Querido, não quero que você tenha que lidar com nada extra. Se você não quiser que eu trabalhe com o Luca, eu não vou. Claro, parece uma oportunidade incrível, mas não vou arriscar nosso relacionamento por um trabalho em perspectiva. Não vale a pena para mim.

Jonah inclinou a cabeça para o lado.

— Simone, qual é o seu objetivo final? Seu cenário do tipo perfeito?

Apertei os lábios e pensei sobre isso por um momento, e então dei de ombros.

— Quero ter um bom emprego onde o trabalho que realizo seja importante para a empresa. Quero me sentir necessária. Quero fazer parte de uma equipe.

— Tudo factível. E sua vida pessoal?

Sorrio e coloco minhas mãos em seus bíceps.

— Quero ter um marido e filhos um dia. Deixar a Mama Kerri cuidar dos meus bebês enquanto eu trabalho, criá-los da mesma maneira que ela me criou, com amor e uma mão bondosa para a disciplina. E quero voltar para casa, ser mãe e esposa. Não quero mudar o mundo ou inventar a próxima melhor coisa. Só quero ganhar um bom salário por um dia de trabalho honesto e aproveitar meu tempo com a família. Ah, e talvez um cachorro. Eu gostaria muito de ter um cachorro. Os cães são incríveis. E você?

Antes que ele respondesse, seus lábios cobriram os meus. Ele me lambeu profundamente e manteve o beijo por tanto tempo que ouvimos as portas do elevador se abrirem e depois fecharem e o elevador voltar para baixo sem que estivéssemos dentro. Passei os braços ao redor de seu pescoço e mergulhei naquele beijo de Jonah, onde todas as coisas felizes e boas viviam.

Ele se afastou, mas manteve a testa encostada na minha.

— Fico me perguntando quando você vai se transformar.

— Me transformar? — ofeguei, ainda sem fôlego por seu beijo.

— Sim, se transformar em uma vaca, ficar carente, louca, ou qualquer uma das opções acima. Simone, você é perfeita demais para ser verdade, e estou tendo dificuldade em acreditar que tudo o que eu sempre quis acabou no meu colo durante um dos meus casos. Passei por um inferno com a Helen, linda. Desde que fui promovido, há cinco anos, tudo virou uma merda. Ela se tornou alguém que eu não reconhecia. E talvez isso tivesse a ver comigo. Estávamos juntos há tanto tempo que nos acostumamos um com o outro. Então, quando eu não estava presente o tempo todo, ela mudou. Ou talvez seja quem ela sempre foi, mas eu não vi. Seja qual for o caso, nunca me senti tão conectado com uma mulher. Tem certeza de que pode lidar com um homem cuja carreira fará com que você tenha muitos desses jantares sozinha com seus filhos?

Dei de ombros.

— Se meu marido estiver protegendo outras pessoas de serem mortas e tentando prender pessoas extremamente más por crimes que eu não gostaria que fossem cometidos com o meu pior inimigo, sim, tenho certeza de que ficaria bem. Eu sentiria muito a sua falta, mas isso só tornaria mais emocionante quando você chegasse em casa. Algo para se esperar. — Segurei sua bochecha. — Relacionamentos são difíceis. Deus sabe que eu tive minha parte. Mais do que meu quinhão para ser precisa. Embora eu nunca tenha me visto em um relacionamento a longo prazo, com crianças, como quando estou em seus braços. Você me faz ver um futuro. Um verdadeiro, que é todo meu. Um de minha autoria, e isso é algo para se ter em mente. Tenho certeza de que qualquer casamento é difícil, mas se você mantiver as linhas de comunicação abertas, tudo pode funcionar. Você só precisa estar disposto a tentar.

Ele me beijou novamente e mordeu meu lábio inferior. Senti meu corpo todo excitado.

— Podemos ir para a sua casa primeiro?

— Por quê? — Ele apertou o botão do elevador para trazê-lo de volta ao nosso andar.

Eu me contorci onde estava e mordi meu próprio lábio avaliando-o.

Ele balançou a cabeça.

— Ah, não. Sem chance. Se pararmos em casa, não vamos sair, e já decidi sobre a Tracks. Você não ama esse emprego. Não é o seu sonho. Não é nem um trampolim para o seu sonho, então precisamos que você encontre outras opções. E já que preciso falar com meu pai sobre os números, devemos ir lá primeiro.

Fiz beicinho.

— Certo. Arruíne toda a minha diversão.

— Nós vamos nos divertir, querida. Muito. Esta noite. Quando estivermos trancados em segurança em um hotel.

— Um hotel? — A surpresa no meu tom era óbvia.

— Não vou fazer amor com você pela primeira vez com o Ryan entrando em casa. Temo que eu possa apontar minha arma para ele.

Eu ri e as portas do elevador se abriram. Ele me levou para dentro.

— Este é um excelente plano. — Pisquei e olhei para seu rosto bonito.

Ele me deu um beijo nos lábios.

— Eu sei. Você. Eu. Sem interrupções. Jantar à luz de velas. Chocolates. Champanhe.

Eu cobri meu coração.

— Você tem um plano. Ainda assim, quero parar na sua casa no caminho. Pegar algo especial para vestir esta noite e uma muda de roupa.

Seus olhos ardiam com fogo incandescente com a quantidade de luxúria me queimando.

— Combinado.

— Algum pedido especial? — provoquei.

— Preto. Renda.

— Danadinho. — Sorri, sabendo exatamente o que eu ia vestir.

Jonah puxou o colarinho e ajustou sua virilha antes que o elevador se abrisse.

Esta noite, ia ser épico. Eu sabia.

CATORZE

A sede da A+ Construction ficava em uma parte mais antiga da cidade, a cerca de vinte minutos de Oak Park. A fachada era de janelas horizontais com ripas pintadas de verde, cercadas por tijolos e concreto de cor bege. Eu esperava algum tipo de armazém robusto e enferrujado, mas fiquei agradavelmente surpresa com a forma como a frente do prédio era um pouco contemporânea com um toque de charme do meio-oeste.

Jonah abriu a porta para mim e colocou a mão nas minhas costas quando entrei.

A recepção tinha uma parede em forma de meia-lua que separava o grande balcão da sala de espera. Seis poltronas e uma mesa de centro ficavam em um lado da sala. No outro canto, havia uma mesa bonita, com uma orquídea branca em cima e um espelho retangular de latão dourado pendurado na parede acima dela. Atrás do balcão da recepção eu podia ver escritórios com divisórias de vidro.

Luca estava de pé, segurando uma pasta de arquivo e discutindo algo com uma mulher asiática grávida. Levantei a mão e acenei. Luca sorriu, terminou a conversa e saiu do escritório da mulher. Ele caminhou pelo corredor até a porta que separava a recepção de onde estava a maior parte dos escritórios.

— Ei, eu ah, não esperava ver vocês dois tão cedo. Tudo certo?

Jonah apertou minha mão.

— Estou aqui para ver nosso pai. Ele disse à Simone que mostraria a empresa a ela. Se todos acharem que ela se encaixa bem, gostaria de ver se ele poderia contratá-la antes de ela terminar a última matéria. Talvez em horário parcial. Isso permitiria a ela tempo para estudar e se formar, ao mesmo tempo em que daria a Lisa tempo para treiná-la com antecedência para o cargo.

Luca piscou devagar e não disse nada por um bom tempo. Eu estava muito nervosa e tive que me impedir de vomitar todos os meus pensamentos a cem quilômetros por hora no silêncio pesado.

— Para ser honesto, nosso pai me contou sobre a ideia de a Simone trabalhar aqui, e eu não tinha certeza se você ficaria bem com isso. Considerando a nossa história.

— Talvez tenha sido uma má ideia. — Jonah resmungou e se virou para a entrada, mas passei o outro braço ao redor do seu e o segurei.

— Estou muito interessada em trabalhar com você e o Marco. Tenho muita experiência em atendimento ao cliente e gerenciava a Tracks sempre que a gerente estava doente ou de férias. Aprendo rápido, soou inteligente e você não vai encontrar alguém mais dedicada. E estou procurando uma posição em que possa ficar a longo prazo. Algo que irá apoiar o futuro que eu quero.

Jonah passou o braço sobre meus ombros.

— Espero que um pouco do que você quer no futuro me inclua, baby.

Eu sorri e lhe dei uma cotovelada nas costelas.

Jonah riu.

— Ai. Me desculpe. Está bem, está bem.

— Bem, você veio ao lugar certo. Nosso pai ficou encantado por você. Não parou de falar a seu respeito nos últimos dias. Por que você não vem comigo, e eu te apresento a Lisa e ao resto da equipe do escritório? A maioria dos homens está em projetos.

— Eles marcam ponto aqui?

Ele balançou a cabeça.

— Não. O escritório só abre as oito. Nossa equipe começa por volta das seis e meia ou sete da manhã, dependendo do clima e do que o local de trabalho implica. Confiamos neles para fazer seu trabalho e seguir a liderança de seu supervisor. Temos cinco deles. Cada pessoa tem uma equipe de quatro a cinco pessoas sob seu comando. Uma das supervisoras é mulher e temos duas operárias da construção.

— Que legal.

— As mulheres podem fazer quase tudo que um homem faz, mas nos concentramos nos pontos fortes de nossa equipe. A supervisora que temos é mais talentosa nos meandros dos projeto. Nós a enviamos para fazer sua mágica. Então a equipe dela faz o trabalho ou passamos para uma das outras equipes. Tudo depende do que é necessário. O trabalho determina os trabalhadores, se isso faz sentido.

Eu segui atrás de Luca enquanto ele falava, e Jonah nos seguiu sem interromper.

— Na verdade, faz todo o sentido. Você quer empregar as pessoas certas nas funções certas. Dessa forma, você obterá o melhor resultado.

— Falou como uma verdadeira gerente de negócios em treinamento — Luca brincou, e meu coração começou a bater forte. Quando ele olhou para frente, eu me virei e fiz um joinha para Jonah, que balançou a cabeça e revirou os olhos.

QUINZE

— Você acredita que o seu pai me contratou na hora? — Girei quando Jonah me conduziu pela porta do quarto do hotel, jogando minha bolsa na cadeira no canto. Depois, me joguei na cama king-size. O quarto era bonito, mas não ostentoso. Havia mesas de cabeceira pretas de laca com puxadores prateados e um abajur atarracado de base prateada em cada lado da cama.

Observei quando Jonah foi até um abajur e o acendeu, depois repetiu o processo no outro.

Do outro lado da cama, havia duas enormes janelas. Entre elas, tinha uma cômoda preta combinando com a TV de tela plana pendurada na parede acima. À esquerda da cama, havia uma porta que já estava aberta, que eu poderia dizer que levava a um banheiro grande, com uma banheira incrível que imaginei que duas pessoas poderiam caber com facilidade. Imaginar eu e Jonah na banheira me fez tremer com entusiasmo para continuar com as atividades desta noite.

Me levantei e fui até a cadeira onde estava minha bolsa, dançando ao fazê-lo.

Jonah se sentou na beirada da cama e riu.

— Você está muito feliz, linda.

Eu sorri e me virei.

— Demais! Você não sabe o que isso significa. Ele me disse

qual é o salário e é mais do que de todos os meus empregos juntos! Sabe o que isso significa? Poderei terminar meu curso, encontrar meu próprio apartamento, comprar alguns móveis e viver sem medo de onde meu próximo dólar virá. — Peguei o lindo roupão de cetim estilo quimono que tirei da bolsa e o segurei contra o peito. — E vou ter benefícios médicos! Não tenho plano de saúde desde que morei na Kerrighan House e tinha os planos de assistência do governo. Isso é demais!

Jonah deu um tapinha na cama ao lado dele.

— Venha aqui.

Larguei o quimono na bolsa e praticamente saltei para o lado dele. Em vez de me sentar ao seu lado, coloquei as mãos em seus ombros e me sentei em seu colo, com os joelhos nas laterais de seus quadris.

— Parece que desde o dia em que você entrou na minha vida, tudo está mudando para melhor. — Abaixei a cabeça e esfreguei meu nariz contra o dele. — Obrigada, Jonah.

Ele moveu as mãos de onde elas em meus quadris e as deslizou pelas minhas costelas e costas.

— Esse sorriso em seu rosto faz toda a merda que tive que passar valer a pena. Você ilumina minha vida, Simone. Me faz ver as coisas de forma diferente. Estou ansioso pelo futuro.

Passei os dedos pelo seu cabelo, e ele inclinou a cabeça para trás.

— Tem certeza de que está bem comigo trabalhando para seu pai e seu irmão?

Ele inalou tão profundamente que pude sentir seu peito se mover com a entrada de ar onde estávamos pressionados juntos.

— Não foi você que me disse que eu não podia deixar meu passado colorir meu futuro?

Eu sorri.

— Não exatamente com essas palavras, mas, sim. Não podemos pegar nada do passado e fazer tudo de novo. Só precisamos seguir em frente e fazer as melhores escolhas que pudermos para encontrar nossa felicidade.

— O que também significa que não posso condená-lo pelos pecados da minha ex-mulher — ele murmurou.

Cocei a parte de trás de sua cabeça, permitindo que minhas unhas arranhassem a tensão que eu sentia ali.

— Não foi de todo ruim, foi? Com a Helen.

Ele fechou os olhos e eu apoiei a testa na dele.

— Você não precisa falar sobre isso. Especialmente porque esta deveria ser a nossa noite, mas querido, você acabou de perdê-la novamente de uma maneira muito permanente. Não quero que você se faça de forte para mim, ou não compartilhe sua dor. Você teve uma vida antes de mim, e eu estou bem se você compartilhar tudo isso. Eu só quero saber se você está bem e quero te apoiar da melhor maneira que posso.

Jonah sorriu de leve e abriu os olhos.

— Estou bem e lidando com muito disso internamente. Não vou mentir e dizer que não faz mal que ela tenha deixado este mundo do jeito que fez, mas isso não depende de mim, de você ou de qualquer outra pessoa além do cretino que tirou a vida dela. — Ele me apertou mais. — Seria errado pedir para você ir ao funeral comigo?

Balancei a cabeça.

— De jeito nenhum. Ela foi uma parte importante da sua vida. E você sabe, não há problema em deixar de lado toda a maldade que existiu entre vocês dois no final e apenas lamentar pela mulher que você amou e com quem se casou.

Ele suspirou e senti seu hálito quente acariciar minha bochecha.

— Você é uma mulher incrível, Simone. Espero que saiba disso.

Eu sorri, segurei suas bochechas e inclinei sua cabeça para olhar para mim.

— Contanto que meu homem acredite, é o que importa — eu

disse e tomei sua boca em um beijo lento e profundo. Em pouco tempo ele caiu para trás, segurou minha bunda com as duas mãos grandes e me deixou assumir o comando.

Quando eu passei as mãos pelo seu peito em busca do botão da calça jeans, ele segurou meus pulsos e se sentou abruptamente.

— Não. Nada de ir mais longe. Vamos jantar aqui e estou ansioso para ver o que você planeja colocar debaixo daquele lindo roupão de cetim que estava nas suas mãos.

Eu ri e mordi meu lábio inferior. Ele segurou minha bochecha.

— Vou ter que começar a orar novamente — ele falou de repente.

Sua declaração me fez franzir a testa.

— Ah, tudo bem. Por quê?

Ele sorriu.

— Porque você é uma anomalia. Nunca conheci uma mulher como você. Alguém que parece combinar tão perfeitamente comigo. Confortável consigo mesma. Que leva a vida como ela vem.

— Humm, pode me bajular mais, baby. Eu gosto disso! — provoquei. — Mas você sabe que eu sou garantida, certo? Estou muito confiante de que quero pular em você mais do que você quer pular em mim. — Passei meu polegar em seu lábio inferior carnudo.

Jonah riu alto e por muito tempo depois que fiz minha reclamação.

— Nem de perto, Simone. Você se esquece de que faz mais de um ano desde que estive com uma mulher. Tenho certeza de que meu desejo de transar com você supera em muito qualquer coisa que você tenha inventado nessa sua imaginação selvagem. — Ele me beijou forte e rápido, puxando meu lábio inferior e soltando-o ir com um estalo.

Umedeci a carne aquecida, semicerrando os olhos, enquanto a luxúria tomava conta de mim.

— Se importa de pular o jantar?

Ele riu, se levantou e me deixou arrastar sua forma musculosa. Choraminguei como uma vadia devassa, mas pior, me senti como uma. Eu estava cem por cento pronta para jogar qualquer plano que ele tivesse pela janela e simplesmente montá-lo ali mesmo.

— Calma, baby. Vou pedir serviço de quarto.

Suspirei e respirei fundo, com os braços ainda em volta de sua cintura.

— Tudo bem. Só mais um beijo de derreter minha calcinha e então vou tomar um banho e deixar você pedir nossa comida. Combinado?

Ele sorriu, segurou a parte de trás da minha cabeça e sussurrou "combinado" contra meus lábios. Então ele me beijou. Durou muito tempo. Tanto, que minha calcinha ficou úmida, meu coração batia forte no peito e eu estava atordoada com o beijo de Jonah.

Jonah riu enquanto me acompanhava até o banheiro. Então ele me deixou lá dentro, saiu, pegou minha bolsa inteira e a trouxe para o balcão e a colocou em cima.

— Tem tudo de que precisa? — Ele segurou minha bochecha e eu segurei seu pau duro.

— Não chega nem perto, mas as coisas estão melhorando. — Passei a palma da minha mão sobre o comprimento escondido atrás de seu jeans. Ele gemeu e empurrou seus quadris contra a minha mão uma vez antes de recuar.

— Mulher, você testaria a paciência de um padre. Caramba — ele resmungou. — Sem pressa. Acho que vou precisar de um tempo para ficar calmo o suficiente para me sentar e comer ao seu lado. — Ele balançou a cabeça e saiu com um sorriso.

Fui até a porta e enrolei os dedos ao redor do batente.

— Desculpe, mas não sinto muito — gritei brincando e sorri quando o ouvi rindo enquanto pegava o telefone para pedir nosso jantar.

Quando saí do banheiro quarenta minutos depois, eu estava usando um sutiã de renda preto e fio dental combinando com meu quimono de cetim preto que tinha um desenho de dragão colorido cobrindo as costas inteiras. Flores brilhantes cobriam as mangas três quartos e a cintura era amarrada com uma enorme faixa vermelha que envolvia duplamente o corpo e que dava um laço nas costas. Pensei em colocar saltos, mas achei que seria um pouco clichê. Em vez disso, sequei o cabelo e deixei meu rosto limpo e hidratado. Depilei cada centímetro do meu corpo e passei loção para garantir que minha pele estivesse macia e com um cheiro fantástico.

Jonah estava sentado em uma mesa que havia sido colocada na extremidade oposta da sala com duas cadeiras de cada lado. Havia um par de castiçais em cima e duas travessas de prata cobertas com o que eu assumi ser o nosso jantar.

Ele se levantou e fiquei satisfeita ao descobrir que ele usava um par de calças largas de pijama cor de vinho e camiseta branca com decote em V. A camisa se agarrava à ampla extensão de seu peito e delineava os rígidos músculos abdominais abaixo.

Umedeci os lábios, cruzei os tornozelos e me encostei no batente da porta casualmente.

Ele me olhou da cabeça aos pés antes de sorrir.

— Vejo que você recebeu o memorando para se vestir adequamente para um jantar casual — ele disse e então piscou.

Eu ri, me afastei da porta e fui até a mesa. Ele puxou a cadeira e eu me sentei, permitindo que ele me ajudasse a me acomodar.

Com um floreio, ele removeu as tampas dos alimentos.

— Para seu prazer, o jantar desta noite — disse com um toque de cavalheirismo. — Temos filé mignon com cogumelos selvagens e um delicioso molho de vinho. Batatas gratinadas e legumes de época que são de morrer, madame. — Seus lábios se contraíram quando ele se curvou, bateu os calcanhares descalços e falhou em sua tentativa de manter a compostura.

Eu estava me deliciando. Amava esse lado divertido e bobo de Jonah. O homem era muitas vezes a pessoa mais séria do mundo. Saber que ele tinha esse lado despreocupado escondido sob toda aquela força, responsabilidade e inexpressividade era incrível e definitivamente bem-vindo.

— Muito obrigada, gentil senhor. Isso parece magnífico. — Imitei alguém que era rica, empertigada e metida enquanto levantava minha taça de vinho vazia. — Pode fazer a gentileza de encher meu copo?

— É claro, senhora, será um prazer. — Jonah sorriu e encheu minha taça e depois a sua antes de se sentar. Seu tom mudou no segundo em que pegou o garfo. — Droga, isso parece bom. Não percebi o quanto estava faminto até sentir o cheiro.

Eu levantei o vinho.

— Vamos brindar.

Ele levantou o dele.

— A quê?

— Encontrar o vilão e viver os melhores momentos das nossas vidas. — Abri um sorriso enorme.

— Isso é algo a se brindar. — Ele encostou sua taça na minha e nós dois bebemos.

Por alguns minutos, comemos em silêncio. Eu estava tão faminta quanto ele.

— Certo, já que tecnicamente esse é o encontro número dois, sendo o primeiro no Píer, sugiro que façamos perguntas um ao outro para acelerar a parte de conhecer um ao outro. — Principalmente porque iríamos para a cama esta noite. De jeito nenhum eu deixaria esse homem ir embora sem um orgasmo ou dois.

Jonah começou a rir e se recostou na cadeira.

— Eu começo a responder. O que você quer saber? — perguntou.

Mastiguei um pedaço de carne delicioso e inclinei a cabeça.

— Me diga algo de que você não gosta em si mesmo — pedi e peguei uma batata com queijo antes de colocá-la na boca.

— Indo direto para a matança, hein? — Ele abriu um sorrisinho.

Dei de ombros.

— Bom, você pode me dizer seu livro, música e filme favoritos, mas isso não me diz muito. Descobrir algo que você não gosta em si mesmo diz muito sobre o que você acha importante ou não.

Ele ergueu o garfo e mordeu o lábio inferior como se estivesse pensando em como responder à minha pergunta. O homem era muito sexy, e eu mal podia esperar para terminar o jantar e levar as coisas para o próximo nível. Se isso me tornava promíscua para alguns, eu não me importava. Eu estava em chamas pelo homem desde o segundo em que o abracei no hospital, depois que ele salvou minha vida. Além disso, eu nunca fui de me importar com o que os outros pensavam de mim. A vida era muito curta, e eu estava comprometida em realmente vivê-la ao máximo.

— Humm, acho que eu diria meu comportamento sério.

Fiz uma careta.

— Por que você acha que isso é uma falha?

— Não é exatamente uma falha, é mais como se pudesse afastar as pessoas. Não quero ser indiferente ou parecer duro e rude, mas sei que é assim que me veem a maior parte do tempo.

— Justo. As pessoas estão sempre pensando que sou muito despreocupada e selvagem, o que muitas vezes é a mesma coisa que dizem que amam em mim. Você não pode realmente ganhar.

— Dei de ombros.

Ele balançou sua cabeça.

— Não, você não pode.

— Minha teoria é que você apenas tem que aceitar o que não pode mudar, ou não quer mudar em si mesmo, e se cercar de pessoas que se importam com você pelo que e quem você é.

— Bom conselho. Certo, minha vez. O que você ama em si

mesma? — Ele usou minha mesma linha de questionamento, mas foi pelo caminho positivo.

Bebi um pouco mais do vinho delicioso.

— Quero dizer, além de levar as coisas com calma, eu tenho que dizer que gosto de todas as pessoas.

— Como assim?

— Bem, eu gosto que você seja sério, possessivo, um pouco alfa porque seu coração é bom. Tipo a Sonia. Vocês também têm muito em comum, na verdade. — Eu ri.

— Incrível, tenho muito em comum com a sua irmã. Isso é um bom presságio para minha masculinidade — ele gemeu.

Explodi em gargalhadas quando ele fez uma cara azeda.

— Não, você me entendeu mal. O que quero dizer é que sou o tipo de garota que apenas aprecia as pessoas por quem elas são. Tenho certeza de que tem muito a ver com o fato de ter crescido em uma casa com outras oito mulheres, mas gosto das diferenças entre as pessoas. Se fôssemos todos iguais, a vida seria extremamente chata. Eu não gosto de ficar entediada. Sempre tenho que seguir em frente, encontrar algo para fazer, ver, experimentar.

— Espero que possamos ter algumas de nossas próprias experiências especiais. — Sua voz baixou e tinha um tom sensual que fez meu sangue esquentar com antecipação.

Eu sorri.

— Ah, você não tem escolha, senhor. Quando não estiver em um caso ou fora da cidade, pode ter certeza de que estaremos nos divertindo. — Bati no prato com os dentes do garfo. — Quero dizer, eu não sou louca. Posso sossegar e relaxar com meu cara gostoso do FBI, mas estou ansiosa para compartilhar novas experiências com você.

Ele estendeu a mão e pegou a minha.

— Eu também, Simone.

— Certo, agora me diga algo que ninguém sabe a seu respeito. — Mordi o lábio inferior e balancei as sobrancelhas.

Ele balançou a cabeça e riu.

— Ah, deixe-me ver. Algo que ninguém sabe sobre mim. Você quer dizer algo que aconteceu no passado que me deixa envergonhado, ou algo estranho sobre mim que mantenho escondido, como meu sexto dedo do pé?

— Não acredito! Me deixe ver seus pés — soltei, empurrei a toalha de mesa branca para trás, e abaixei a cabeça por baixo da mesa para olhar para seus pés perfeitos com cinco dedos cada.

Voltei e olhei para seu rosto presunçoso enquanto ele se recostava e ria tanto que precisou segurar o estômago.

— Baby, você é muito fácil de provocar. Cara, eu não ria tanto assim há séculos.

Apertei os lábios e peguei meu vinho.

— Bem, pelo menos tem isso. Eu sou boa desportista. Quando as coisas são engraçadas, e eu admito. Você me pegou… por um segundo. Agora, fale! Me diga algo, qualquer coisa, que não saibam sobre você.

Ele inclinou um cotovelo sobre a mesa.

— Hum, estou pensando. Certo, já sei, mas você não pode, sob nenhuma circunstância, contar ao Ryan, ao meu irmão Luca ou ao meu pai. Entendeu?

Esfreguei as mãos como se ele fosse colocar algo super suculento em meu prato.

— Não contar para o seu melhor amigo, seu irmão ou seu pai. Pode deixar. — Fiz o sinal da cruz sobre meu coração. Isso não significava que eu não pudesse compartilhar com minhas irmãs, mas todas as mulheres faziam isso. Os homens tinham que esperar que suas mulheres falassem sobre eles com suas amigas.

Ele umedeceu os lábios e, por um momento, eu me distraí e meu coração começou a bater forte pensando em que outras coisas ele poderia lamber com aquela língua.

— Minha artista favorita, cantora, como você quiser chamar…

Eu sorri.

— Sim?

— É a Taylor Swift — ele deixou escapar.

Abri a boca e pisquei lentamente. Homem viril, cara gostoso do FBI, cheio de músculos, carregava um distintivo, uma arma, e perseguia caras bem malvados para viver amava Taylor Swift. Tanto que ele alegava que ela era sua artista e cantora favorita.

Meu silêncio deve tê-lo assustado, porque de repente, ele disse:

— Merda, eu não deveria ter contado isso.

Balancei a cabeça e levantei as mãos.

— Não, não. Estou feliz que você contou. Eu só precisei de um minuto para absorver isso. Não só é cativante... — Apertei os lábios porque eu mal conseguia segurar o riso. — Também é hilário! — Eu ri e ele gemeu.

— Vou me arrepender disso um dia. Eu sei. — Ele suspirou e esfregou as têmporas com o polegar e o indicador.

Acenei com a mão e tentei segurar o riso, que continuava a sair.

— Não, não. Estou apenas surpresa. Um cara grande e durão do FBI como você gosta da T-Swift. Também sou fã. Juro! — Segurei o riso e respirei pelo nariz para manter a boca fechada. — Você comprou o novo álbum sobre o qual todos estão falando?

— Sim, fiz o download. É realmente brilhante.

Eu ri, mas mantive sob controle.

— Depois disso, pode me perguntar o que quiser, e eu prometo responder tudo — falei de forma efusiva, querendo que ele se sentisse melhor por compartilhar um segredo tão engraçado.

Jonah contraiu os lábios.

— Você terminou de comer?

Assenti, peguei minha taça e estendi para ele. Ele voltou a encher as duas, adicionando o último restinho na minha.

Por um minuto inteiro ele me encarou, com uma sobrancelha escura erguida em um lado de sua testa. Eu adorava quando um homem podia fazer isso. Havia algo insanamente sexy nisso.

— Qual é a sua parte favorita do seu corpo? — Sua pergunta saiu em um tom mais baixo, que falava com a sedutora que todas as mulheres tinham escondidas dentro de si.

— Meus seios — respondi de forma honesta e imediata. Eu

sabia que a maioria das mulheres diria seus olhos, ou seu sorriso, talvez até seus cabelos. Essas eram todas boas características, mas eu tinha peitos incríveis e era muito orgulhosa deles.

Ele sorriu e seus olhos se aqueceram.

— Me mostre — ele provocou, como se eu não fosse mostrar.

Jonah era uma surpresa. Eu não era o tipo de mulher que desistiria de um desafio. Especialmente um que eu queria.

Peguei o vinho, levei-o aos lábios e engoli uma boa quantidade, depois me levantei e o coloquei sobre a mesa. Jonah virou a cadeira, se afastando da mesa e abrindo espaço. Ele cruzou os braços, esticou as pernas para a frente e se inclinou como se estivesse se preparando para assistir a um show.

Se ele queria um show, ele estava prestes a ter um.

— Meus peitos, é? Você quer vê-los?

— Com certeza. — Ele ergueu o queixo, o que tomei como encorajamento.

Alcancei minhas costas, desamarrei o laço e soltei a faixa da minha cintura, em seguida, deixei-a pendurada ao meu lado, o roupão aberto no centro.

Alguns centímetros da minha barriga nua e a combinação de sutiã e calcinha podiam ser vistos.

As narinas de Jonah se dilataram.

— Continue, linda. — Sua voz estava rouca e tinha aquele tom cada vez mais possessiva que fazia meus joelhos parecerem fracos.

Dei de ombros e o roupão caiu até meu cotovelo de um lado. Repeti o processo, mas mantive as mãos juntas, atrasando a visão completa até que ele estivesse ofegante.

Ele respirou fundo e se sentou. Colocou as mãos nas coxas e esfregou o tecido para cima e para baixo enquanto observava minha aparência seminua. Eu gostava de vê-lo ficar desequilibrado. Florescia como poder correndo em minhas veias, como se pequenos relâmpagos elétricos provocassem minhas terminações nervosas.

Eu o observei engolir em seco, seu pomo de Adão balançando sedutoramente.

O calor se acumulou entre minhas coxas e eu tremi.

— Tire isso, Simone — ele disse. Ele não pediu. Não, ele exigiu.

Dei a ele meu sorriso mais sensual e deixei meus braços caírem para os lados enquanto o cetim deslizava pelo meu corpo em uma carícia antes de se acumular ao redor dos meus pés.

Lá estava eu, nem mesmo uma pontada de modéstia, usando um sutiã de renda que exibia meus seios, levantando-os e fazendo-os parecer redondos e empinados, mantidos unidos por um largo laço de cetim amarrado no centro. Na parte de baixo eu usava uma calcinha que tinha dois laços de cetim na curva dos meus quadris. Bastava puxar os laços e a lingerie cairia no chão.

— Caramba, baby — ele grunhiu.

Sorri e caminhei lentamente para frente até que eu estava bem na frente de suas pernas separadas.

Surpreendentemente, ele segurou meus quadris primeiro e lentamente me girou até eu ficar de frente para a cama.

— Droga, mulher. — Ele gemeu e me chocou momentaneamente quando senti seu queixo na minha nádega antes de ele tocar a pele com os lábios. Antes que eu pudesse responder, ele arrastou os dentes sobre a carne e mordeu até que eu gritei.

— Puta merda. — Ele agarrou meus quadris com força e depois fez a mesma coisa do outro lado. — Sua bunda é magnífica.

Minha frequência cardíaca estava no teto e cada molécula dentro de mim estava focada na extensão da pele que ele estava adorando. Ele desceu mais o rosto e mordiscou, mordendo a curva da minha bunda onde encontrava minha coxa. Eu pulei com a sensação aguda, mas ele me segurou antes de me virar.

Seu olhar percorreu todo o meu corpo, como se estivesse me tocando.

Oscilei em seu aperto.

— Me toque — sussurrei.

Ele traçou as pontas dos dedos na minha clavícula, para baixo entre os meus seios, e sobre o meu ventre de forma muito breve contra a renda da minha calcinha.

Eu gemi.

— Jonah — implorei.

Ele moveu as mãos para o laço de cetim que prendia os bojos do sutiã. Puxou com força e eu ofeguei quando a renda caiu. Ele tirou o tecido dos meus ombros e a peça caiu no chão.

Seu foco estava centrado em meus seios quando ele deslizou as mãos para cima e sobre o meu estômago e finalmente segurou meus seios em suas mãos quentes.

— Você tem razão. — Ele passou os polegares nos mamilos e eu respirei fundo. — Esses seios são lindos, baby. Você deveria se orgulhar deles.

Engoli o sorriso enquanto ele brincava com meus seios, puxando as pontas até que o rosa pálido se transformasse em um tom rosado brilhante que queimava junto com cada puxão de seus dedos talentosos.

Ele deu-lhes um último beliscão delicioso antes de se mover para meus quadris. Tocou os laços de cada lado e seu olhar escuro se ergueu para encontrar o meu enquanto esperava para remover a última peça de roupa.

Eu estava respirando de forma irregular, mas assenti uma vez para seu pedido silencioso. Ele não esperou nem mais um segundo antes de puxar os dois laços e deixar o tecido cair no chão.

Seus dedos apertaram a carne dos meus quadris enquanto me puxava com força para frente e cobria meu sexo com sua boca.

No piloto automático, meu cérebro disse às minhas mãos para manter a cabeça focada onde eu estava experimentando esse prazer excepcional. Gemi e movi os quadris no ritmo de sua língua e lábios. Ele grunhiu contra minha carne, alcançou minha coxa e forçou meu pé no braço da cadeira, me abrindo bem na frente de seu rosto. Eu estava na altura perfeita para ser devorada.

Ele umedeceu os lábios, enquanto usava os polegares para me

abrir intimamente, e foi com tudo. Foi carnal, barulhento, intenso e selvagem de uma forma que me deixou saber que eu estava mal começando a conhecer o meu homem sério e alfa do FBI.

Jonah envolveu um de seus braços em torno de meus quadris e usou minha bunda como alavanca para empurrar sua língua mais fundo, tomando mais, tomando tudo.

Em poucos minutos eu estava gozando contra sua boca, gritando enquanto puxava seu rosto e ele se mantinha em mim até que cada última onda de prazer deixasse meu corpo.

Oscilei em seus braços, talvez até tenha desmaiado porque, de alguma forma, ele me levantou e minhas pernas se enrolaram em sua cintura enquanto ele me carregava para a cama.

Uma vez lá, ele me deitou com carinho e acenou para a mesa à minha direita. Virei a cabeça e vi que uma tira de preservativos havia sido colocada ali. Algo que ele devia ter cuidado quando eu estava tomando banho. Me virei e peguei a tira, arranquei um e abri. Quando me virei, Jonah havia tirado a camiseta e estava tirando a calça do pijama.

Seu pênis era longo, duro e estava úmido na ponta. Umedeci os lábios e me deitei.

— Venha em cima de mim, me deixe te chupar — implorei, e ele balançou a cabeça.

— Preciso te comer, linda. — Seus olhos normalmente castanhos estavam mais escuros, repletos de desejo e paixão. Eu poderia ter me afogado naquela escuridão e me sentido completa.

Entreguei-lhe o pacote de preservativos. Assisti com fascínio ávido quando ele o rolou em seu comprimento duro.

Gemi.

— Abra as pernas, baby. Me deixe entrar. — Aquele grunhido profundo seria o meu fim.

Quando ouvi, ofeguei e obedeci, abrindo bem minhas pernas sem nem mesmo uma pontada de restrição. Eu queria aquele pau duro dentro de mim, talvez até mais do que ele.

Ele caiu em cima de mim como um homem que não comia

há uma semana cairia sobre um bife suculento. Sua boca cobriu a minha, me lambendo profundamente quando ele alcançou entre nós, encaixou a ponta de seu pênis e me penetrou em um impulso lento e torturantemente intenso.

— Baby — ofeguei quando ele me penetrou até o fim absoluto e se uniu a mim, peito a peito, quadris a quadris, coração a coração.

Conectados.

Eu me senti gananciosa e lasciva, preenchida com seu pau, com minhas pernas bem abertas, seu peso me pressionando na cama até que eu mal conseguia respirar.

Eu não teria mudado um segundo disso.

Quando Jonah se levantou e saiu de mim, equilibrando seu peso em um antebraço na cama, seu olhar encontrou o meu. Em seus olhos eu vi o que eu estava dando a ele.

Vida.

Esperança.

Salvação.

Absolvição.

Um futuro juntos. Nada jamais se compararia à sensação de ter Jonah dentro de mim. De nós dois estamos conectados dessa maneira. Nunca mais. Ele foi feito para mim e eu sabia, sem sombra de dúvida, que eu fui feita para ele. Estava tudo lá, pintado em seu rosto, aberto e honesto para eu aceitar.

Passei uma perna ao redor de sua coxa, a outra eu segurei mais alto. Ele moveu um de seus braços e pressionou a mão na parte de trás daquela coxa, segurando-a para cima e para o lado, estocando o mais fundo que podia, me preenchendo de uma maneira que era uma mistura de prazer e dor que eu não sabia qual eu preferia mais. O que eu sabia era que eu não queria que ele parasse.

— Quero tudo, Simone. Quero tudo, cada centímetro seu — ele disse, sem explicar, mas eu sabia do que ele estava falando. Sabia o que atormentava esse homem que teve uma esposa traidora. Que viajava o mundo lidando com a escória da terra regularmente, não tendo um lugar seguro para pousar.

Ele me queria.

Queria um lugar seguro.

E naquele momento, jurei ser exatamente o que ele precisava.

— Pegue tudo. Tudo o que tenho. Quero dar tudo a você. — Confiei cegamente, sabendo que me entregar a um homem como ele, não haveria como voltar atrás. E eu não me importava. Eu queria ser tudo o que ele poderia querer e precisar.

Suas narinas se dilataram e ele grunhiu quando começou a entrar e sair de mim. Provando para si mesmo, ou para mim, o quanto este momento significava para ele.

— Puta merda, Simone — ele ofegou, entrando e saindo, se esfregando em meu clitóris inchado com cada impulso. Arqueei com a pressão, peguei tanto dele quanto dei de volta, cravando as unhas em seus ombros enquanto ele me comia, me levando a um lugar irracional e feliz que eu nunca mais queria deixar.

Levantei meu corpo, chupei seu pescoço, seu queixo, lábios e o que quer que eu pudesse alcançar enquanto ele nos levava cada vez mais ao estado de êxtase.

Envolvi as pernas ao redor de sua cintura, e ele me puxou para si, me fazendo ficar em seu colo. Seus quadris se ergueram com cada impulso, suas panturrilhas contra a cama enquanto ele estocava. Montei seu pau, com a cabeça inclinada para frente, nossas bocas unidas.

Ele me penetrou profundamente em um poderoso impulso, e eu fui ao céu. Travei o corpo dele com tanta força, que fiquei surpresa que ele ainda pudesse estocar em mim, forçando meu corpo a tomar seu comprimento rígido até que ele também alcançou o prazer em um rugido poderoso.

Jonah me abraçou com força, me grudando em sua frente enquanto ele tomava minha boca no beijo mais apaixonado da minha vida. Nossas línguas se enrolaram e fizeram amor da mesma forma poderosa que nossos corpos fizeram momentos antes, de forma selvagem e implacável. Completamente e com necessidade desenfreada.

Não sei quanto tempo ficamos juntos, ele amolecendo dentro de mim, minhas pernas travadas em torno de sua cintura fina, nossas bocas unidas, mas eventualmente ele caiu para o lado me levando consigo. Ele saiu de dentro de mim e me virou para encará-lo. Puxou os lençóis e o cobertor sobre nossos corpos e me puxou contra seu peito. Me aconcheguei contra seu calor, beijei-o e fechei os olhos.

— Durma, doce Simone. Vou acordá-la em breve para o segundo round.

Sorri contra sua pele e apaguei.

DEZESSEIS

Passamos o dia e a noite seguintes no quarto do hotel. Não queríamos deixar a segurança do quarto e nem estourar a pequena bolha de felicidade que construímos para nós. Jonah era insaciável. O que imagino que tenha muito a ver com o fato de eu estar mais do que disposta a retribuir todo o bem que ele me concedeu, mas também com o fato de ele não ter tido relações íntimas com uma mulher em mais de um ano. Pedimos serviço de quarto para todas as refeições e comemos com pouca roupa. Quando terminávamos, atacávamos um ao outro como se estivéssemos famintos. Era como se estivéssemos caminhando no deserto por um ano sem esperança de sermos salvos ou encontrar um pingo de conexão humana. Essa coisa entre nós dois era uma conexão viva.

Ele fez amor comigo como se fosse uma honra. Um presente.

Nos conectando de uma maneira que nunca encontrei com um homem. E de alguma forma através desse vínculo, nós dois nos sentimos salvos.

Honestamente, eu não sabia que estava vivendo pela metade, indo de emprego em emprego, apegada a um homem que não me amava e me traía repetidamente. Buscando cada dólar que eu podia na tentativa de fazer algo para a minha vida. Passei os últimos seis anos tentando concluir um curso de dois, aula por aula, ganhando centavos para conseguir.

Lutando era dizer o mínimo.

Sacrifício era tudo que eu conhecia.

Então veio Jonah.

Ele não apenas salvou minha vida fisicamente naquela noite, ele salvou minha alma.

Agora eu tinha um homem que se importava comigo e demonstrava isso. Protetor. Generoso. Gentil. E um mestre na cama. Eu tinha um novo emprego que começaria na segunda-feira de manhã, ganhando um salário maior do que eu esperava, e tinha mais uma matéria para concluir para me formar. Algo que o pai de Jonah ia me deixar fazer por duas horas por dia, durante o expediente. Ele disse que era preciso investir em seu pessoal e acreditava que eu era um investimento. Na verdade, fui eu que o convenci de que eu merecia tal investimento. E provaria isso. Eu pretendia trabalhar duro para a A+ Construction mostrando a ele, Luca, Jonah, Sonia e todas as minhas irmãs que eu poderia ter sucesso. Eu poderia transformar minha vida em algo que realmente valia a pena viver.

E tudo isso começava com Jonah.

O mesmo homem que estava despejando a água de uma esponja sobre meu peito nu. Ele se sentou atrás de mim na banheira gigantesca do hotel, comigo entre suas coxas abertas e de costas para ele. Seu pênis saciado, mas não por muito tempo. Minha parte feminina agradavelmente dolorida.

Descansei contra ele e suspirei. Nossa bolha estava prestes a estourar. Faltava uma hora para fazermos o checkout. Tínhamos que voltar ao mundo real. Assassinos em série. Uma irmã problemática. A morte de Helen. O FBI respirando em nossos pescoços e, claro, minha família que não estava apenas preocupada comigo, não estava segura.

— Sobre o que você está pensando? — Jonah traçou as gotas de água sobre um mamilo duro com a ponta do dedo.

— Em tudo o que temos que lidar quando saímos do nosso refúgio — falei e passei os dedos ao redor de sua rótula e observei as gotas de água caírem em uma extensão sedutora de carne masculina e musculosa.

Ele deu uma risadinha e eu a senti ecoar pelas minhas costas e meus membros em ondas prazerosas de contentamento.

Jonah passou os braços em volta de mim por trás em um abraço sensual, pressionando o queixo na curva do meu pescoço e descansando lá.

— Nós vamos encontrar nossa paz novamente, baby. Assim que tudo isso acabar. Enquanto isso, você fica comigo na casa do Ryan, quietinha. Vou te para o trabalho no seu primeiro dia, e meu pai e irmão vão garantir que nada aconteça com você. Eles já estão chateados por causa da Helen e cheios de tristeza por sua perda. Eles terão um cuidado extra com você.

— E você? O que vai fazer?

Ele se aconchegou contra a minha pele molhada e beijou meu pescoço.

— Vou tentar buscar qualquer informação que o Ryan precise. Posso não estar em campo oficialmente no caso, mas ainda posso ajudar a equipe em nossa sede em Chicago. Posso correr atrás de rastros de documentos, fazer ligações, conectar pontos. Tentar descobrir o próximo passo dele.

Assenti e suspirei.

— É domingo. O que a sua família está fazendo hoje?— ele perguntou.

— Normalmente, eu iria jantar na Kerrighan House. Mama sempre faz bastante comida e tentamos passar um tempo juntos. Você estaria interessado em jantar com minha mãe e irmãs?

Ele acariciou minha orelha e mordiscou a cartilagem ali.

— Eu poderia ser persuadido — Jonah disse naquele tom rouco que eu estava começando a aprender que era seu timbre de *estou pronto para te comer*.

Virei o corpo para encará-lo. Havia espaço suficiente na banheira para eu montar em seu colo. Seu pênis já estava ereto, duro e descansando contra seu abdômen.

— Você tem alguma ideia do quanto me excita que esteja sempre pronto para mim? — Cravei as unhas em seus ombros.

Ele sorriu, levantou as mãos e segurou meus seios. Acariciou os dois mamilos simultaneamente até que gemi, inclinando a cabeça para trás.

— Suba, Simone — ele encorajou antes de segurar meu seio esquerdo e colocá-lo em sua boca.

Por um minuto inteiro, eu quis sentir como ele estava faminto pelos meus seios. Agitando as pontas com a língua, chupando-as até que ficassem como frutinhas vermelhas brilhantes até que eu não aguentasse mais. Meu sexo apertou e pulsou, precisando dele para completar a conexão entre nós.

Fiquei de joelhos enquanto seus dentes arranhavam a ponta aquecida. O outro ele apertou com força suficiente para me fazer suspirar. Uma vez que eu estava encaixada sobre seu comprimento, desci, a água espirrando nas bordas da banheira enquanto eu fazia isso.

Nenhum de nós se importou.

Estabeleci um ritmo em levá-lo para dentro do meu corpo, subindo e descendo. Jonah segurou minha nuca e puxou minha cabeça para que pudesse me beijar.

Montei em meu homem, com sua boca colada à minha, nossas línguas emaranhadas, os dedos agarrando qualquer pele que pudéssemos encontrar, completamente perdidos um no outro. No momento em que um orgasmo me atingiu, Jonah estava com o rosto pressionado entre meus seios e tremores poderosos sacudiam seu corpo. Aguentei tudo isso, exultante com o êxtase claramente escrito em seu rosto.

No momento em que nós dois caímos na banheira de porcelana, havia apenas alguns centímetros de água nela.

Depois de limparmos a bagunça que fizemos, saímos do hotel. Estávamos agora subindo o elevador para o apartamento emprestado onde Mama Kerri e Genesis estavam hospedadas.

Gen nos deixou entrar com um sorriso em seu rosto deslumbrante, e fui imediatamente atropelada por um ciclone de três anos colidindo com minhas pernas.

— Tia Si, vamos comer pizza! — ela gritou, levantando os braços para que eu a abraçasse.

Eu a levantei e a coloquei no meu quadril.

— Que delícia. Você pediu?

Ela balançou a cabeça, os cachos cor de café expresso saltando por todos os lados.

— A nana e eu fizemos!

— Pizza caseira é a melhor. Colocou muito queijo? Você sabe que eu gosto de uma tonelada de queijo! — Fiz cócegas em seu estômago.

Rory assentiu várias vezes e riu antes de começar a se contorcer para ser colocada no chão. Eu atendi a seu pedido e ela correu até Blessing, que estava tomando uma taça de vinho, as pernas longas, escuras e nuas cruzadas no joelho, com um par de sandálias de couro de salto alto nos pés.

— Sapatos incríveis — falei.

Ela apontou para uma de suas pernas e avaliou seu próprio pé.

— Devo admitir que eles são fabulosos. — Ela me olhou de cima a baixo. — Parece que Simone teve um dia animado hoje. Hum-hummmm.

Abri a boca em choque e Jonah teve que disfarçar a risada com uma tosse.

Mama Kerri deu a volta no balcão da cozinha e semicerrou o olhar para Blessing.

— Não fique brava comigo por dizer a verdade. Falo o que

vejo. — Ela tomou um gole de vinho e ajeitou o cabelo como se fosse a rainha do castelo. Por outro lado, Blessing não poderia ter parecido mais majestosa com os cabelos crespos que ela arrumou perfeitamente, suas roupas impecáveis feitas sob medida e acessórios sempre deslumbrantes. Definitivamente valia a pena ser uma estilista procurada.

Do corredor, Charlie se apressou em cortar Mama.

— Ei, irmã — ela disse, então parou e me olhou de cima a baixo do mesmo jeito que Blessing tinha feito. Ela caminhou até mim com um sorriso enorme no rosto e levantou a mão para bater na minha. Eu não tinha outra escolha a não ser jogar junto. Todo mundo sabia que não se deixava a mão do outro no vácuo. Aposto que dava azar ou algo assim. De qualquer forma, eu não iria arriscar um potencial mau auguro. Já tive o suficiente para uma vida inteira. — Certo, Si. Você está absolutamente brilhante. — Ela ergueu a mão para Jonah, que riu, mas obedientemente a cumprimentou. — Bom homem. Selando o acordo. Eu gosto — Charlie acrescentou para o benefício de Jonah.

— Mama — gemi.

Ela sorriu e me abriu os braços. Fui direto e aninhei meu rosto contra seu cabelo loiro avermelhado. O perfume floral que eu associava a ela encheu meus pulmões e instantaneamente senti uma sensação de paz fluir sobre mim.

Mama Kerri recuou e segurou minhas bochechas.

— Como está minha garotinha?

— Ah, você sabe, apesar de ter um *serial killer* atrás de mim e da minha família, estou aguentando firme.

Ela sorriu e beijou minha testa.

— Bom. — Ela me soltou, foi até Jonah e o puxou para um abraço também. Meu coração inchou e tentei não demonstrar o quanto significava o fato de que ela estava aceitando meu novo namorado no grupo.

— E como está nosso herói favorito do FBI? Me parece

melhor. Sua pele certamente tem mais cor também. — Ela manteve as mãos em seus ombros para avaliá-lo. — Alguma dor residual?

Ele balançou a cabeça.

— Não, senhora. Estou indo bem. Sua filha tem cuidado bem de mim. Mas ouvi algo sobre pizzas caseiras de uma princesinha correndo por aqui… — Ele deixou as palavras morrerem.

— Pizza! — Rory gritou do outro lado da sala onde estava sentada ao lado de Liliana brincando de Barbie.

Acenei para Liliana, que sorriu, fazendo a Barbie acenar em seu nome. Isso fez Rory rir, o que assumi que era o ponto.

— Temos muitas pizzas. Tenho duas grandes na geladeira e mais duas prontas para assar. Gostaria de cerveja ou vinho?

— Vinho para mim, Mama, mas eu pego. Jonah?

— Cerveja para mim, linda — ele falou e me seguiu até a cozinha.

— Onde estão a Sonia e a Addy? — Nem perguntei sobre Tabitha. Todos nós sabíamos que ela estava nos evitando devido à sua recaída.

Jonah se sentou em uma das banquetas brancas de encosto alto no grande balcão curvo. Peguei uma Miller Lite da geladeira, abri a tampa e entreguei ao meu homem.

— Obrigado, baby. — Ele piscou. Me derreti. Meu coração batia em um ritmo feliz no peito enquanto eu sorria e dançava até onde as taças e o vinho já haviam sido colocados.

— Vejo que alguém está de bom humor. — Mama sorriu e me entregou sua taça para reabastecer.

— Sonia e Addy? — refiz a pergunta.

— A Sonia está bem aqui e precisa desesperadamente de vinho! — Minha irmã entrou na sala usando um terno preto justo com uma blusa de seda cinza. Ela tirou o blazer e o pendurou na cadeira ao lado de Jonah. — Olá, Jonah. Você está parecendo animado hoje.

Ele sorriu, em seguida, seu olhar encontrou o meu quando um sorriso sexy apareceu em seu rosto.

— Estou indo bem. Obrigado. Você parece bem esgotada.

— Argh. A imprensa está enlouquecendo com o Estrangulador do Banco de Trás e minha conexão familiar. O Ryan participou da coletiva de imprensa comigo hoje e atualizou o público o melhor que pudemos. Eles ainda estão famintos. — Ela suspirou longa e profundamente. — Simone, aquele vinho tem funil? Você poderia simplesmente colocar na minha boca e servir.

Eu ri e servi uma taça cheia para ela. Levei com cuidado até minha irmã e coloquei no balcão. Mal tocou o tampo antes que ela murmurasse:

— Deus abençoe. — Em seguida, ela pegou, tomando um gole de vinho. Estremeceu, mas repetiu o processo.

— Nós podemos tomar tequila se o seu dia foi tão ruim assim — provoquei.

Ela balançou a cabeça e tomou outro grande gole.

— Não. Estou bem. Só precisava começar a entorpecer as muitas vozes girando na minha cabeça.

Assenti, servi o vinho de Mama e o meu, depois entreguei o dela.

Mama tinha acabado de cortar a pizza e estava servindo fatias para Jonah e Sonia. Ela colocou de lado uma de queijo que ela havia cortado em três pedaços bem finos, então levou o prato para a mesa de vidro onde a cadeirinha de Rory já estava presa em uma das cadeiras de jantar chiques.

— Vamos, querida, a pizza está pronta.

— Você a mima, Mama. — Genesis entrou no espaço, seu longo cabelo escuro caindo lindamente pelas costas como uma cortina e o macacão branco que ela usava com um cinto dourado lhe deixava parecida com uma deusa dourada. Ela beijou nossa mãe na bochecha e então veio até mim e me envolveu em seus braços.

Eu a abracei enquanto Mama cuidava de Rory.

— Por que você acha que tive oito filhas? Multiplique isso por um ou dois e você terá de oito a dezesseis netos. Tenho o resto da minha vida para mimar meus netos e não há nada que vocês possam fazer sobre isso. — Ela deu um tapinha na bochecha de Rory e olhou para sua neta como se ela fizesse o sol se pôr a cada dia e a lua nascer a cada noite.

Não havia "adotadas" no mundo de Mama Kerri. Éramos suas garotas. Suas filhas. E quaisquer filhos que tivéssemos seriam seus netos. E nem uma palavra a influenciaria de forma diferente.

— Como você está, Si? — Genesis perguntou.

Eu a abracei forte.

— Bem. Muito bem.

— Simone, você não contou a elas suas novidades? — Jonah me lembrou enquanto dava uma mordida monstruosa na pizza e fechava os olhos como se tivesse acabado de provar um pouco do paraíso.

Minha temperatura subiu e senti um frio no estômago.

— Ah, meu Deus! Adivinha?

Blessing entrou na cozinha, pegou um prato e um pedaço de pizza de queijo, e enfiou uma quantidade nada feminina na boca.

— O quê? — ela perguntou com a boca cheia.

— Consegui um emprego novo! Com um salário de verdade e assistência médica. E vão me permitir terminar os estudos para me formar... tudo isso durante o horário de trabalho! Podem acreditar?

Sonia pousou a taça de vinho.

— Isso significa que você vai deixar o bar e o emprego de garçonete?

Assenti, animada.

— Sim! Bem, tecnicamente, já deixei o emprego de garçonete. Mas vou ligar para a Tracks amanhã. Provavelmente durante meu horário de almoço como gerente de escritório em treinamento na A+ Construction. — Elevei a voz com alegria.

Blessing estendeu a mão e eu bati com a minha. Genesis me abraçou forte.

— Isso é incrível, Simone. Estou muito orgulhosa de você. Sei que você estava passando por uma situação difícil, mesmo antes de todas essas coisas — ela acenou com a mão no ar para dar ênfase — acontecerem. Isso é incrível.

— Obrigada, Gen.

Sonia se levantou da cadeira e veio até mim com os braços abertos.

— Estou tão feliz por você. — Ela me puxou em seus braços e segurou firme.

Acariciei suas costas, mas ela continuou abraçada a mim.

— Odiei que você tivesse que trabalhar naquele bar no centro da cidade. Você finalmente será apreciada por suas habilidades e talentos. E o melhor de tudo, estará segura. — Ela soltou um suspiro enquanto olhava nos meus olhos. — Estou feliz por você, querida.

Eu sorri.

— Obrigada. Estou animada. Mas tenho que admitir, não consegui isso sozinha. A A+ Construction pertence ao pai e o irmão do Jonah. No entanto, ele nem sabia que conversei com o pai dele sobre terminar meus estudos e querer entrar na área de administração de empresas. Coincidiu de a gerente atual estar saindo de licença maternidade e não vai mais voltar.

Charlie entrou na cozinha, seu rabo de cavalo vermelho balançando com seus passos saltitantes parecendo bonito como um botão em seu jeans skinny, camiseta vintage apertada do Pink Floyd e pés descalços.

— Quem se importa de que forma você conseguiu o emprego? Tudo o que importa é que você conseguiu e vai arrasar no gerenciamento desse escritório. — Ela veio até mim e me deu um tapa no quadril. — Agora, onde está a Addy? Achei que o avião dela tivesse pousado ao meio-dia. São seis horas. — Ela fez uma careta.

Sonia pegou o telefone.

— Deixe-me verificar o voo dela.

Blessing bufou.

— É óbvio que você está de olho nisso.

Sonia olhou para Blessing.

— Neste momento, cuidado nunca é demais. — Ela continuou apertando botões enquanto o resto de nós comia a pizza.

Jonah recebeu uma ligação e apertou os olhos para o telefone.

— Ei, Ryan. Como vão as coisas? Ainda não há pistas sobre aquele número? — Ele balançou a cabeça e suspirou.

— Falando nisso... essa sequência numérica está me deixando louca. — Charlie tirou um pedaço de papel amassado do bolso. Reconheci como um dos papeis que ela entregou a cada uma de nós quando escreveu em giz de cera na sexta-feira. — A-1-2-1-0-9-4. — Ela leu cada número em voz alta.

Peguei a pizza vegetariana, capturando um grande pedaço de alcachofra e colocando na boca. Muito bom.

Charlie continuou.

— A-121-094 — ela disse.

— O voo pousou na hora certa — Sonia falou, ainda digitando no celular. — Mandei uma mensagem para ela vir para cá.

Assenti e tomei um gole de vinho.

Charlie falou em voz alta novamente, determinada a descobrir o código.

— A-12-10-94?

— É o aniversário da Addison. — Mama Kerri sorriu e se encaixou entre nós para olhar para o pedaço de papel. — Sim. Ela nasceu em 10 de dezembro de 1994. A de Addison, certo? Eu amo quebra-cabeças — ela falou animada, não percebendo o que tinha dito enquanto ia até o forno e pegava a segunda pizza quente.

— Ryan, espere aí, cara. O que você disse? — Jonah segurou o telefone longe da orelha. — Sra. Kerrighan. Você acabou de dizer que esse número é a data de aniversário da Addison?

Minha pele se arrepiou. Comecei a tremer.

— E ela não está aqui. — Genesis ofegou, em seguida, colocou os braços em volta de mim. — Ela está atrasada. Por que ela está atrasada?

— Não... — murmurei e olhei nos olhos de Jonah, contando a ele todos os medos que eu tinha com aquele único olhar.

Blessing jogou o prato no balcão e puxou o telefone do bolso de trás. Ela apertou furiosamente uma série de botões, em seguida, colocou o telefone no ouvido.

— Addy, é melhor você me ligar assim que receber esta mensagem. Estamos assustadas pra cacete, irmã! Estamos no apartamento da Mama Kerri, no prédio da Sonia. Ligue para mim — ela grunhiu e depois desligou. Seu peito se moveu para cima e para baixo, seu olhar escuro focado e temeroso.

Meus olhos se encheram de lágrimas quando a possibilidade do que aquele número poderia significar passou pela minha cabeça.

— Sim. Eu sei todos os aniversários das minhas filhas de cor. Toda mãe sabe. Por quê? — Mama se virou e notou como a vibração se tornou densa de emoção e repleta de medo. — O que está acontecendo?

Charlie engoliu em seco.

— Nenhuma de nós te mostrou esse número antes. — Charlie fechou os olhos e uma lágrima escorreu por sua bochecha. — Está tudo bem. Não. Está tudo bem. Provavelmente estamos errados. Recebemos este bilhete na sexta-feira. É domingo, e a Addison estava em Nova York. Segura e em Nova York. Com um guarda-costas.

Sonia estava com o telefone no ouvido e estava falando.

— Sim, olá, aqui é a senadora Wright. Meu assistente contratou seus serviços para proteger minha irmã. Ela é uma modelo conhecida. Addison Michaels Kerrighan? Sim, é ela. Sim, eu sei que ela é muito bonita. Você pode procurar a equipe dela e me informar onde eles estão ou me passar o contato? Tememos que ela possa ter sido interceptada por um criminoso, razão exata pela qual contratamos sua agência. Sim, claro que posso esperar enquanto você procura. — Os olhos azuis brilhantes de Sonia encaravam os meus.

Jonah falou baixinho com Ryan, mas seu olhar estava em Sonia. Todos os olhos estavam.

— Ele não fez o *check-in*? No aeroporto? O carro de aluguel ainda está lá. Bem, você pode me passar o contato? — A voz de Sonia perdeu qualquer senso de paciência ou calma, seu medo refletido em seu tom.

— Dê-me o telefone, Sonia — Jonah exigiu.

Ela o colocou em sua mão. Seu rosto estava pálido e seus olhos combinando com os meus, se enchendo de lágrimas.

— Sim, aqui é o agente Fontaine do FBI. Vou precisar falar com seu gerente. Vamos precisar de uma localização exata do carro e do motorista. Agora.

Jonah pegou o telefone de Sonia e saiu da cozinha em direção aos quartos.

Quinn correu para a cozinha.

— A Addison não voltou de viagem. Deixei o Niko em casa, caso ela apareça. Qual é a situação? Recebi sua mensagem de que ela está desaparecida.

Sonia umedeceu os lábios e falou com um tom claro e conciso. Era sua voz de senadora.

— A Addison deveria chegar ao meio-dia. O avião dela pousou. Nenhuma de nós teve notícias. A Mama Kerri descobriu que o código que o Estrangulador do Banco de trás colocou na boca de Helen depois de matá-la era o aniversário da Addison.

Quinn ofegou, apoiando a mão trêmula sobre o coração. Mama Kerri apoiou o corpo na beirada do balcão. Eu soltei Genesis, fui até ela e passei os braços ao seu redor, apoiando o queixo em seu pescoço.

— O Jonah e o Ryan vão descobrir o que está acontecendo. Talvez estejamos erradas e ela tenha ficado em Nova York. Talvez tenha pegado um engarrafamento. Pode ser...

Mama Kerri balançou a cabeça, seu corpo tremendo incontrolavelmente enquanto seus dedos ficavam brancos com o esforço de se manter de pé.

— Ele está com a minha filha. Um louco está com a minha Addy.

DEZESSETE

— Tabby, querida, se você receber esta mensagem, por favor, ligue para uma de nós. O homem que tentou me machucar pode estar com a Addy, Tab. Estou assustada. A Mama está surtando. Estamos com medo. Se você puder encontrar uma maneira de nos ligar ou enviar uma mensagem de texto, nos deixe saber que você está bem... — Tremi e apertei o telefone no ouvido. — Só preciso saber que você está segura. Eu te amo, Tab. Todos nós amamos, irmã.

Jonah envolveu minha cintura por trás. Eu estava me escondendo na varanda, olhando para a cidade de Chicago. Nem o ouvi chegar. A cidade era linda lá de cima. Prédios se projetavam para o céu como peças de Lego empilhadas em todas as cores, formas e tamanhos. Luzes brilhavam nas janelas retangulares em vários tons de branco, amarelo e dourado. Faróis dos carros e os táxis amarelos brilhantes seguiam como lagartas pelas ruas movimentadas.

A vida continuava enquanto a nossa estava parada.

A espera era a coisa mais difícil e algo dentro de mim sabia que só ia piorar com o que quer que Jonah tivesse vindo aqui para me dizer.

— Baby... — ele me abraçou.

— Você tem notícias — sussurrei ao vento e a brisa se foi com ela.

— Tenho más notícias, linda. Precisamos reunir todas vocês. — Ele me abraçou mais apertado.

— Ela está morta? — perguntei enquanto uma dor inacreditável rasgava meu coração, me lembrando do dia em que perdi meus pais naquele incêndio horrível. Como a dor física de escorregar pelo telhado da minha primeira casa de infância. As chamas haviam engolido cada centímetro do corredor do lado de fora do nosso quarto. Sonia me acordou e me empurrou pela janela para o ar frio da noite. Eu estava com tanto medo. Gritando por meus pais, minhas coxas e pernas raspando cada telha enquanto descíamos pela lateral do telhado do primeiro andar. Chamas crepitavam em nossos ouvidos enquanto brasas e cinzas tocavam na pele macia dos meus braços à medida que escapávamos por pouco do fogo que tirou a vida dos meus pais.

— Simone — ele sussurrou contra meu pescoço me trazendo de volta enquanto eu tremia em seus braços.

— Minha irmã está morta? — ofeguei, olhando para o horizonte e observando a escuridão, minha visão focada em um único centímetro quadrado de luz à distância enquanto esperava para ouvir se minha irmã ainda estava respirando.

— Não sabemos. Ela não estava no carro. Vamos. Não quero repetir o que tenho a dizer, linda. Neste ponto… — Sua voz falhou, a única dica de que a informação que ele tinha para compartilhar o estava destruindo. Ele respirou fundo. — Neste ponto, não parece bom — finalizou.

Fechei os olhos e deixei a dor me preencher. Era a única coisa que me manteria de pé. Se eu sucumbisse à dor, isso me levaria embora. Agora, por Addison, por minhas irmãs, por Mama Kerri, eu tinha que ser o mais forte possível. Segurei minha dor e cravei as unhas em minhas mãos, perfurando minhas palmas até que a dor se transformou em raiva e não em tristeza.

— Vamos lá. — Eu me virei e comecei a entrar no apartamento. Jonah segurou minha mão, entrelaçou nossos dedos e pressionou minha palma dolorida contra a sua.

Suspirei quando nossa conexão passou por nossas mãos me lembrando de sua presença. De sua lealdade. Seu compromisso comigo. Conosco.

— Você não está sozinha nessa. — Seu olhar escuro estava cravado no meu, com muita compaixão preenchendo-o. Muita. Tive que segurar a raiva, a dor.

— Eu sei. Eu tenho minha família. — A declaração saiu sem emoção. Este não era o momento para emoções. Este era o momento da ação.

— E você me tem, Simone. A mim. Estou aqui. Bem aqui. De pé na sua frente. Vivo. Lutando ao seu lado. — Sua expressão estava devastada com desconforto e desespero. Ele provavelmente também estava se segurando por um fio. A corda fina que construímos entre nós desde que tudo começou, me fez lembrar da minha âncora.

Jonah.

Apertei sua mão e segurei as lágrimas. Assenti brevemente e abri a porta da varanda.

Entramos na sala de mãos dadas.

Mama Kerri ergueu a cabeça do ombro de Blessing. Liliana estava sentada do outro lado, as duas segurando as mãos de nossa mãe.

— Você a encontrou no aeroporto? Ele está com ela? — ela perguntou.

— O FBI encontrou o carro, mas nenhum sinal de Addison. — As palavras de Jonah foram gentis, mas diretas.

— O que isso significa? — Genesis perguntou baixinho.

Jonah limpou a garganta e esfregou a nuca com a mão livre, mas segurou uma das minhas.

— Infelizmente, encontramos o guarda-costas dela no porta-malas do carro. Ele foi estrangulado com a mesma ferramenta que o Estrangulador do Banco de Trás usou em quase todas as outras vítimas. O carro foi movido e abandonado em um estacionamento rotativo. O FBI conseguiu com o aeroporto acesso as câmeras de segurança. As gravações mostram um homem branco, com bigode e barba escuros e um chapéu, parado na retirada de bagagens ao mesmo tempo em que a Addison saiu do aeroporto. Ele saiu, mostrou-lhe uma placa com o nome dela. Pegou sua bagagem e a colocou no porta-malas do carro. A placa estava coberta com um pedaço de papel, com um número falso. Addison entrou no banco de trás e o homem foi embora. Não temos mais do que isso no momento, mas posso prometer que o FBI está com todos os homens nas proximidades e os policiais à espreita.

Soltei a mão de Jonah e fui direto para a cozinha, abrindo todos os armários até encontrar o que estava procurando. A bebida. Puxei a tequila e tomei direto da garrafa. Do outro cômodo eu podia ouvir minhas irmãs chorando e sussurrando palavras suaves umas para as outras.

A raiva correu pelo meu sangue quando peguei um copo e despejei quatro dedos de tequila pura e depois tomei um gole e deixei queimar minha garganta e estômago enquanto descia.

O que a Addy estava passando agora? Será que ele a nocauteou? Já a estrangulou? Ou ele a estava segurando como isca?

Qual era o plano dele?

Eu podia ouvir Jonah murmurando baixinho para minhas irmãs e minha mãe.

Jonah.

Meu Deus, a ex-mulher do homem havia sido morta há alguns dias atrás e agora ele estava lidando com o sequestro da irmã de sua namorada.

Fechei os olhos e levantei a bebida, tomando um pouco mais.

— É melhor você ter o suficiente para mim, irmã. — Blessing entrou na cozinha e se inclinou de costas para o balcão que eu estava na frente.

Entreguei meu copo a ela com dois dedos ainda dentro. Ela segurou e virou o copo de uma vez.

— Puta merda — ela grunhiu. — Vou ligar para o meu pai. Fazer com que ele e seus irmãos de gangue procurem um carro de aluguel preto com um cara branco nele carregando uma linda morena por aí.

Estendi a mão e agarrei seu pulso.

— Não tenho certeza se isso vai ajudar. E você sabe que é um risco toda vez que se aproxima de seu pai, especialmente se estiver pedindo ajuda para uma gangue. Queremos você longe de Tyrell Jones e seus capangas e ele também quer você longe dessa vida. Caso contrário, não teria deixado nada impedi-lo de te tirar da Casa Kerrighan todos esses anos atrás. Ele não teria feito aquele acordo com Mama Kerri. Afastá-la daquela gangue foi a única coisa certa que ele fez pela filha em toda a vida. Não estrague isso agora.

Ela colocou o copo na mesa, pegou a garrafa de tequila e se serviu de novo. Tomou outro gole, depois passou de volta para mim.

— Tenho que fazer alguma coisa, mana. — Ela apertou os lábios, mas seus olhos se encheram de lágrimas. Ela estava sofrendo tanto quanto todos nós.

Blessing Jones-Kerrighan era uma empresária negra, bonita, que não aceitava merda nenhuma. Ela não deixava ninguém mexer com ela ou com qualquer um de nós. Ela viu sua mãe ser assassinada bem na frente de seus olhos quando menina. Seu pai tinha sido e ainda era chefão de uma das gangues de Chicago. Após o assassinato da mãe, o Serviço de Proteção à Criança se envolveu. Eles precisavam garantir a segurança de Blessing. Foi quando Mama Kerri a aceitou. Não foi fácil no começo. Ela era uma criança de rua que tinha vivido uma vida difícil até os dez anos. Se meteu em todos os tipos de problemas até que Mama Kerri lhe mostrou outra maneira de viver. O jeito de Mama era amor, bondade e irmandade. Eventualmente, Blessing se tornou a fashionista de sucesso que era hoje. Mas vendo aquele olhar vazio em seus olhos, eu sabia que ela não ia deixar isso de lado.

Segurei sua mão.

— Me prometa que dará ao FBI um dia inteiro antes de fazer qualquer coisa.

Ela franziu a testa, pegou a tequila de volta e bebeu. Seu olhar negro como carvão veio até mim e ela apontou um dedo acusador ao redor do copo.

— Eles têm vinte e quatro horas.

Fechei meus olhos.

— Obrigada, Blessing.

Ela inclinou a cabeça.

— Não me agradeça ainda. Se vinte e quatro horas se passarem e não tivermos notícias da Addison, vou ligar para o Tyrell. Não há nada que vocês possam fazer para me impedir. — Ela me entregou o copo e voltou para a sala.

Olhei para meus pés descalços e rezei.

— Deus, farei o que for preciso. Qualquer coisa para trazer a Addison de volta. Eu só preciso de um sinal. Por favor, me mande um sinal. — Fechei os olhos. — Por favor, mantenha Addison segura até que a ajuda chegue.

Mama Kerri, Genesis, Liliana e Charlie estavam na cama king size amontoadas em torno de Rory que estava dormindo. Não tenho certeza se alguma delas dormiu, mas foi uma noite inteira sem notícias.

Olhei para o relógio. Cinco em ponto.

Sonia estava enrolada em um canto do sofá, digitando em seu telefone. Imaginei que estava fazendo coisas de trabalho. Ou talvez estivesse jogando. Blessing estava deitada, com a cabeça no colo de Sonia, os olhos grudados no noticiário.

Dezesseis horas.

Um louco estava com Addison por dezesseis horas.

Jonah estava na varanda, com o telefone grudado no ouvido, que era como ele ficou a maior parte da noite.

Quanto a mim, eu estava entorpecida.

Minha raiva se foi.

A dor, desapareceu.

A tristeza, passou.

Eu estava vazia.

Mover meu corpo para a cozinha era o maior esforço que eu poderia fazer. Encontrei o armário que continha o café e os filtros de papel e os coloquei antes de pegar o bule. Enchi de água e estava quase terminando de despejá-lo no recipiente de café quando senti meu telefone vibrou com uma mensagem de texto.

Peguei o mais rápido que pude. Todos que eu amava, além de Tabby e Addison, estavam aqui.

Era de Tabby. Cobri a boca com a mão e li o que dizia.

Estou bem. Não se preocupe. Estou de olho. Até mais tarde. Amo vocês.

Assenti e li suas palavras pelo menos mais cinco vezes. Ela estava de olho? O que isso significava? Meus ombros caíram e eu suspirei, tentando me concentrar na única coisa que eu entendia. Ela estava bem e nos amava. Desejei que ela estivesse aqui conosco, mas certas coisas não eram passíveis de escolha. Ao menos, saber que ela não estava nas mãos do Estrangulador do Banco de Trás era uma pequena vitória e eu aceitaria qualquer uma que pudesse ter.

Rapidamente, respondi.

Obrigada, Tab. Fique em segurança. Eu te amo. Todas nós amamos. Sempre. Venha para casa logo.

Liguei o café e verifiquei a geladeira. Havia frutas cortadas, ovos, bacon e todos os acompanhamentos padrão. Mesmo que eu não estivesse com fome, pensei que talvez pudesse preparar algo para todos.

Enquanto eu vasculhava os armários para ver se havia mistura para panquecas, porque Mama Kerri sempre tinha isso, meu telefone tocou novamente.

Esperava que fosse Tabby dizendo que tinha mudado de ideia e estava vindo agora quando notei que era de Addison.

Cliquei no ícone de mensagem tão rápido, que tive que morder a língua para não gritar com o que vi. Não era uma mensagem, era um vídeo.

Addison estava amarrada em uma cadeira em um espaço escuro. Suas mechas marrons e douradas estavam pegajosas e molhadas. Havia uma coisa suja, tipo uma bandana, amarrada em sua boca. Seus dentes totalmente brancos estavam mordendo o pano. Seu rosto estava coberto de sujeira, fuligem e suor. Seus braços estavam amarrados às grades de madeira da cadeira em que ela estava, com os antebraços voltados para cima. As duas mãos estavam fechadas, com os nós dos dedos brancos com o quanto ela estava apertando.

Semicerrei os olhos para tentar ver melhor, e notei que a parte interna de seus antebraços estavam sangrando e escurecidos em forma circulares. Então, do nada, uma mão enluvada apareceu no vídeo, segurando um cigarro aceso. Addy começou a se mexer desesperadamente tentando mover o corpo para trás e para longe da brasa de ponta vermelha.

Enquanto eu assistia com horror, a mão virou o cigarro e pressionou a ponta quente no braço de Addison. O som do telefone não estava ligado, mas juro que podia ouvi-la gritando. Aquilo reverberou dentro do meu peito até que eu estava praticamente hiperventilando. Ainda assim, meus olhos estavam grudados na imagem diante de mim. Addison olhava direto para a câmera e seus olhos verdes normalmente deslumbrantes estavam vazios, a luz que sempre brilhava estava completamente apagada, desprovida de qualquer coisa além de dor extrema.

Lágrimas escorriam pelo meu rosto quando o cigarro que havia sido apagado na pele da minha irmã caiu no chão. Em seguida, um pedaço de papel branco foi erguido.

O bilhete dizia três palavras.

Você por ela.

O vídeo terminou e meu telefone tocou com um texto.

Vá para o seu apartamento.

Sozinha.

Agora.

Isso era tudo. Meu corpo inteiro tremeu tanto que caí no chão de ladrilhos. Ele me queria em troca dela.

— Simone! — Jonah gritou, caindo de joelhos, uma mão segurando meu rosto, a outra meu ombro. — Baby, o que há de errado?

Abri e fechei a boca enquanto minha visão escurecia e voltava. Até que tudo ficou preto.

Quando acordei, estava deitada no sofá, com um pano frio na testa, Sonia acariciava meu cabelo com lágrimas em seus lindos olhos azuis. Jonah andava atrás do sofá. Minhas irmãs e minha mãe estavam todas amontoadas ao meu redor com expressões de preocupação estampadas em seus rostos bonitos.

Então me dei conta. Eu tinha que ir para o meu antigo apartamento. Agora.

— Tenho que ir! — falei e tentei me sentar.

Meu corpo ainda tremia e meus dentes batiam.

— Você precisa ficar aí sentada — Blessing exigiu em um grunhido, andando do outro lado do sofá, esfregando as mãos nas laterais de seus quadris.

Balancei a cabeça.

— Não, você não entende. Tenho que ir a um lugar.

— De jeito nenhum você vai se oferecer para trocar de lugar com a Addison. Nem agora, nem nunca. Tire isso da sua cabeça agora mesmo, Simone. — As palavras de Jonah não toleravam absolutamente nenhum argumento.

Meus olhos se encheram de lágrimas.

— Ele vai matá-la. Mas ele me *quer*. Vou deixá-lo me ter por ela. Eu não me importo.

Sonia soltou um soluço e Mama Kerri a puxou em seus braços e acariciou seu cabelo, focando seus olhos tristes em mim quando ela falou:

— Simone, nós nunca deixaríamos isso acontecer. A Addy não gostaria disso, e você sabe. Tem que haver outra maneira, menina. Tem que haver. — Uma lágrima escorreu pelo seu rosto, mas ela a enxugou rapidamente.

Jonah se aproximou e Charlie e Liliana abriram espaço para ele.

— Eu vi o vídeo. Já está sendo analisado pelo FBI. Nossos melhores técnicos estão trabalhando no GPS para ver se conseguimos a localização. Temos uma equipe no seu apartamento. Se ele aparecer, vamos pegá-lo. Se ele enviar mensagem de texto ou outro vídeo, vamos rastreá-lo. E nós vamos pegá-lo. Você tem que ter fé, linda. — Ele segurou minha mão, levou meus dedos aos lábios e beijou cada um.

Fechei os olhos e deixei as lágrimas caírem.

Jonah me puxou para seus braços, onde chorei em seu peito. Deixei todo o meu medo e tristeza cair contra ele, que absorveu tudo sem reclamar. Então ele me segurou mais forte. Mais perto. Sussurrou baixinho em meu ouvido. Fez promessas que eu não tinha certeza se ele poderia cumprir, mas rezei para que pudesse.

Quando eu estava chorando, Charlie me entregou uma xícara fumegante de café.

— Aqui, Si, deixe isso te aquecer.

Assenti, entorpecida, envolvi as mãos ao redor da xícara e deixei o calor esquentar minhas mãos geladas.

Você por ela.

Addison silenciosamente gritando por trás da mordaça enquanto ele queimava sua pele.

Estremeci quando também senti a dor que ela devia ter sentido, uma ferida queimando a pele macia do meu antebraço.

A náusea atingiu minha garganta. Larguei a xícara e corri para o banheiro, onde me vomitei até não poder mais fisicamente. O vômito espirrou na minha camisa e grudou no meu peito e pescoço.

Que nojo.

Lavei as mãos e a pele o melhor que pude e depois enxaguei a boca. Eu precisava de um banho, uma escova de dentes e uma camisa limpa. Abri a porta e Sonia estava encostada na parede oposta.

— Venha, vou levá-la para a minha casa. Você pode tomar banho e vestir algo meu.

Assenti, mas não falei. Não havia palavras dentro de mim.

Sonia colocou o braço em volta do meu ombro e me levou para a sala.

— Ah, menina — Mama Kerri murmurou com doçura, mas não tive coragem de responder.

A dormência tomou conta.

— Vou levar a Simone para minha casa, dar um banho nela e trocar sua roupa. Digam ao Jonah para onde fomos quando ele desligar. — Ela gesticulou para onde Jonah estava andando na varanda.

— Certo, minhas queridas meninas. Voltem logo. Preciso de todas vocês no mesmo lugar agora.

Sonia assentiu e me levou para fora do apartamento, para o elevador e para seu apartamento. Eu a segui até seu quarto, onde ela me levou direto para o banheiro. Ela arrancou minha camisa fedida e coberta de vômito e a jogou no cesto. Tirei os sapatos e as meias, desabotoei a calça jeans e tirei a calcinha enquanto ela ligava o chuveiro. No segundo em que estava quente, ela saiu do banheiro, mas manteve a porta aberta.

Provavelmente porque estava preocupada que eu desmaiasse novamente.

Entrei no espaço cheio de vapor e enfiei a cabeça debaixo da água, permitindo que aquecesse meu corpo. Por um longo tempo, fiquei ali deixando a água bater contra mim. Minha cabeça reproduzia a imagem de Addison sendo torturada naquele vídeo repetidamente.

Até que minha pele ficou tão quente que me tirou do ciclone de horror de imagens girando em meu cérebro e eu rapidamente lavei o cabelo e corpo. Depois de terminar, saí e encontrei uma escova de dentes nova, uma toalha macia, roupa íntima limpa e um sutiã esportivo, junto com uma calça preta de ioga, regata e moletom roxo com zíper.

Escovei os dentes com tanta força que minhas gengivas sangraram. Novamente, eu não me importei. Não havia muito com o que me importava, exceto o quanto eu tinha estragado a oportunidade de salvar minha irmã de uma tortura incerta e provavelmente da morte.

Eu nunca me perdoaria se Addison morresse. Nunca. Era minha culpa ela estar naquela cadeira e não eu. Eu tinha fugido. Ela poderia não conseguir fugir. E eu teria que viver com essa realidade.

Você por ela.

Essas três palavrinhas iriam me destruir.

Deveria ter sido eu e não ela.

Não a doce, gentil, bonita, cheia de vida Addison. A garota teve uma educação bastante difícil antes de vir para a Kerrighan House. Deixada no quartel de bombeiros quando bebê recém-nascida. Empurrada de lar adotivo para lar adotivo. Alguns bons, a maioria não. Addison tinha seus próprios demônios, mas ela foi salva. Por Mama Kerri e seu amor. Assim como todas nós.

Nos foi dada uma segunda chance na vida.

Eu deveria ter morrido naquela estrada escura nas mãos do Estrangulador do Banco de Trás. Se eu tivesse, Addison não estaria onde está agora. Helen não estaria morta. Katrina do meu condomínio também não. Aquele guarda-costas que foi enviado para manter Addy segura não estaria morto. Foram três vidas, sem incluir a de Addy, que estavam pairando sobre minha cabeça.

Você por ela.

Fechei os olhos e terminei de me vestir. Sonia estava me esperando com uma roupa parecida quando eu saí.

— Está se sentindo melhor?

Assenti, mas não tinha certeza se algum dia me sentiria melhor. Não se Addison não saísse viva disso.

Sonia me abraçou, e eu permiti. Ela precisava. Eu daria às minhas irmãs qualquer coisa que eu tivesse para dar. Até me trocar por elas.

Ela soltou um longo suspiro e colocou o braço em volta dos meus ombros novamente. O que provavelmente foi uma coisa boa, porque eu poderia ter desmoronado no chão se ela não tivesse feito isso.

— Vamos lá. A Mama vai ficar preocupada.

Saímos do apartamento e caminhamos até o elevador. Ela apertou o botão e ficou ao meu lado. Olhei para meus pés. Visões de Addy amarrada passaram pela minha cabeça em um rolo de terror retorcido que eu não conseguia me livrar.

As portas se abriram e Sonia gritou quando um som elétrico ecoou no ar. Seu corpo estremeceu e caiu pelas portas abertas do elevador, desabando no chão, sem vida.

Meus instintos de sobrevivência devem ter sido acionados, porque mal percebi que minha irmã tinha sido eletrocutada quando me virei para encarar meu agressor. Não vi nada além de um homem de máscara preta com dois buracos cortados nos olhos e um terceiro na boca. Uma arma preta veio em direção ao meu rosto. Foi muito rápido para bloquear. Muito rápido para lutar. A luz explodiu atrás dos meus olhos quando fui atingida com a coronha da arma. E pela segunda vez naquele dia, apaguei.

DEZOITO

Ping. Ping. Ping.

O som da água batendo no metal ressoou na minha cabeça. Algo gelado e plano foi pressionado contra a lateral do meu rosto. Tentei piscar para abrir os olhos, mas uma onda de dor explodiu por toda a minha cabeça.

— *Pssssiu.* Simone, acorde. Acorde, querida. Depressa. — Ouvi uma voz que reconheci, não muito longe, mas ainda assim o som se elevava e baixava.

Ping. Ping. Ping.

Que merda era esse barulho?

— Simone, vamos. Levante-se! — Ouvi mais alto, as palavras girando em meu cérebro até que os pontos começaram a se conectar.

Eu tinha sido atingida no rosto com uma arma.

Sonia foi eletrocutada.

Addison foi sequestrada.

— Si, por favor, irmã, acorde. Antes que ele volte. — Um soluço escapou daquela voz familiar e eu esfreguei o rosto contra a superfície fria e plana e abri meu olho bom. Estava escuro. Úmido. Frio. Meu rosto estava esmagado no concreto frio e arenoso debaixo de mim.

Ping. Ping. Ping.

Rolei para o lado. Minhas mãos estavam amarradas nas costas, e eu estava no canto de um grande espaço aberto. Talvez um porão.

— Simone... por favor, acorde.

Ouvi o apelo baixo e gutural da figura feminina a poucos metros de distância. Sua cabeça estava inclinada para frente, como se ela não pudesse mais segurá-la. Havia uma corda amarrando seu peito, pernas e braços a uma cadeira velha de madeira.

— Addy? — resmunguei, minha voz soando como se eu tivesse engolido cacos de vidro.

Sua cabeça se levantou e aqueles olhos verdes que eu adorava encontraram os meus.

— Simone! — Ela deu um sorrisinho trêmulo. — Você pode se mexer? Pode se levantar?

Engoli em seco, lutando contra a náusea. Inspirei e expirei lentamente por um minuto, controlando meus problemas físicos.

— Hum, não sei. Onde ele está? — Pigarrei sentindo a garganta tão seca que parecia que areia cobria meu esôfago.

Ela balançou a cabeça.

— Não sei. Ele chegou há uma hora e deixou você aí. Depois, foi embora.

Usei toda a minha força e virei para me sentar apoiada no quadril com as pernas dobradas para o lado. Elas estavam amarradas, mas se eu pudesse ficar de costas e esticar os braços, deslocando o ombro, talvez pudesse colocá-las embaixo de mim.

— Vou colocar meus braços na frente. — Anunciei meu plano.

— Como você vai fazer isso?

Cerrei os dentes e rolei de volta para o lado. Cambaleei pelo lugar tentando colocar os braços debaixo da minha bunda, mas não adiantou. A dor atravessou meus braços, ombros e cabeça enquanto eu tentava e falhava.

— Talvez se eu deslocar o ombro, possa abrir os braços.

— Você está louca! Vai desmaiar novamente de dor. Tente relaxar e saltar para mim. Assim eu posso tentar desamarrar seus braços — Addy implorou.

Essa ideia era boa.

Me ajustei de novo e movi meu corpo até ficar tão joelhos. O mundo oscilou quando a náusea me atingiu novamente. Respirei fundo e esperei até que passasse. Então pulei, aterrissando de forma desajeitada. Com todo o poder que pude reunir, me levantei devagar.

— Certo, bom. Agora pule até mim, mas tente ficar quieta. Não sabemos onde ele está ou quando voltará.

Assenti e comecei a pular. Parecia que demorou cem anos para chegar até Addy e o que vi quando cheguei lá me fez sentir um gosto amargo, tanto que tive que cuspir no chão para não passar mal.

Seus belos, longos e elegantes antebraços haviam sido destruídos por queimaduras de cigarro, a pele e a carne estavam derretidas e pretas. Algumas das feridas eram profundas o suficiente para indicar que ele havia usado o mesmo local mais de uma vez, porque eu podia ver a carne viva. Cuspi novamente e me virei.

Seus dedos puxaram minhas amarras sem sucesso.

— Não está funcionando. — Sua voz falhou, e as lágrimas deslizaram por suas bochechas.

— Continue tentando. — Olhei ao redor para ver se havia algo pontiagudo que eu pudesse raspar o plástico, mas não havia nada além de canos, tijolos de concreto, excrementos de ratos, lixo e água pingando dos canos. — Onde estamos?

— Não sei ao certo. Acho que um porão antigo, onde funciona o aquecimento e as tubulações. Eu mal consegui tirar a mordaça da minha boca antes de você acordar. Mas ele raramente sai por mais de uma ou duas horas. Passei o tempo contando os minutos. Ele deve morar neste prédio. Temos que sair daqui, Si.

Assenti e meu corpo começou a tremer quando ouvimos uma porta se abrir em algum lugar na parte de trás e uma lasca rápida de luz amarela rompeu a escuridão. A luz ia e vinha tão rápido que mal tive a chance de notar que devia haver uma porta no fundo da sala, atrás dos grandes canos e máquinas de metal em forma de quadrado.

Fiquei na frente de Addison, pronta para enfrentar o que quer que esse monstro tivesse reservado, desde que ele poupasse minha irmã.

O que vi fez meus olhos se encherem de lágrimas.

Tabby.

Vestida de preto da cabeça aos pés, como eu a vi no bar. Seu cabelo curto estava espetado por toda a cabeça. Seu corpo era apenas pele e ossos, e ainda assim ela era a coisa mais linda que eu já tinha visto.

Uma enorme onda de alívio me atingiu.

— Tabby! — gritei, as lágrimas caindo pelo meu rosto.

Ela correu até nós, enfiou a mão nas costas e puxou um canivete.

— Puta merda, o que ele fez com você, Addy? — ela xingou, levando as mãos às minhas costas e cortando o plástico.

Dor e prazer dispararam por meus ombros doloridos no momento em que meus braços foram liberados.

Em pouco tempo, ela cortou as cordas em volta dos meus tornozelos e começou a liberar Addison.

Eu me movi para a parte de trás da cadeira para desatar a corda enorme que ele usou para manter a parte superior do corpo dela na cadeira.

Não poderíamos ter percebido que não estávamos sozinhas.

A porta não fez um único ruído.

Nenhuma luz atravessou a sala avisando de sua presença.

Enquanto eu estava curvada atrás da cadeira de Addison, Tabby estava agachada, desatando as cordas ao redor de cada um dos braços feridos de Addison.

— Levante-se, vadia — ouvi de algum lugar atrás de Tabby.

Meu corpo reagiu antes de mim, chamando a atenção. Eu me levantei, assim como Tabby. Addison sufocou um soluço. Seus ombros afundaram em derrota.

Tabby segurou o canivete, apontando a pequena lâmina como se estivesse segurando uma faca de açougueiro pronta para atacar. Suas narinas dilataram e ela olhou nos meus olhos. Os dela eram do mais profundo e escuro azul da meia-noite e cheios de determinação. Sua pele estava pálida. As bochechas, ocas. Ela estava com olheiras, mas isso não tirou um pingo de sua força de caráter. A confiança arrogante que exalava de cada um de seus poros.

— Lembre-se, esta foi a minha escolha. Eu amo muito vocês. — Suas palavras foram sussurradas, mas diretas.

— Agora vire-se — o homem atrás dela exigiu com a voz rouca. Eu podia ver que ele ainda estava usando a máscara. Tremi, meu corpo inteiro chacoalhando de medo.

Tabby umedeceu os lábios e agarrou a faca.

— Mama Kerri e minhas irmãs foram a melhor coisa que aconteceu na minha vida.

— Tabby... — ofeguei. — Faça o que ele diz. Apenas obedeça — implorei.

Ela fungou e firmou sua mandíbula.

— Meu amor nunca morrerá — ela nos prometeu. Então, girou e impulsionou o corpo em uma corrida mortal, com a faca da acima da cabeça. Ela parecia uma gladiadora moderna, pronta para atacar com uma lança poderosa, não com um pequeno canivete.

Dois tiros ensurdecedores soaram.

Pow. Pow.

Assisti com horror quando o corpo magro de Tabby levou aqueles tiros, sua forma dissonando com cada golpe, mas não parou sua trajetória quando ela caiu sobre seu alvo, com o braço no local perfeito.

Ela atacou, afundando a faca bem na lateral do pescoço do nosso atacante. Ele a pegou, e ela puxou quando os dois começaram a cair. Um líquido vermelho jorrou de seu pescoço como um borrifador de água pintando o espaço com sangue.

— Tabby! — gritei.

— Não! — Addison chorou.

Os dois corpos caíram, Tabitha bem em cima do homem mascarado quando a porta rangeu atrás deles e homens em trajes da SWAT e coletes pretos à prova de balas do FBI invadiram, com armas enormes apontadas.

Só que eles estavam um minuto atrasados.

Corri em direção a Tabitha, mas Ryan apareceu do nada e me impediu, me batendo com o corpo e me envolvendo em seus braços.

— Não! Tabby! — gritei.

— Ela está recebendo ajuda. — Ele virou meu corpo para o lado. Dois paramédicos tiraram minha irmã do homem, mas mesmo daqui eu sabia o que eles encontrariam.

Seus olhos estavam abertos, e ela olhava sem vida para o nada. Um dos paramédicos levou os dedos ao pescoço dela.

Esperei com o coração na garganta.

O tempo pareceu parar, como se tudo estivesse em câmera lenta ao meu redor. O sangue se acumulou ao redor de seu corpo, a tensão crescendo a cada segundo.

Então vi quando ele balançou a cabeça e fechou os olhos dela com a mão. Ryan me abraçou com mais força. Resisti, meu corpo perdendo o controle quando a devastação me atravessou como um trem-bala a trezentos quilômetros por hora.

— *Shhh, shhh*, se concentre na minha voz. — Ryan me segurou firme e sussurrou em meu ouvido. — Vai ficar tudo bem. Vai ficar tudo bem. Em breve, linda, vai ficar tudo bem.

Balancei a cabeça, sabendo que nunca ficaria bem.

Tabby deu a vida para salvar a nossa.

Lembrem-se, esta foi a minha escolha.

Ela planejou isso. Planejou se matar para salvar a mim e Addy.

Desmoronei nos braços de Ryan.

Meu amor nunca morrerá.

Suas últimas palavras permearam minha cabeça repleta de emoção em rápida repetição. Fechei os olhos quando fui passada para outro par de braços. Addison envolveu o corpo ao redor do meu e nos abraçamos enquanto o tempo voltava a acelerar. O FBI e outros policiais ou a equipe médica se moviam ao nosso redor em uma enxurrada de atividades. Grandes lençóis foram colocados sobre os corpos do criminoso e da minha irmã.

Fomos levadas para fora por Ryan e outro membro da equipe, nos protegendo. Subimos vários lances de escadas de concreto escuro até chegarmos a uma porta de metal escancarada que levava a um retângulo brilhante de luz do dia.

Os dois homens nos conduziram através de um trecho de estacionamento cheio de SUVs pretos, vans da SWAT e carros de polícia. Eles nos levaram a uma ambulância com outro grupo de paramédicos.

Uma começou a mexer no ferimento do meu olho, mas eu a dispensei.

— Cuide da minha irmã. — Levantei o queixo para Addison, que agora mal estava de pé. Ela estava visivelmente desidratada, com a pele esverdeada e suja. As feridas em seus braços precisariam de um tratamento intenso. Por enquanto, o paramédico simplesmente envolveu do pulso ao bíceps em gaze.

— Senhorita, você está sangrando na cabeça. Tem um corte bem grande acima do olho que não só precisa de pontos, mas pode infeccionar se não o tratarmos.

— Eu não dou a mínima para mim! — gritei. Meu corpo ficou quente e depois gelado quando comecei a tremer.

Do nada, uma presença diferente de qualquer outra surgiu atrás de mim. Um braço masculino envolveu minha cintura e me puxou contra um corpo muito quente, familiar e amado. Eu o senti me cercar em uma bolha de paz e serenidade quando seus lábios vieram ao meu ouvido.

— Baby, deixe-a cuidar de você.

Lágrimas caíram do meu olho bom e eu lentamente me virei ao ouvir sua voz.

Jonah estava lá. Sua expressão estava devastada com medo e

preocupação, mas ainda era mais bonito e acolhedor do que qualquer outra coisa poderia ser.

Ele levantou uma de suas mãos e a enfiou na parte de trás do meu cabelo segurando minha nuca. A outro pairou sobre meu rosto traçando o dano. Lágrimas encheram seus olhos escuros, mas não caíram quando ele estremeceu, em seguida, deixou sua mão descer para a minha cintura. Sua voz estava falhando e quase um sussurro quando ele falou.

— Eu estava com tanto medo de ter te perdido, e mal tinha acabado de te encontrar.

Era isso. Tudo que eu poderia tomar.

Era tudo horrível.

Tabby estava morta.

Addison tinha sido torturada.

Jonah havia perdido Helen.

Quase o perdi. Esta alma perfeita. A outra metade da minha dilacerada.

E foi quando passei os braços ao redor dele, enfiei o rosto em seu pescoço e absorvi seu cheiro amadeirado e fresco de linho até que não houvesse nada além dele me cercando com proteção e amor.

Jonah Fontaine.

O homem para mim.

O homem que eu amava.

E eu não ia esperar nem um momento antes de compartilhar essa revelação com ele. Não seria certo. Não depois de tudo que passamos. Não depois do que Tabitha sacrificou para que eu tivesse isso.

— Eu te amo, Jonah.

— Baby. Meu Deus. — Ele me abraçou com força. — Caramba, Simone. Eu te amo desde que você perdeu a cabeça na roda gigante, tão envolvida em me beijar que se esqueceu de onde estava.

Ele me ama desde o nosso primeiro encontro. Estremeci

contra seu corpo, enquanto soluços dolorosos saiam de meu corpo de forma interminável. Mas ele não me soltou. Ele me segurou firme. Me deu o que eu precisava até encontrar força suficiente para me recompor. Assim que o fiz, ele me levou aos paramédicos, mas segurou minha mão enquanto cuidavam de mim. Então Jonah conseguiu que os paramédicos colocassem Addy e eu na mesma ambulância, dizendo algo sobre o FBI precisar de nós duas juntas e ele seria nosso acompanhante.

O que quer que ele tivesse que fazer para nos manter juntas, ele fez. Colocando a mim e Addy como sua prioridade, garantindo que nos sentíssemos seguras após o horror que acabamos de passar.

Eu o amava ainda mais por isso.

Acontece que levar uma pancada na cabeça foi a razão pela qual eu estava tão enjoada. Tive uma concussão. Fui examinada, suturada, enfaixada e recebi instruções sobre como lidar com a dor.

Não que eu desse a mínima. Meu foco estava inteiramente em ver Addison e descobrir como Sonia estava.

Jonah me levou ao quarto de Addison, onde toda a minha família estava. Eles colocaram Addison em um quarto particular em vez de atendê-la no pronto-socorro, porque ela era parente de uma senadora, e fomos informados de que as vans de emissoras de TV já estavam estacionadas do lado de fora. Eu tinha visto Mama Kerri quando estava sendo examinada no pronto-socorro, mas não o resto das minhas irmãs.

Fui atropelada por Sonia primeiro. Quando ela passou os braços em volta de mim, retribuí com a mesma força.

— Eu te amo, SoSo — resmunguei em seu cabelo, sentindo a emoção apertar minha garganta.

Ela fungou, assentiu e se afastou.

— Eu te amo mais do que qualquer coisa. — Ela sorriu sem

entusiasmo, mas imaginei que, por muito tempo, o clã Kerrighan estaria meio vivo depois de sofrer uma perda dessas.

Mama Kerri foi a próxima. O desgosto e a dor pareciam densos no ar ao redor de seu corpo. Levaríamos muito tempo para encontrar qualquer tipo de paz após a perda de Tabby.

Blessing, Liliana, Charlie e Genesis me abraçaram, uma de cada vez. Eu disse a cada uma delas que as amava, precisando que elas soubessem e ouvissem dos meus lábios.

— Rory? — Examinei o espaço e não vi minha sobrinha.

— A Tia Delores está com ela na Kerrighan House — Genesis confirmou.

Após a rodada de abraços, fui até a cama de Addy. Ela estava olhando pela janela, mesmo em um quarto cheio de sua família.

— Oi, mana. Como você está? — Peguei a mão dela, tomando cuidado para não tocar nas bandagens volumosas que subiam pelos dois braços, do pulso ao bíceps.

Ela piscou lentamente e virou a cabeça para mim como se tivesse acabado de perceber que alguém estava lá e segurando sua mão.

— Estou viva — foi tudo o que ela disse. Embora não soasse como se estivesse mais feliz por isso.

— Sim. Eu também — falei de forma categórica. Não havia julgamentos. Nada. Não havia pontos positivos em nada disso.

Nós saímos vivas. Tabby, não. Agora, nós duas tínhamos que conviver com essas circunstâncias.

— Você se lembra das últimas palavras dela? — perguntei baixinho.

Ela assentiu.

— Meu amor nunca morrerá. — A frase deixou seus lábios rachados como se cada palavra cortasse seu coração.

— E não vai. Nós vamos nos certificar disso — prometi.

Uma lágrima escorreu pela bochecha de Addy.

— Não. O amor dela nunca morrerá, e o nosso por ela também não.

Engoli o nó na minha garganta.

— Ela morreu para que pudéssemos viver.

Addy assentiu.

— Como vivemos com esse conhecimento? — sussurrei, sem saber como continuar sem nossa irmã lá.

— Não sei. Um dia de cada vez, acho. — Ela suspirou profundamente.

Apertei a mão dela.

— Um dia de cada vez.

E foi quando Addison e eu formamos nossa própria conexão. Ia além da irmandade, além de nossa família por escolha. Nós sobrevivemos a algo juntas. Algo que mudava a vida. Nossas vidas foram ameaçadas, sofremos uma tremenda perda, mas saímos vivas.

Nós fomos salvas.

Poupadas.

Quando Tabitha sacrificou tudo por nós, ela nos conectou de uma maneira que outros talvez nunca entenderiam. Ela nos deu um presente – algo que não poderíamos pegar de volta, nem devolver. Teríamos que carregá-lo conosco para sempre.

Olhei para Addy. Por um longo tempo, olhamos nos olhos uma da outra, as duas perdidas nos pensamentos de nossa irmã morta.

Mama Kerri caminhou para o lado da cama de Addison, sentou-se e pegou sua outra mão. Jonah veio atrás de mim.

— Você está pronta para ir para casa? — ele perguntou.

Fiz uma careta e um arrepio de medo subiu pela minha espinha.

— Preciso ficar na Kerrighan House — anunciei.

Casa.

Eu precisava estar em casa. A única casa que eu já conheci.

— Eu também —Addison disse, seus olhos presos aos meus.

— Acho que talvez seja uma boa ideia se todos os meus bebês voltarem para casa até que estejam prontas para voltar ao mundo, depois de tudo o que passamos. — A voz de Mama Kerri estava cheia de tristeza, mas seu pedido não foi negado.

— Quando todas estiverem de volta à Kerrighan House, posso repassar os detalhes do que aconteceu — Jonah compartilhou.

Assenti, assim como Addy e Mama Kerri. Que foi também quando Quinn entrou. Ele acenou para Sônia.

— Não temos como adiar a coletiva. A imprensa cercou o hospital. Se você não fizer uma declaração e deixar que te vejam, teremos problemas.

Sonia cerrou os dentes e cerrou os punhos. Ela olhou ao redor do quarto e seu rosto se contorceu em uma tristeza e fúria.

— Tudo bem. Vamos lá. Agora. Vejo vocês em casa.

— Vou esperar até a Addison ser liberada. Por que vocês não vão para lá e eu levo nossa garota quando ela sair? — Mama Kerri sugeriu.

Jonah assentiu e passou a mão em volta do meu ombro.

— Vamos, baby. Me deixe te levar para a casa de sua mãe.

Apertei os dedos ao redor da grade da cama do hospital, surpresa com minha relutância repentina em soltar ou sair do lado de Addison.

— Hum, acho que prefiro esperar até que a Addy seja liberada — sussurrei.

— Si, estou bem. Estarei lá em breve. — Ela suspirou, cansada.

Fiz uma careta para meus dedos brancos agarrados ao redor da grade da cama.

— Mas e se algo acontecer entre agora e depois? — sufoquei a pergunta, a emoção dando um nó em minha garganta.

Ela estendeu o braço e cobriu uma das minhas mãos com a dela.

— Solte a grade, Si. Estou bem. Estou viva. E estou bem aqui. Ninguém vai me pegar no hospital. Além disso, ele se foi. Está morto. Lembra?

Tirei minha mão, mas segurei a dela, então me sentei ao seu lado na cama.

— Vou esperar até que você seja liberada.

Jonah esfregou a mão para cima e para baixo nas minhas costas de leve.

— Sem problemas. Vamos esperar por sua irmã.

Assenti, ainda sem saber por que eu não podia sair, apenas sabendo que não estava pronta para fazê-lo.

Não muito tempo depois que os outros saíram, uma enfermeira entrou, examinou as informações ambulatoriais e deu alta a Addison.

Juntos, nós quatro nos amontoamos no Subaru Outback de Mama Kerri. Jonah dirigiu. Mama Kerri estava no banco do passageiro, eu e Addy juntas no banco de trás.

À medida que os quilômetros passavam e nos aproximávamos da casa de Mama Kerri, a exaustão tomava conta. Inclinei a cabeça no ombro de Addison, e ela encostou a dela na minha.

Na segurança do veículo de minha mãe, com ela presente, meu homem sempre atento e Addison sentada ao meu lado, fechei os olhos e deixei o sono me levar.

DEZENOVE

De volta à Kerrighan House, nos acomodamos no gigantesco sofá seccional em forma de U. Mama Kerri estava sentada na única cadeira, com um prato de misto quente não consumido no colo. Ela fez um monte de sanduíches. Comi o meu sem sentir o sabor de absolutamente nada. Eu poderia estar comendo um bloco de cimento por tudo que me importava.

Jonah saiu da cozinha com o prato na mão. Ele o colocou na mesa de centro e se sentou ao meu lado. Addison estava do outro lado, que era exatamente onde eu precisava que ela estivesse.

Jonah respirou fundo e examinou cada um de nossos rostos cheios de tristeza.

— Wayne Gilbert Black era um sociopata de trinta e cinco anos. O prédio em que você foi encontrada era onde ele morava. Ele era o dono do prédio, mas principalmente o senhorio. Depois que sua mãe foi morta quando ele era criança, ele entrou e saiu de lares adotivos. Esta é a razão pela qual o FBI acha que ele se irritou quando não terminou o trabalho com você, Simone. Ele descobriu que você também tinha sido adotada, mas que viveu uma vida feliz. Não podemos ter certeza, mas faz parte da teoria.

Assenti e cerrei os dentes, respirando pelo nariz. A mão quente de Jonah cercou a minha e a segurou.

— A mãe dele era uma prostituta muito conhecida. De acordo

com as informações que encontramos em seu apartamento, ele a viu morta e escreveu sobre isso incessantemente. Parece que ela estacionava regularmente o carro em um beco fora de vista para arranjar clientes. Ela forçava Wayne a ficar em um canto escuro enquanto levava os clientes para o banco de trás do carro. Era lá que ela tinha as relações. Nada disso escondido de seu filho. Até que o fetiche de um de seus cliente saiu do controle. Ele a estrangulou durante o ato por acidente. Ou assim ele afirmou quando se entregou. Tudo indica que Wayne viu acontecer. Esse é o motivo provável de ele ter tido seu primeiro surto psicótico.

Mami Kerri cobriu a boca e fechou os olhos.

— Ele era um homem louco, determinado a matar mulheres da mesma maneira que a mãe morreu. Saberemos mais quando tivermos os detalhes do lar adotivo e quaisquer avaliações psicológicas que ele teve no passado — Jonah continuou.

— Eu não me importo com Wayne Black. O que quero saber é como ele entrou no meu prédio — Sonia resmungou.

Jonah estremeceu e engoliu em seco.

Isso significava que mais informações ruins estavam por vir.

— Ele deu um choque no segurança que estava nos fundos e depois o estrangulou — Jonah afirmou com gentileza.

Eu queria chorar. Queria mesmo. Mais uma vida perdida por causa desse monstro, e eu não tinha mais lágrimas. Eu estava seca. Vazia por dentro.

— Como foi que a Tabby se envolveu? — Sonia perguntou diretamente, com os braços cruzados como se estivesse com raiva. Ela provavelmente estava. Sonia tinha um temperamento que muitas vezes explodia quando estava sofrendo.

Limpei a garganta e então falei.

— Eu liguei para a Tabby e deixei uma mensagem quando a Addison desapareceu. Implorei para que ela voltasse para casa. Disse a ela que nenhuma de nós estava segura, incluindo ela. Ela disse que estava bem, mas que estava de olho…

— Nossa equipe descobriu, pelas imagens das câmeras de

segurança do prédio da Sonia, que a Tabby estava do outro lado da rua no pequeno café, observando a porta de entrada. Nosso melhor palpite é que ela viu um estranho dando a volta nos fundos do prédio e o seguiu, porque não muito depois de vermos o homem mascarado, vimos Tabitha seguindo pelos arredores. Recebemos uma denúncia anônima de que um homem estranho entrou nos fundos do prédio e um guarda foi nocauteado. Essa foi a última ligação que recebi quando estava na varanda. O *timing* foi péssimo.

Ele esfregou a nuca.

— Ela deve ter visto Simone ser pega e os seguiu, porque quando o vídeo mostra Simone sendo carregada inconsciente, no ombro do homem que sabemos agora ser Wayne Black, vemos também uma mulher magra toda de preto correndo pelo beco e desaparecendo. Duas horas depois que Simone foi levada, recebemos outra ligação. Eu falei com a Tabitha — ele disse e sua voz falhou.

Meu nariz formigava e eu me aconcheguei contra seu peito. Ele passou um braço em volta das minhas costas e respirou fundo.

— O operador foi informado de que se recebêssemos outra ligação anônima era para direcioná-la para mim, mas desta vez, Tabitha perguntou por mim. Ela estava acompanhando o caso na imprensa e viu fotos minhas e de Simone ou ouviu meu nome quando apareceu na Tracks naquela noite. Seja qual for o caso, ela me ligou e me deu a localização de onde você estava.

— Jesus, aquela garota. — Blessing balançou a cabeça quando uma onda de tristeza passou por seu rosto.

Jonah respirou fundo e soltou o ar trêmulo.

— Ela me disse que estava seguindo o homem que te sequestrou. Me notificou para onde ele a levou e me disse para me apressar. Foi isso. Então ela desligou. Pouco tempo se passou antes que ela entrasse no prédio em sua própria missão para salvá-la.

— Minha Tabby nunca permitiria que alguém machucasse as irmãs. Ela era mais protetora do que Blessing e Sonia juntas. — Mama Kerri fungou e enxugou o nariz com um lenço antigo.

— Ela sempre disse que se não nos tivesse, não teria nada. É por isso que ela iria até os confins da terra para nos proteger.

— E ela o fez — sussurrei. — Ela deu a sua vida pela nossa.

Addy agarrou minha mão e eu a segurei com tanta força que pude sentir seu batimento cardíaco contra minha palma.

— Minha garota tinha muitos demônios, mas a única coisa que dava orgulho a ela éramos nós. Éramos o único bem que ela podia ver no mundo. Foi assim desde que ela chegou aqui, aos treze anos. Posso ver facilmente por que ela faria tal sacrifício. Seu amor era maior do que qualquer droga que crivava seu cérebro e corpo. E no final, ela fez exatamente o que se propôs a fazer. Desistiu de tudo pela família que amava. Por mais que seja triste e doloroso perder a Tabby, sua morte foi muito nobre. Vou escolher ver meu bebê como uma heroína e encorajo cada uma de vocês a fazer o mesmo. — As palavras de Mama Kerri estavam cheias de compaixão e tristeza, mas ela disse cada palavra com sinceridade.

Ela se endireitou na cadeira.

— Vocês perderam uma irmã hoje, e eu perdi uma filha. Isso vai nos levar muito tempo para aceitar. Mas temos que nos sentir confortadas pelo fato de que ela morreu fazendo o que amava. Protegendo sua família. — Seus olhos verdes azulados encontraram os meus e em seguida os de Addison. — Teria sido igual se fosse a Blessing e Liliana ou Sonia, Genesis ou Charlie. Não quero que vocês duas assumam isso como se fosse sua culpa. A culpa é de um homem muito doente. Agora, temos que nos dedicar à cura. Isso por si só já será difícil o suficiente sem vocês duas tentando se culpar. Vocês me ouviram?

Umedeci os lábios e assenti.

— Sim, Mama. Eu ouvi.

— Sim, Mama — Addison reiterou.

— Muito bem, vou ver minha neta lá fora com a tia Delores no jardim. Todas vocês têm camas aqui. Espero que durmam nelas esta noite.

Seu olhar examinou todas as mulheres e esperou até que elas assentissem ou murmurassem: *Sim, Mama.*

— Amo todas as minhas garotas. Eu amei a Tabby, e juntas, vamos encontrar uma maneira de superar essa dor. Parte disso será colocar minha garota para descansar.

— Eu vou te ajudar com todos os detalhes, Mama Kerri — Genesis ofereceu.

Mama assentiu.

— Vamos providenciar isso no próximo fim de semana. Precisamos desta semana para nos curar. Espero que todas vocês deitem suas cabeças em um travesseiro nesta casa até que eu tenha certeza de que todas estão emocional e fisicamente bem. E isso me inclui. Certo, garotas?

Mais uma vez, cada uma de nós assentiu entorpecida ou disse tudo bem.

— Jonah, eu suspeito que você vai ficar aqui com a Simone, certo? — Mama Kerri perguntou.

Ele se empertigou ao meu lado.

— Eu não queria implorar, mas gostaria.

Ela sorriu com doçura e aquele sorrisinho foi o suficiente para o vazio dentro de mim começar a se encher novamente de amor. Eu não tinha Tabby e sentiria tristeza por sua perda pelo resto da minha vida. Mas eu tinha Mama Kerri, Sonia, Blessing, Addison, Liliana, Charlie e o homem que eu amava, me apoiando.

Todos nós tínhamos um longo caminho a percorrer, mas juntos eu sabia que poderíamos superar qualquer coisa.

Até a perda de uma irmã.

Ping. Ping. Ping.

Acordei com um solavanco. Meu corpo inteiro estava tão quente que o suor escorria do meu couro cabeludo e descia pela minha coluna.

Eu estava de volta àquele lugar. Naquele porão. Addison estava amarrada, sangue escorria por seus braços e pingava no chão frio de concreto. Seus olhos sem vida estavam abertos olhando sem ver o teto enquanto sua fonte de vida continuava a escorrer dela.

Tabby estava morta a seus pés.

Mas não foi assim que aconteceu.

Addy estava viva.

Pisquei contra a escuridão do quarto enquanto a respiração familiar contra a parte de trás do meu cabelo tirou um pouco do pânico. Me concentrei naquela respiração atrás de mim enquanto Jonah dormia, com seu corpo enrolado ao redor do meu. Ainda assim, eu não conseguia afastar o desconforto.

Addy.

Precisava ver Addy. Me certificar de que ela estava bem.

Ter a certeza de que ela estava viva.

Com esforço extremo, me levantei da cama. Descalça, saí do meu antigo quarto, o que dividi com Sonia e agora dividia com Jonah. Sonia e Charlie se acomodaram no quarto de hóspedes porque nenhuma das duas queria dormir no quarto que Charlie costumava dividir com Tabby quando criança. Era muito recente. Talvez para sempre fosse cedo demais.

Me desviei da tábua barulhenta que sabia que acordaria Mama Kerri e continuei passando pelo quarto de Liliana e Genesis. Segui pelo antigo quarto de Charlie e Tabby, indo até o último. Addison e Blessing sempre foram muito unidas. Compartilhar um quarto com uma mulher por metade da sua vida definitivamente construiria um relacionamento assim. Era também por isso que elas eram tão boas trabalhando juntas a maior parte do tempo. Blessing como estilista, Addy como modelo. Teve muito a ver com o motivo pelo qual elas eram contratadas para filmagens especiais também. As duas trabalhavam muito bem juntas.

O mais silenciosamente que pude, empurrei a porta do quarto delas. Blessing dormia profundamente. Sempre foi assim. Ela também era a última a se levantar. Não importava o que acontecesse.

A mulher gostava de dormir e nunca tinha problemas para pegar no sono. Você poderia passar o aspirador ao lado da cama e ela continuaria dormindo.

Addy se recostou quando entrei.

Corri para a cama enquanto ela puxava as cobertas. Entrei e a encarei. Ela segurou minhas mãos e nós olhamos uma para a outra no quarto quase todo escuro.

— Não consegue dormir? — ela perguntou.

Balancei a cabeça.

— Pesadelo. E você?

— Também.

Assenti, levei nossas mãos em direção ao meu rosto e beijei seus dedos. Ela apertou os meus.

— Seremos capazes de fechar os olhos novamente e não ver o que aconteceu? — ela perguntou em um sussurro.

Meu coração se abriu e mais tristeza se derramou.

— Não sei. Espero que sim. Provavelmente quando tiver passado um pouco de tempo. Talvez, não.

Ela cantarolou baixinho e fechou os olhos.

Fechei os olhos e a escutei cantarolar. Ela fez isso por tanto tempo que me embalou no sono.

Em algum momento da noite ou da manhã cedo, Jonah entrou no quarto e fui levantada no ar e segurada em seus braços enquanto ele me carregava de volta para a cama.

Isso se tornou uma rotina noturna. Eu acordando com um pesadelo e indo para a cama de Addison até que eu pudesse dormir novamente. Mais tarde, Jonah viria me pegar, me carregando de volta para o meu lugar ao seu lado.

Ele nunca reclamou. Nem uma vez.

Sexta-feira, os restos mortais de Tabby foram cremados e libertamos sua alma. As cinzas de Tabby foram colocadas em uma urna de metal gravada e ornamentada que Mama Kerri colocou na frente e no centro de uma manta sobre a lareira. Nenhuma de nós estava pronta para espalhar suas cinzas em qualquer lugar. Precisávamos do lembrete de sua presença em nossas vidas e todas concordamos que Tab ficaria bem com isso.

Mama Kerri fez uma pequena reunião em sua casa e colocamos um anúncio no jornal. Poucas pessoas apareceram. Principalmente amigos nossos ou de Mama Kerri. É claro que a imprensa acampou do lado de fora, esperando para ver a família em luto. Não só eles estavam obcecados com o fato de um *serial killer* ter sido pego e morto, mas a conexão com a senadora mais jovem da história, uma que era bonita, forte e firme em suas convicções políticas. Eles não se fartavam desse fascínio. Sonia tinha sido seguida incessantemente e não parecia que iria diminuir tão cedo.

Pior, estávamos chegando a uma eleição presidencial e, por algum motivo, a imprensa estava pedindo que Sonia concorresse. Essa notícia a chocou mais do que a qualquer uma de nós, mas ela recusou e reiterou que estava feliz servindo ao grande estado de Illinois como senadora.

Agora era sábado e nós fomos ao apartamento de Tabby no centro da cidade. Tínhamos caixas, jornal, fita adesiva e tudo o que precisávamos para encaixotar as coisas da vida de nossa irmã. Jonah estava fazendo algo com Ryan e tia Delores ficaria com Rory durante o dia.

Parecia ser possível ouvir um alfinete cair com o quanto estávamos quietas os nós estávamos quando Mama Kerri abriu a porta e nos deixou entrar. A única coisa de verdadeiro valor pareciam ser as imagens emolduradas nas paredes.

Quando Tabby não estava em empregos ruins e se associando a traficantes, ela tirava fotos. Me lembro que desde sempre ela tinha uma câmera pendurada no pescoço. Foi o primeiro presente que ganhou de Mama Kerri em seu aniversário de quatorze anos. Imediatamente ela começou a tirar fotos de tudo. De nós. Das plantas e flores do jardim. De paisagens. De coisas destruídas que ela de alguma forma consertava através de suas lentes.

Fui até as fotos, começando com a que estava sobre o sofá surrado. Era uma linda de Mama Kerri com seu grande chapéu de sol, o longo cabelo loiro avermelhado caindo pelas costas em ondas encaracoladas parecendo um deslumbrante ouro rosado. Ela estava podando suas flores silvestres e o sol pegou seu sorriso perfeitamente quando ela virou apenas metade do rosto para a câmera.

Continuei andando pela sala até encontrar aquela que sempre me devastava. Era de uma mulher encostada na lateral de um prédio de tijolos. Havia um cigarro aceso e pendurado em sua boca. Seus cabelos eram pretos e os olhos, ainda mais escuros, eram ocos e vazios. Seu corpo era magro e pálido. Uma viciada. Ao lado de seus pés estava uma criança pequena. Uma garotinha com um tufo de cabelo preto e olhos claros e assustados. Ela tinha manchas de sujeira nas bochechas e estava brincando com uma única pena. Era como se ela tivesse sido capturada passando os dedos para cima e para baixo na pena, sentindo a vida que estava ligada a ela. Uma vida diferente. Uma que era livre. Havia um sorrisinho no rosto daquela garotinha, como se ela ainda não tivesse sido desesperançada ou estivesse fazendo o melhor para sobreviver às circunstâncias que lhe foram dadas. A garotinha ainda tinha esperança naqueles olhos.

Eu sabia com todo o meu coração por que Tabby tirou uma foto daquela mãe e sua filha. Ela se via naquela garotinha.

A esperança de mais.

Tirei a foto da parede e anunciei:

— Gostaria de ficar com essa foto. — Virei-a e mostrei ao grupo.

Nenhuma delas argumentou ao contrário. Ou porque não viam o que Tabby viu, ou viram e queriam que eu tivesse o que precisava para me lembrar de Tabitha. Levei a foto com cuidado para uma parede lateral. Cada uma das irmãs escolheu uma imagem que Tabby havia tirado e que gostou o suficiente para colocá-la em sua parede, colocando suas escolhas ao lado da minha. Coloquei notas adesivas em cada uma com o nome da irmã correspondente.

Depois de algumas horas, estávamos fazendo um bom progresso. Cada uma de nós se concentrou em uma área diferente do pequeno apartamento. Selecionamos peças de roupas que queríamos manter e encaixotamos o restante para doação. Quaisquer itens que despertavam sentimentos, nos fazendo lembrar dela ou que desejávamos, nós separamos. Addy encontrou a câmera de Tab e disse a todos que a queria. O que quer que Addy precisasse para passar pela experiência horrível que sofreu, qualquer uma de nós daria a ela.

Continuamos em um bom ritmo, encaixotando as coisas da cozinha para doação imediata. Nada se combinava, não havia nada de valor real.

— O que é isso? — Addison gritou, depois que levantou um cachecol multicolorido de um baú que Tabby estava usando como mesa de centro. Ela ainda tinha bandagens em volta dos braços, mas as escondeu usando uma camisa larga de manga comprida.

Fui até ela e me sentei no sofá surrado enquanto minha irmã levantava o trinco e o abria. Dentro não havia nada além do que parecia ser álbuns de fotos e mantas extras. Passei o dedo sobre as enormes lombadas que estavam de frente para a abertura do baú. Havia uma com cada um dos nossos nomes.

Peguei o que dizia *Simone* enquanto Addy pegava o que dizia *Addison*.

O livro de fotos era bastante pesado. Pelo menos trinta e cinco por trinta e cinco centímetros. Um quadrado grosso perfeito. Eram todos preto brilhante com impressão prateada.

Addy e eu abrimos os nossos ao mesmo tempo. A primeira página tinha uma imagem incrível de mim. Meu cabelo loiro estava se balançando por todos os lados. Eu estava vestindo uma camisa azul-bebê sem mangas e com um chapéu de abas largas cor de vinho que eu estava tentando evitar que voasse. Havia um sorriso provocante em meus lábios. Me lembrei de Tabby ter tirado aquela foto quando estávamos no centro da cidade, no Taste of Chicago, um grande festival que acontecia todo verão. Estávamos passeando com vista para o Lago Michigan quando ela começou a tirar fotos. No meu peito, em uma fonte superlegal, estavam as palavras GAROTA SELVAGEM. A imagem me lembrou uma capa de livro divertida e sensual.

— Uau, isso é foda. — Addison traçou sua imagem e as palavras BELEZA SELVAGEM graficamente desenhadas sobre sua foto.

Virei a página e havia foto após foto minha, minha com Tabby, ou com o resto das minhas irmãs e Mama Kerri. Continuei virando as páginas. Foram anos de fotos. Mais do que uma década. Fui para o fim. A imagem que vi era uma que ela devia ter tirado quando pegou a câmera pela primeira vez, aos quatorze anos. Eu devia ter apenas doze anos. Era uma selfie nossa. Abaixo da foto, ela escreveu, *Irmãs de Alma para Sempre*.

Irmãs de alma.

Era isso o que nós éramos.

Foi por isso que ela morreu.

Era por isso que eu tinha que aceitar seu sacrifício como o presente que deveria ser.

Peguei os livros de Sonia e Blessing. Addison pegou o de Liliana e o de Charlie, exceto que o dela dizia *Charlotte*, que era seu nome verdadeiro. Não olhei dentro para ver como ela os nomeou, embora esperasse que um dia elas compartilhassem. Por enquanto, o que quer que estivesse em seus livros de fotos era entre cada uma delas e Tabby.

Sonia franziu a testa quando parei na frente dela com o livro pesado.

— Encontramos esses livros ilustrados em um baú. Há um para cada uma de nós. — Entreguei-lhe o que tinha seu nome.

Só pude ver o quanto Sonia estava afetada naquele momento porque suas mãos tremiam quando ela alcançou o livro que tinha Sonia em uma bela gravação de prateada na lombada.

Ela passou a palma da mão sobre ele de forma amorosa, em seguida, olhou para mim. Seus olhos se encheram de lágrimas quando ela disse:

— Obrigada.

Entreguei o de Blessing. Ela o pegou, viu seu lindo nome e o segurou contra o peito enquanto olhava para o teto.

— Caramba, Tabby, por que você fez isso conosco? Sinto falta do seu rosto. Sinto falta dos seus abraços desajeitados. Sinto falta da sua bunda branca e ossuda dançando pela casa da mamãe tirando fotos. Sinto saudades da minha irmã! — Ela reprimiu um soluço. Sonia se levantou e puxou Blessing em seus braços.

— Eu também, Bless, eu também — ela murmurou por cima do ombro.

— Não tivemos tempo suficiente com ela — Blessing soluçou, o que realmente foi um milagre. A mulher era tão dura, que raramente derramava lágrimas. Sua resposta ao conflito emocional era geralmente ficar brava e brigar. Não havia como brigar quando a pessoa com quem você está bravo não estava mais viva.

— Irmã, nunca teria sido tempo suficiente. — Passei a mão pelas costas dela, enquanto Sonia servia como sua rocha, segurando Blessing enquanto ela cedeu à dor.

Addison deu às outras garotas seus livros e eu voltei, peguei o de Genesis e o de Mama, e os levei para onde elas estavam encaixotando os pequenos itens do quarto de Tabitha. Entreguei os respectivos livros para Gen, depois para Mama.

Mama colocou a mão sobre o coração e suspirou, depois pegou o livro e o abriu de imediato. A primeira página era, claro, uma imagem de Mama Kerri. Era uma foto sincera dela dançando no quintal. Eu me lembro exatamente de quando foi tirada também. Mama Kerri tinha acabado de fazer cinquenta anos. Tab tinha acabado de chegar aos vinte. Aquela tinha sido uma grande festa porque todas nós tínhamos idade suficiente para apreciá-la. Eu tinha dezoito anos, e Addison, a mais nova, dezessete. Mama Kerri usava um vestido amarelo brilhante com flores por toda parte. Ela estava girando, seu cabelo erguido, e o vestido flutuando com a brisa.

Passei o dedo sobre a imagem enquanto Mama Kerri olhava para ela.

— Ela era extremamente talentosa. Gostaria que soubesse disso — confidenciei.

Mama assentiu.

— Tentei dizer a ela. Fazer com que ela participasse de concursos de fotografia, mas ela disse que suas imagens eram para si mesma. Para capturar o bem que ela tinha em sua vida, porque era muito fácil se concentrar no mal. — Ela suspirou, virou a página e traçou uma imagem das feições de Tabitha. Não havia sorriso ali. Tabitha nunca foi conhecida por seus sorrisos, mas havia admiração em seus olhos quando Mama Kerri a abraçou por trás e sorriu para a câmera que Tab devia estar segurando.

— Sabe, uma vez ela me disse que cada foto bonita que ela tirava a fazia sentir como se tivesse encoberto um momento negativo em sua vida com algo positivo. Acho que as únicas coisas que ela realmente via como positivas éramos nós.

Assenti.

Mama Kerri se levantou e olhou ao redor do quarto agora vazio. A cama tinha algumas caixas em cima, mas era tudo.

— Vou verificar as meninas, mas acho que terminamos aqui. Vou encontrar a instituição de caridade na segunda-feira para garantir que levem tudo e deixarei a chave com o síndico.

Com Mama e Gen a tiracolo, entramos na sala de estar. Cerca de vinte caixas estavam empilhadas na parede da cozinha. O resto de nós tinha uma caixa cada um com algumas lembranças.

Coloquei meu livro de fotos dentro da caixa onde estavam algumas peças de roupas e joias que me lembravam de Tab, bem como a foto emoldurada que ela havia tirado da mulher e da criança.

Em pouco mais de duas horas, tínhamos empacotado toda a vida de nossa irmã.

Duas horas havia sido o suficiente.

Eu não poderia dizer que um peso foi tirado do meu peito ou que minha dor desapareceu de repente, porque isso não aconteceu. O que eu sabia era que, depois de passar um tempo lá, vendo os foto livros que ela fez de cada uma de nós, Tabby nos amava profundamente. Muito mais do que poderíamos imaginar. Ela nem sempre sabia como compartilhar ou mesmo como dizê-lo na maioria das vezes, mas com certeza mostrou isso.

Através destes livros inestimáveis.

Por seu sacrifício.

Cada uma de nós saiu até que Addison e eu éramos as únicas ali. As outras já desciam as escadas para seus carros.

Addison segurou minha mão e olhamos ao redor do espaço vazio. Não parecia que Tabitha já tinha morado lá.

Provavelmente porque ela não tinha.

A verdadeira casa de Tabitha não era um lugar.

Éramos nós.

Irmãs de alma para sempre.

E era assim que seria sempre.

EPÍLOGO

Um mês depois…

Jonah parou na frente da A+ Construction, saiu do carro e caminhou até a porta. Vi aquele homem sensual, que usava terno preto com camisa branca engomada abrir a porta. Ele já havia tirado a gravata, o que achei fascinante, porque ele me disse que era a primeira coisa que fazia quando entrava no carro depois do trabalho todos os dias. Aparentemente, era sua maneira de se desligar mentalmente do trabalho. Apreciei a extensão generosa de pele deliciosa que aparecia através dos dois botões que ele havia aberto.

Ele estava com os óculos aviadores e seu cabelo escuro estava penteado para trás de um jeito moderno e bonito. Meu homem era o epítome do cara gostoso do FBI.

— Hum, acho que tem um pouco de baba aí no canto da sua boca — Luca brincou e riu. Estávamos analisando as faturas pendentes da empresa.

Cutuquei seu ombro com força e ele deu um passo para o lado de brincadeira quando Jonah se aproximou.

— Calado! Posso ficar de boca aberta pelo meu homem o dia todo. Olhe para ele! — Fiz um gesto com o arquivo que estava em minha mão para Jonah.

Ele tirou seus óculos e sorriu.

— Pode babar, baby.

Luca gemeu e ergueu as mãos.

— Vou voltar para minha mesa. Só não se esqueçam de que essas paredes são de vidro. Nada de pegação.

Abri a boca e, se ele não tivesse saído, eu teria batido em seu peito com o arquivo.

— Pode acreditar nisso? Sugerindo que eu ficaria de pegação no trabalho. Faça-me o favooor. — Semicerrei os olhos e observei Luca voltar para seu escritório até que fui puxada para os braços do meu cara favorito.

Ele enfiou a cabeça no meu pescoço e o beijou.

— Eu ficaria de pegação com você em um piscar de olhos. Que se danem as paredes de vidro. — Jonah apertou minha bunda e encostou o corpo contra o meu.

Inclinei a cabeça para trás e ri de suas travessuras.

— Calma, amigão. Podemos ir para a casa do Ryan e nos divertir um pouco. Mas o que você está fazendo aqui? Achei que fosse me buscar na Kerrighan House para jantar.

Ele sorriu e passou os braços em volta da minha cintura.

— Tenho uma surpresa que quero compartilhar com você. Terminou aqui?

Olhei para o relógio e percebi que eram cinco e quinze da tarde.

— Caramba, sim. Só vou pegar minha bolsa e avisar aos caras que estou saindo.

Jonah me deu um beijo nos lábios e depois me deixou sozinha para encerrar a rotina do escritório. Mesmo que as pessoas ficassem, eu ainda me certificava de que as portas estivessem trancadas, assim como tudo que tivesse informações pessoais sobre os clientes, além de que todos os funcionários saíssem na hora.

Jonah foi falar com o pai e o irmão.

No último mês, muita coisa mudou. Os irmãos fizeram as pazes e o clã Fontaine voltou a jantar juntos todas as quintas-feiras. Seus pais ficaram em êxtase e me deram todo o crédito.

Depois de limparmos a casa de Tabby, comecei a trabalhar na A+ Construction na semana seguinte. Eu estava lá há três semanas e parecia que estava no lugar perfeito para mim. Só faltava um mês para terminar minha matéria e pronto. Marco e Luca ficaram entusiasmados com minhas habilidades e o resto da equipe estava elogiando o meu desempenho. Em geral, era incrível. Eu nunca estive mais feliz em um trabalho e mal podia esperar para aprender mais e fazer o meu melhor onde quer que pudesse.

Como eu estava apavorada demais para entrar no meu antigo apartamento, e não queria nenhuma das minhas irmãs ou Mama Kerri naquele lugar, Jonah, Luca, seu pai e sua mãe foram até lá e empacotaram tudo o que era aproveitável. Não havia muito, mas pelo menos não precisei comprar um novo guarda-roupa, livros, CDs e substituir alguns dos itens especiais que guardei ao longo dos anos. A mobília não pôde ser aproveitada, mas eu não me importava. O que eles puderam salvar estava encaixotado no galpão onde Jonah guardava as coisas que ele havia guardado de seu tempo com Helen.

Ainda dormíamos na casa de Mama Kerri na maioria das noites. Nas duas primeiras vezes que tentamos dormir na casa de Ryan, acabei acordando Jonah e fazendo com que ele me levasse para a casa de minha mãe para que eu pudesse ver Addison. Eu não precisava mais ir para a cama com ela para dormir, mas a necessidade de vê-la viva ainda estava me consumindo. Jonah, Mama Kerri e Sonia estavam preocupados com esse mecanismo de enfrentamento, então comecei a terapia há uma semana. Eu tinha feito só uma sessão até agora, mas contei à terapeuta o que estava acontecendo e como isso era um pouco perturbador e ela me disse que era perfeitamente normal. Ela também me deu dicas de como minimizar o problema aos poucos. A primeira era não ir para a cama com minha irmã. E era por isso que agora eu podia apenas espiar, ver que ela estava respirando e me sentir mais confortável. Segundo ela, isso levaria tempo, porque meu cérebro havia criado alguma conexão do trauma com Addison de uma forma que se manifestava nessa necessidade de vê-la viva.

Jonah aoareceu assim que coloquei minha bolsa no ombro.

— Pronta?

— Sim. — Encaixei a mão na dele e o deixei me levar até o carro. Eu ainda não tinha comprado um para mim. Estava na lista de coisas a fazer, mas Jonah me trazia para o trabalho, o que ele me disse que era sua forma de lidar com o medo pela minha segurança.

Basicamente, estávamos um pouco confusos, mas trabalhando nisso e melhorando a cada dia.

Depois de vinte minutos, percebi que ele estava indo para o bairro de Mama Kerri.

— Achei que íamos jantar.

— Eu tenho uma surpresa, se lembra?

— Ah, sim. A sua surpresa é na casa da Mama Kerri? — Eu ri. Ele balançou a cabeça.

— Não, mas perto. — Jonah estendeu a mão e a colocou na minha coxa, onde me deu um pequeno aperto.

Revirei os olhos e suspirei de forma bem dramática.

— Cara gostoso do FBI e homem misterioso. Tem certeza de que não tem um grande *S* vermelho e uma roupa azul de herói escondido sob o disfarce do governo, senhor? — Cutuquei suas costelas e ele riu.

De repente, ele ligou o alerta e virou em uma rua a dois quarteirões da casa de Mama Kerri. Em seguida, parou no meio-fio na frente de uma bela casa de dois andares. Tinha um único carvalho à direita que devia proporcionar uma sombra incrível no verão úmido de Illinois. Parecia uma casinha de bonecas pitoresca, com ripas de madeira verde, ardósia cinza ao redor das janelas, da porta e da cerca que envolvia a varanda aberta que percorria toda a extensão da casa. Havia escadas brancas que levavam a uma porta verde escura e quatro janelas bonitinhas na metade superior.

Havia grama por todo o jardim da frente com um caminho

de concreto até as escadas. A garagem e a entrada deviam ficar nos fundos, como muitas outras neste bairro.

— Uau, que casa linda. Quem mora aqui?

Jonah ignorou a pergunta ou talvez não tivesse ouvido, pois saiu do carro e abriu minha porta. Me virei e segurei sua mão estendida, pois não era fácil entrar e sair de um carro com saia lápis justa. Desde que comecei no escritório, eu sempre me arrumava bem para trabalhar. Eu tinha um trabalho sério e me vestia de acordo. Mesmo que quase todo mundo ali usasse jeans e camisa polo com o nome da empresa bordado no peito.

Segui os passos rápidos de Jonah escada acima quando uma mulher que eu nunca vi antes saiu pela porta da frente.

— Está tudo pronto — ela disse e entregou um molho de chaves a ele. A mulher me olhou e abriu um sorriso enorme. — Você deve ser a Simone.

Assenti.

— E você é?

— Deni. Prazer em conhecê-la, mas tenho que correr! — A mulher, que devia ter cerca de sessenta anos, desceu rapidamente as escadas e virou a esquina, onde presumi que ela partiu no belo Cadillac que eu tinha visto estacionado.

Jonah abriu a porta e segurou minha mão, me puxando para dentro.

— Mas o que é isso? — murmurei enquanto tropeçava em meus saltos altos.

— Surpresa! — Ele disse com tanta alegria que eu sorri, mas não tinha ideia do porquê.

Olhei em volta para a sala de estar vazia e aberta. Tudo estava pintado de branco. Ainda podia sentir o cheiro de tinta fresca no ar.

Balancei a cabeça enquanto andava pela sala vazia.

— Eu não tenho certeza se entendi.

Ele sorriu e então me virou na entrada para ficar de frente para a parede oposta. Ali, à vista de todos, havia quatro fotos. Duas na parede do fundo e uma em cada lateral. Na frente estava a foto que Tabitha tirou, da mulher e sua filha. Ao lado, estava a primeira foto do álbum, minha irmã e eu quando crianças. A da esquerda era uma de todas nós, irmãs e Mama Kerri, na frente da Kerrighan House, que ele devia ter recebido de uma das meninas. A outra parede tinha uma foto de nossa, que sua mãe havia tirado há uma semana, no jantar. Eu estava sentada em seu colo e ele estava me abraçando e me fazendo rir.

Engoli em seco e cobri a boca com a mão.

— Por que essas fotos estão aqui?

Ele passou os braços ao meu redor e encaixou o queixo no meu pescoço. Juntos, olhamos as fotos.

— Porque eu quero que esta seja a nossa casa. Eu a comprei para começarmos nossa vida. Fica há vinte minutos do seu trabalho, não muito longe para mim e super perto de sua mãe e meus pais.

Meus olhos se encheram de lágrimas.

— Você comprou essa casa para nós? — ofeguei e me virei, apertando seus ombros.

— Quero construir uma vida linda com você aqui, Simone. Me casar com você, ter filhos e trazê-los para essa casa.

Cobri a boca e tremi.

— É tudo tão rápido. Casar? Bebês? Ah, meu Deus!

Ele riu.

— Temos tempo para tudo isso. Por enquanto, pensei que poderíamos começar com nossa própria casa e levar um dia de cada vez. — Suas palavras me lembraram da promessa que Addy e eu fizemos no hospital há um mês.

— Sério? — Deixei as lágrimas caírem. — Mas e se... — Engoli em seco contra a emoção que fechava minha garganta. — E se eu não puder ficar longe da Addy?

Ele colocou as mãos em volta da minha cintura e encostou a testa na minha.

— Linda, você está trabalhando nisso. E a Addison não quer deixar a casa da Mama Kerri tão cedo. Se você sentir necessidade de ver como ela está, sua irmã estará a apenas dois quarteirões de distância.

Eu sorri. Amando muito mais esse homem por entender meu problema e não me fazer sentir mal por isso. Ele queria me ajudar a passar por isso, mas continuar levando nossas vidas adiante.

— Como eu tive tanta sorte de ter te encontrado naquela noite? De você ter me salvado? Você, o homem que é perfeito para mim?

Ele me beijou de leve.

— O universo funciona de maneiras misteriosas.

— Eu te amo — sussurrei contra seus lábios.

— Eu também te amo. — Ele me beijou por um longo tempo enquanto estávamos juntos em nossa nova casa. O beijo durou tanto, que nós dois ficamos sem fôlego.

— Vamos, me deixe te mostrar a casa. — Ele entrelaçou nossos dedos. Jonah me guiou pela cozinha, os três quartos vazios e dois banheiros, incluindo a incrível suíte master com um banheiro maravilhoso, que tinha lindos revestimentos brancos. Era tudo claro, branco e estava pronto para morar.

— Esta casa é linda. — Comecei a me preocupar que ele tivesse gastado demais. Uma casa de três quartos e dois banheiros em Oak Park não eram exatamente baratos.

— Teremos espaço para nossa família crescer. — Ele balançou as sobrancelhas. Jonah estava falando muito sobre nosso futuro e ter filhos. Nós dois queríamos uma família de bom tamanho. Ele, porque era italiano e sua mãe queria muitos netos, sobre os quais ela falava sem parar em todos os jantares em família. Eu, porque tinha muitas irmãs e queria estar sempre cercada pelas pessoas que eu amava.

Ele me levou para um porão enorme que estava totalmente vazio. Significando que literalmente não tinha paredes.

— Porão inacabado.

— Agora sei por que você pode pagar este lugar — provoquei.

— Meu pai, meu irmão e minha mulher trabalham na melhor

construtora do estado. Eles poderiam transformar isso em algo incrível, assim podemos ter uma grande sala de estar, outro banheiro, talvez até uma pequena cozinha e outro quarto para os hóspedes. — Ele envolveu o braço ao redor das minhas costas enquanto encarávamos o grande espaço. — É tão grande quanto a parte superior. Dobraria nossa metragem quadrada e meu irmão e meu pai fariam isso a preço de custo. Vai demorar um pouco. Provavelmente seis meses ou mais, pois eles terão que fazer isso quando tiverem tempo. É claro que eu ajudaria, além do Ryan, que sei que também vai querer contribuir. Não precisamos desse espaço de imediato, então não será um problema deixá-lo assim até que fique pronto.

Assenti, concordando.

— Verdade. E teremos orgulho disso porque nós o faremos do nosso jeito.

Ele beijou minha bochecha.

— Exatamente. Agora, tenho mais uma surpresa.

— Mais? Você nos comprou uma casa!

Ele sorriu de um jeito selvagem.

— Algo me diz que essa será ainda melhor.

Eu zombei.

— Impossível. Já viu onde vou morar? É um palácio comparado ao meu antigo apartamento minúsculo, o seu quarto na casa do Ryan ou até mesmo meu antigo quarto na Kerrighan House. — Comecei a pular quando a realidade se instalou. Jonah não apenas me pediu para morar com ele, ele nos comprou uma casa para construirmos uma vida. Eu gritei como uma garotinha.

Ele sorriu tanto que tive que abraçá-lo e beijá-lo.

Depois que demonstrei minha gratidão, ele me levou pelas escadas do porão, pela casa e pelo quintal.

Estranhamente, ele assobiou e ao virar, vi um filhote de Golden Retriever caramelo e saltitante.

Me arrepiei quando tirei os sapatos, desci correndo as escadas e me ajoelhei na grama. A cachorrinha adorável pulou em cima de mim.

— Ah, meu Deus, você é a coisa mais linda do mundo, sim, você é. — Coloquei meu rosto no da cadela, que me lambeu como louca. Eu a aconcheguei de perto e pressionei o nariz contra seu pelo macio. — A quem você pertence, doce menina? — perguntei a cachorrinha que se mexeu até que eu a soltei. Então ela correu ao meu redor, pulando em mim, depois em um círculo, em seguida, me atacou de volta. Ela tinha o pelo castanho-avermelhado deslumbrante e olhos âmbar escuros.

— Ela é nossa, linda. Bem, é nosso primeiro bebê.

Eu a peguei e fiquei descalça na grama, abraçando o anjo precioso.

— Você nos comprou uma cadela — sussurrei através das lágrimas. Eu sempre quis ter um cachorro.

Ele desceu as escadas, colocou a mão no bebê peludo e acariciou-o.

— Eu sabia que você queria ter um, assim com uma família um dia. Eu amo cachorros. E achei que poderia ser bom ter algo amoroso, mas que pode ser protetor quando treinado, o que pretendo fazer assim que ela for um pouco mais velha. Dessa forma, vou me sentir mais confortável quando tiver que viajar e te deixar sozinha.

— Eu já a amo muito — confidenciei, beijando seu nariz marrom claro.

— Percebi. Então isso significa que vai se mudar hoje? — Ele sorriu.

Balancei a cabeça.

— Não temos cama.

— É por isso que o Ryan e seu amigo devem chegar a qualquer momento com a minha.

Soltei minha linda garota e fui direto para os braços de Jonah. Ele me envolveu enquanto eu o abraçava apertado, pressionando a orelha sobre seu coração para que eu pudesse ouvi-lo bater.

— Você me faz tão feliz, Jonah. Não sei muito bem o que fazer com tudo isso. Sinto que toda essa felicidade vai explodir dentro de mim.

Ele riu e segurou minha nuca até que levantei o queixo e nossos olhares se encontraram. Eu planejava viver minha vida inteira olhando para ele e o amando pelo resto dos meus dias.

— Depois de tudo que passamos, Simone, depois do que aconteceu com a Tabby e a Helen, nós merecemos um pouco de felicidade sem nos sentirmos culpados.

Meu lábio inferior tremeu quando a emoção me atingiu.

— Quero acreditar nisso. De verdade. É muito difícil depois dessas perdas.

Ele assentiu e segurou minha bochecha.

— É por isso que precisamos viver cada dia ao máximo. Começando por fazer desta casa a nossa. Dando um nome ao nosso bebê peludo.

Eu ri e olhei para a linda garota que estava arranhando a perna da calça de Jonah.

— O que acha de Amber?

Ele se abaixou e pegou a cachorra. Virou o corpo dela para que o focinho ficasse de frente para ele.

— O que acha de Amber? Você gosta desse nome?

A cachorra lambeu seu rosto. Mas ela provavelmente teria feito isso de qualquer maneira.

— Ela gosta. Está decidido.

Sorri e acariciei nossa cadela.

— Bem-vinda ao lar, Amber. Nós somos seus pais e vamos te dar muito amor e toneladas de petiscos! — prometi e me aconcheguei seu pescoço macio. Ela lambeu minha bochecha.

— Ei, você! Alguém pode abrir a porta! Temos uma cama gigante aqui! — Ouvimos Ryan chamar da lateral da casa.

Eu ri e subi os degraus correndo, atravessei a linda casa e abri a porta da frente.

Para minha surpresa, não era só Ryan que estava na porta.

Toda a nossa família estava lá. Seus pais e irmão. Minha mãe e irmãs, todas segurando caixas. Um pequeno caminhão de mudança estava estacionado atrás do carro de Jonah.

— O-o que vocês estão fazendo aqui?

Blessing abriu caminho carregando uma caixa com meu nome.

— Fazendo a mudança da nossa irmã para sua casa nova, é claro.

Apertei as bochechas e me virei.

— Você também organizou isso?

Ele segurou nossa linda garota.

— A mamãe está feliz, Amber.

— Ah, você colocou o nome dela de Amber. — Charlie arrulhou para a cadela enquanto colocava uma caixa no espaço aberto e pegava o cachorro. — Olha, sua tia tem o cabelo da mesma cor do seu.

Fui até Jonah sorrindo com lágrimas de felicidade em meus olhos. Levantei as mãos no ar.

— Estou tão feliz!

Ele me puxou em seus braços e me abraçou.

Mais tarde, naquela noite, depois que todas as caixas foram colocadas dentro de casa, pedimos pizza e cerveja para todos. Ainda tínhamos que desempacotar e sair para comprar móveis, mas estávamos em nossa própria cama, com Amber deitada em uma linda cama de cachorro ao lado de Jonah, para que ele pudesse levá-la regularmente para treinar o xixi.

Jonah e eu tínhamos acabado de fazer amor pela primeira vez em nossa casa.

Ele girou meus dedos sobre a coxa nua que eu tinha envolvido em seu corpo nu. Minha cabeça estava em seu peito quente e eu estava ouvindo seus batimentos cardíacos.

— Você gosta da nossa casa, baby? — ele perguntou.

Sorri contra seu peito, em seguida, beijei-o lá.

— Amor é a palavra que eu usaria. Posso nos ver sendo felizes aqui.

Ele murmurou alegremente, mas continuou brincando com meus dedos.

— E essa ideia de casamento... o que acha?

— Honestamente, planejar um casamento não é algo que já tive vontade de fazer. Mas eu me casaria com você se fosse algo bem pequeno.

— Tive uma grande festa tradicional com Helen. Eu também não gostaria disso. Além do mais, agora temos uma hipoteca e um porão para reformar — ele acrescentou, pensativo.

— É verdade. Mas acho que vai ser bom. Podemos levar nosso tempo, fazer como quisermos.

— Que tal uma viagem? — ele insinuou.

— Como Vegas? — Franzi o nariz. Passei muito tempo trabalhando em bares e espaços enfumaçados ao longo dos anos. Além disso, eu não era do tipo que joga fora meus dólares suados.

Ele gemeu.

— Não faz meu tipo. Eu estava pensando mais na linha do Havaí.

— Eu nunca estive no Havaí — murmurei com admiração em meu tom.

— Você, de vestido de verão, eu de camisa de linho e calça cáqui. A praia, flores no cabelo, o sol às nossas costas. Nada além de você e eu, e um pregador.

Passei os dedos pelo seu peito.

— Parece bonito, mas acho que minhas irmãs, minha mãe e seus pais ficariam muito desapontados se não participassem. Tive outra ideia.

— Sim? — ele murmurou, parecendo cansado.

— Que tal aqui? Podemos fazer uma pequena cerimônia e uma recepção no quintal. Depois, o Havaí para a lua de mel.

— Adorei a ideia. — Ele segurou meu rosto e me deu um beijo lento e doce. — Então, quando eu te pedir em casamento muito em breve, finja estar surpresa, sim? — Ele bocejou.

Sorri e apoiei a cabeça sobre seu peito.

— Tudo bem. Só espere um pouco. Precisamos arrumar nossa casa primeiro e um pouco mais de tempo no trabalho antes de avisar que vou ter que tirar alguns dias de folga para um casamento e lua de mel.

Jonah passou os braços em volta de mim e me puxou para perto.

— Combinado.

Esperei alguns minutos e, quando o sono começou a me levar, pressionei a mão sobre o coração de Jonah e fiz a mesma pergunta que ele me fez.

— Você está feliz, querido?

Ele me abraçou e beijou o topo da minha cabeça antes de responder.

— Eu nunca estive mais feliz do que estou agora, deitado em nossa cama, em nossa casa, ao seu lado, com nossa cadela segura em sua cama e um futuro brilhante pela frente.

Suspirei e me aconcheguei no homem que eu sabia em meu coração que passaria o resto da minha vida amando.

E pela primeira vez em um mês, dormi a noite inteira, segura em seus braços, sem um único pesadelo estragando a felicidade da minha vida.

Fim

Se quiser ler mais sobre o mundo das irmãs adotivas Kerrighan, confira o livro de Addison em Beleza Selvagem. Cada livro é um romance independente, mas interconectado. Pretendo escrever três livros no total, com irmãs selecionadas ou um para cada irmã. Tudo vai depender da minha inspiração e da resposta dos leitores.

Leia uma prévia do livro de Addy nas próximas páginas.

TRECHO DE BELEZA SELVAGEM (SÉRIE IRMÃS DE ALMA)

Clique. A câmera piscou, e eu estava de volta àquele lugar.

Naquela cadeira.

Naquele porão escuro e gelado, com ratos e outros bichos correndo em volta dos meus pés.

Meu peito estava amarrado com cordas grossas e inflexíveis. Meus braços amarrados, antebraços para cima para que ele pudesse continuar com sua tortura.

Olhei para a pele empolada e machucada com uma avaliação imparcial e vaga. Vi os machucados sangrando em meus braços da única maneira que pude – como se não fossem meus. O cheiro de pele queimada incomodava minhas narinas. Engoli a necessidade de vomitar enquanto minha boca salivava ao redor da mordaça de pano. Estava tão apertada que arranhava meus lábios toda vez que eu tentava me libertar.

Outro flash da câmera.

— Addison… — Uma voz familiar reverberou no espaço cavernoso ao meu redor. Minha cabeça girou enquanto eu tentava me concentrar naquele tom. Era gentil. Compassivo. Conectado a alguém que eu amava.

Blessing.

Clique.

Estremeci com o som e balancei, retornando para aquela cadeira.

O atacante mascarado estava de volta.

Ele continuaria me machucando.

E ia me matar como fez com todas aquelas mulheres.

Minha única esperança era que o encontrassem antes de chegarem à minha irmã, Simone. Se ela fosse poupada, minha alma estaria livre. Eu poderia morrer sabendo que ela estava segura.

Eu não tinha ideia de que quando desci daquele avião e

encontrei o motorista com uma placa com meu nome, eu estava indo direto para o inferno. Ele estava vestido de preto. Tinha um carro de aluguel. Sabia meu nome e quando eu deveria chegar. Tudo.

Garotas inteligentes eram mais precavidas.

E eu era uma garota inteligente. Mama Kerri garantiu que todas as suas filhas adotivas recebessem a educação adequada, concluindo o ensino médio com boas notas. Eu tive um sonho e trabalhei para torná-lo realidade. Ela nos disse podíamos conquistar tudo que quiséssemos. Acreditei nela.

Eu era uma das modelos *plus size* mais cobiçadas da indústria. Tinha milhões no banco. Mas não havia dinheiro no mundo que pudesse me salvar do *Estrangulador do Banco de Trás*.

— Addison, querida, você está me assustando! — A voz de Blessing me tirou das lembranças e me catapultou de volta ao presente. Tremi como uma folha sob as luzes do cenário para a sessão de fotos.

— Onde estou? — Tremi em seus braços.

Blessing colocou as mãos nas laterais do meu pescoço. Estavam frias e firmes. Estremeci em seus braços. Ela colocou seu rosto na frente do meu, com os olhos escuros fixos em mim. A única conexão que eu tinha com meu lugar seguro.

— Addy, você está no meio de uma sessão de fotos — ela disse em tom calmo.

Assenti.

— Ele está aqui… — Me engasguei com um sussurro gutural.

Ela balançou a cabeça, seus cachos negros balançando.

— Boo, ele não está. Ele está morto. Você está no meio de uma sessão de fotos no centro de Chicago. Só seus clientes e o fotógrafo estão aqui.

Olhei por cima do ombro dela para a miríade de corpos olhando para nós. Apertei a mandíbula, percebendo que eu tive outro momento. Era assim que os chamávamos. "Momentos". O que era essencialmente uma maneira muito gentil de descrever minhas crises. Perdi a noção do tempo, espaço e me vi presa naquele porão com um *serial killer*. Onde Simone e eu presenciamos nossa irmã Tabitha se sacrificar para nos salvar.

Meus olhos se encheram de lágrimas.

— Certo, precisamos cobri-la. Me dê o roupão.— Blessing estalou os dedos para a jovem estudante de moda de quem ela era mentora.

A garota trouxe meu roupão, e Blessing me ajudou a colocá-lo sobre o delicado conjunto de sutiã e calcinha rosa que eu usava.

Enrolei meu corpo congelado e permiti que o tecido macio de chenille me lembrasse que havia coisas macias e bonitas com as quais eu podia contar para me trazer de volta ao aqui e agora. Algo chiou no ar, uma eletricidade que me forçou a olhar para cima.

Clique.

O fotógrafo tirou uma foto aleatória e espontânea. Ele estava posicionado na lente, com seu rosto escondido atrás do equipamento. Eu não estava preocupada com quem estava por trás da câmera, só que este era meu primeiro trabalho após o incidente. Agora, eu precisava ver o indivíduo ou poderia voltar para quando "ele" estava tirando fotos e me filmando.

Tudo o que consegui ver foi o longo cabelo castanho claro do homem caindo sobre os ombros. Ele moveu o rosto e seus olhos castanhos encontraram o meu.

Foi como se naquele segundo ele tivesse visto a mulher vazia, arrasada e assustada sob o cabelo e a maquiagem perfeitos.

Clique.

Eu me contorci quando arrepios tomaram a minha pele, mas enquanto eu estava olhando para aqueles olhos castanhos tranquilos, me sentia segura. Em seus olhos, encontrei meu equilíbrio. Curvei os dedos dos pés no chão frio.

Este homem, com seus olhos comoventes, barba aparada e bigode me manteve centrada no aqui e agora com um único olhar. Eu não estava mais voltando para a memória sombria daquela noite em que toda a minha vida mudou.

Tirei o roupão, encarei seu olhar e entreguei a peça para Blessing.

— Estou bem. Vou terminar.

— Tem certeza? Você não precisa fazer isso. Os clientes entendem o que você passou. Eles concordaram em usar o Photoshop nas cicatrizes dos seus braços, mas eu os conheço bem. Eles vão entender se você não estiver pronta — ela me assegurou.

Balancei a cabeça, meu olhar fixo no fotógrafo.

Levantei o queixo em direção a ele.

— Nunca te vi antes.

Um lado de seus lábios se contraiu em um sorriso pequeno, mas sexy.

— Sou novo na fotografia de moda. E se você estiver bem para continuar, eu adoraria terminar. — Seu olhar disparou para a lente. — Tiramos ótimas fotos. A maioria deles depois que você respirou. Você é uma beleza selvagem. A câmera te ama.

Sorri.

— É o que todos dizem quando uma mulher seminua está na frente deles.

Ele riu e o som rico de barítono aqueceu meu corpo de dentro para fora.

— Sou Addison Michaels-Kerrighan. E você?

— Killian Fitzpatrick.

Nome interessante para um homem intrigante.

— Você está pronta para continuar ou quer fazer uma pausa? — ele perguntou, sem nenhum indício de julgamento no tom.

Apertei os lábios.

— Contanto que você não se esconda atrás da câmera — eu disse trêmula, então acrescentei: — por favor e obrigada. Aparentemente, homens sem rosto atrás das câmeras são gatilhos para um dos meus momentos. — Compartilhei, mas depois recuei diante da minha própria estupidez. Eu não tinha ideia do porquê abriria mão de algo tão pessoal para alguém que não conhecia, além do fato de que ele tinha olhos honestos e gentis, cabelos lindos e um sorriso sexy.

— Estou aqui para você, o que precisar.

Surpreendentemente, eu ri.

— Mais uma vez, isso é o que todos dizem — provoquei, respirando fundo e deixando escapar todo o medo e feiura que havia surgido. Balancei os braços e pernas como se estivesse jogando água, mas principalmente estava tentando expulsar a tragédia que atormentava todos os meus minutos acordada. — É só tirar boas fotos.

— Com você, Addison, não tenho certeza se há fotos ruins. Embora eu ache que com um pouco de tempo e foco, podemos encontrar a magia juntos. — Sua voz tinha um tom caloroso e reconfortante, misturado com uma pontada de insinuação.

Minhas bochechas se aqueceram, eu inclinei a cabeça e sorri. *Clique.*

Espero que tenham gostado deste pedacinho de *Beleza Selvagem*, o próximo livro da série Irmãs de Alma.

AGRADECIMENTOS

Ao meu marido, Eric, por me apoiar em tudo que faço. Te amo mais.

Para a maior assistente pessoal do mundo, Jeananna Goodall, é sua culpa que este livro tenha ficado com uma pegada de suspense! Eu culpo seu vício em Criminal Minds e seu amor por policiais e agentes especiais. Ficou incrível e amei cada segundo que levei para escrevê-lo. Nossas inúmeras conversas telefônicas sobre o enredo foram hilárias. Frases como "não quero machucá-la demais" e "definitivamente vou matar aquela garota" eram distorcidas e também hilárias. Obrigada por sempre estar disposta a mergulhar na criatividade comigo e lançar ideias. Isso torna o processo muito divertido e parece menos solitário. Te amo, mulher!

À Jeanne De Vita, minha editora, por não só ter tornado este manuscrito melhor, mas por ser sempre tão positiva. Você é uma verdadeira joia neste mundo literário e este romance NÃO teria sido concluído e lançado a tempo sem a sua ajuda. Obrigada por fazer parte do Time AC e levar essa posição a sério. Espero que todo novo autor por aí, ou pessoa que queira ser escritor, frequente a Romance Writing Academy. Eles não só ganharão conhecimento especializado, mas também se sentirão apoiados e parte de uma equipe. Você arrasa! Os interessados devem conferir! www.romancewritingacademy.com

À minha equipe Tracey Wilson-Vuolo, Tammy Hamilton-Green, Gabby McEachern, Elaine Hennig e Dorothy Bircher por serem a melhor equipe beta de líderes de torcida do mundo. Vocês, garotas, são meu lugar seguro. Minha joia rara. Não consigo imaginar não ter vocês me apoiando. Obrigada do fundo da minha alma. Eu adoro cada uma de vocês.

À minha agente literária, Amy Tannenbaum, da Jane Rotrosen Agency, por saber exatamente como me fazer sentir especial e por encontrar os lares certos para todos os meus bebês.

À *minha agente literária de publicações estrangeiras, Sabrina Prestia, da Jane Rotrosen Agency*, mal posso esperar para ver onde *Garota Selvagem* vai chegar. É sempre um presente ver minhas palavras traduzidas para outras línguas. Obrigada por espalhar o amor.

Para Jenn Watson e toda a equipe da *Social Butterfly*, vocês me surpreendem. O profissionalismo, criatividade e proeza nos negócios são sem precedentes. Obrigada por me adicionarem à sua clientela. Estou ansiosa para fazer parceria com vocês em muitos outros projetos no futuro.

Aos leitores, eu não poderia fazer o que amo ou pagar minhas contas se não fosse por todos vocês. Obrigada por cada resenha, palavra gentil, curtida e compartilhamentos do meu trabalho nas redes sociais e tudo mais. Vocês são o que tornam possível para mim viver o meu sonho. #SisterhoodFTW

SOBRE A AUTORA

Audrey Carlan é autora bestseller número um do *The New York Times*, *USA Today* e *Wall Street Journal*. Ela escreve histórias que ajudam o leitor a se encontrar enquanto se apaixona. Alguns de seus trabalhos incluem o fenômeno mundial A Garota do Calendário, a série Trinity e a série International Guy. Seus livros foram traduzidos para mais de trinta idiomas em todo o mundo.

Ela mora no Vale da Califórnia, onde se diverte com os dois filhos e o amor de sua vida. Quando não está escrevendo, você pode encontrá-la ensinando ioga, bebendo vinho com suas "irmãs de alma" ou com o nariz preso a um romance sexy.

NEWSLETTER

Para atualizações de novos lançamentos e notícias sobre sorteios, inscreva-se na newsletter de Audrey:
audreycarlan.com/sign-up

REDES SOCIAIS

Audrey adora se comunicar com seus leitores. Você pode segui-la ou contatá-la em:

Website: www.audreycarlan.com

Email: admin@audreycarlan.com

Facebook: www.facebook.com/AudreyCarlan

Twitter: twitter.com/AudreyCarlan

Pinterest: www.pinterest.com/audreycarlan1

Instagram: www.instagram.com/audreycarlan

Grupo de leitores:
www.facebook.com/groups/AudreyCarlanWickedHotReaders

Book Bub: www.bookbub.com/authors/audrey-carlan

Goodreads:
www.goodreads.com/author/show/7831156.Audrey_Carlan

Amazon:
www.amazon.com/Audrey-Carlan/e/B00JAVVG8U

TÍTULO DE AUDREY CARLAN
DISPONÍVEIS ATUALMENTE EM PORTUGUÊS

Série Irmãs de Alma

Garota Selvagem

Beleza Selvagem

Espírito Selvagem

Série International Guy

Volume 1 – Paris, Nova York, Copenhague

Volume 2 – Milão, São Francisco, Montreal

Volume 3 – Londres, Berlim, Washington, D.C.

Volume 4 – Madri, Rio, Los Angeles

Série Trinity

Corpo

Mente

Alma

Vida

Destino

Garota do Calendário

Volume 1 – janeiro, fevereiro, março

Volume 2 – abril, maio, junho

Volume 3 – julho, agosto, setembro

Volume 4 – outubro, novembro, dezembro

www.record.com.br/autores/audrey-carlan

www.ingramcontent.com/pod-product-compliance
Lightning Source LLC
Chambersburg PA
CBHW050807190726
48285CB00005B/1829